古典文獻研究輯刊

五 編

潘美月・杜潔祥 主編

第22冊

《說岳全傳》研究

張 火 慶 著

國家圖書館出版品預行編目資料

《說岳全傳》研究／張火慶著 — 初版 — 台北縣永和市：花木
蘭文化出版社，2007〔民 96〕

序 2+ 目 2+180 面；19×26 公分
（古典文獻研究輯刊 五編：第 22 冊）
ISBN：978-986-6831-45-4（全套精裝）
ISBN：978-986-6831-67-6（精裝）
1. 章回小說　2. 研究考訂
857.44　　　　　　　　　　　　　　　96017586

ISBN - 978-986-6831-67-6

9 789866 831676

古典文獻研究輯刊
五　編　第二二冊　　　　ISBN：978-986-6831-67-6

《說岳全傳》研究

作　　者　張火慶
主　　編　潘美月　杜潔祥
企劃出版　北京大學文化資源研究中心
出　　版　花木蘭文化出版社
發 行 所　花木蘭文化出版社
發 行 人　高小娟
聯絡地址　台北縣永和市中正路五九五號七樓之三
　　　　　電話：02-2923-1455／傳眞：02-2923-1452
電子信箱　sut81518@ms59.hinet.net
初　　版　2007 年 9 月
定　　價　五編 30 冊（精裝）新台幣 46,500 元

《說岳全傳》研究

張火慶　著

作者簡介

張火慶，東吳大學中文博士、中興大學中文系教授；研究中國小說二十餘年，相關論文多篇，選集成書：《中國古典小說的人物形象》；近年來，轉向佛教文學之探索，除了單篇論文之外，有專著《小說中的達摩及相關人物研究》。

提　　要

　　這本論文是對戲曲小說之「岳飛傳」第一次全面性的研究，所探討的作品，包括：元雜劇2本、明清傳奇5本，及明代之短篇小說2篇、長篇小說3本，最後總結於清初的《說岳全傳》。這些作品取材於岳飛生平的重要事蹟與民間傳說，前後相承、演化、改動，自成一個敘事系統，成立了一些情節類型；不僅繼續在後世的戲曲小說中演述，也刺激了相關問題的創造性想像與詮釋。

　　本論文從多角度探討《說岳全傳》人物造型的意義、及敘事結構的內涵，也就是以「天命與因果」為主導的歷史人事之演出；從抗敵禦侮的「民族英雄」岳飛之傳奇生涯，立體開展兩宋之間，政治、外交、軍事，及人物、事件、行動等錯綜複雜的內容，甚至延續到第二代，脫離史傳而另作翻案，以符應民間的情感。故事很豐富，思想很傳統，可完整的建立中國歷史小說中「英雄傳奇」的個人（神話）造型、及相關人物的（正反）類型，並涉及「盡忠報國」「結拜互助」之倫理觀念、及「佛道混合」「善惡報應」之信仰內容，本論文都有詳細而中肯的評析，以及獨具隻眼的創見。家喻戶曉的岳飛，兼具「歷史人物」與「民間英雄」的雙重形象，若分而言之：事相上的功過，或將存檔於史書中；精神上的典範，早已昇華為正神了。合而論之，則是歷代史家與文人共同塑造了多重面向的岳飛。

目

錄

自　序

　　從胡適以來，學術界於中國古典小說的整理與研究，多半集中於因為文學價值較高而流傳較廣的幾本名著，而忽略了民間系統的通俗小說，尤其是歷史演義的專題研究。筆者有鑒於這個偏失，特別把注意力放置於此部分，希望能對這些通俗性的歷史小說有更深入的了解，並給它們比較合理的看待，與胡萬川老師商量的結果，選定《說岳全傳》作為研究的對象。雖然早期學術界限於某些狹隘的文學觀點，而認為此書的文學價值不夠好而忽視它，但近代由於文學理論視野的擴大，改從較多角度去評析小說的內涵與形式，並重新檢討中國傳統小說的大部分作品，把性質相同的小說整理歸類，再綜合研究同類小說所表現的共同特徵，包括表達方式與藝術內涵；正因為這種視野的擴大，大部分流傳於中國民間而甚少被重視的小說，才得到較公平的待遇。《說岳全傳》的情況正是如此，越到近代，它的評價越高，地位越被肯定，我選擇此書作研究，是有發展性的。

　　其次，本論文的題目訂為「說岳全傳研究」，所涉及資料及探討問題的範圍，則包括了大部分與岳飛相關的正史事實、筆記傳聞、及其他戲曲小說的內容，這個範圍所涵蓋的資料層面很廣，值得挖掘的問題也多，但本論文不擬對岳飛個人做全面性的傳記研究，而以小說為主，正史、筆記及戲曲為輔，探討通俗小說對岳飛個人及其相關人事的描寫。就目前所知的幾本岳傳小說中，又以清初的《說岳全傳》較為晚出，最詳盡完備。從承先啓後的意義上說，它是總集上述資料的大成，再加以選擇、評判、重編、改寫，使所有材料能兼容並蓄，各得其所；更重要的是，此書作者在這些複雜繁瑣的內容裡，貫注了一個內在的主題（天命因果與盡忠報國），強化了不同來源的材料間的聯繫性，使它成為一部符合小說條件的岳飛傳記。南宋以來有關岳飛事蹟的傳說情節，經過不斷的傳述、演化，產生某些歧異，在《說岳全傳》裡逐漸歸於統一與定型，此後的相關作品，如民間說唱與國劇中，岳飛的形象

及其相關內容，幾乎多以《說岳全傳》的情節為根據，甚少更動變化，可以肯定的說：《說岳全傳》是歷代傳說中岳飛故事的最後定本。本論文即基於這個論定，而以此書的人物情節為出發點，往上做正史與傳說的淵源探討，整理大部分相關的材料；並就此書所表現的主題觀念、情節結構、人物塑造等方面，論析其藝術成就。

　　本論文在寫作體例上，分為兩篇。「前言」是引述民國以來的學者對《說岳全傳》的研究態度與評價的一些文章，按照其發表的年代逐一介紹並分析，藉此說明《說岳全傳》在中國小說研究越來越被重視的趨勢。「第一篇」主要探討的是元明清三代有關岳飛故事的戲曲小說，也就是我所搜集到的相關材料。這部分資料在數量上不算少，超出了小說研究的範圍，但因為它們對於《說岳全傳》一書的形成，有著淵源性的影響，本論文將它們逐一列出，考查他們的年代先後，說明它們的時代背景，介紹它們的內容特徵，並討論它們相互的影響，以便於了解岳飛故事在民間流傳的情況，以及劇作者、小說家所關注的重點與取材的根據，最後則結歸到《說岳全傳》的特殊代表性。「第二篇」屬於《說岳全傳》本文的研究，大致上採用「故事單元的源流探討」以及「思想觀念的比較分析」兩種方法。第一種方法是以《說岳》本書的內容為基礎，把其中比較重要的情節單元、以及特殊的人物造型，單獨抽出，分別成立專題章節，作個別源流性及演變性的探究，歸結到《說岳全傳》中的定型，並配合全書的整體結構，做因果聯結性的考查。這些「故事單元」的抽取與編排，是採取人物傳記的研究方式，即以岳飛的生平為主，分階段探討岳飛在《說岳全傳》中，人格形象與事業功績的形成，及其誕生、成長、死亡的歷程。再由岳飛個人傳記擴展到直接與他相關的外圍人事，包括他的朋友兄弟、國君同僚，並民間輿論等。其次，是對此書中含蘊的較具有普遍性的思想觀念，提出探討，並與同類的或相關的小說作本質上與現象上的比較，譬如「天命與因果」、「結拜」、「地獄報應」等觀念，都是在中國通俗小說中常見的。它們的來源與本質應是相同的，但又可能在不同的小說中配合作者與結構等因素，而有表現上的差異，這即是本論文嘗試去分析的。

　　本論文寫作期間，承蒙胡萬川老師的細心指導，並提供日本內閣文庫拷貝的明代《大宋中興通俗演義》的兩種版本的微卷，使本論文得以順利完成；又陳慶浩教授及王孝廉教授代為查詢巴黎與東京兩地圖書館所藏的相關版本，在此一併致謝。

前　言
總論《說岳全傳》在中國小說史的評價

　　就南宋、元、明、清以來,有關岳飛故事的書面流傳,《說岳》可說是這類筆記、戲曲、小說,及民間說唱作品的集大成。它在中國文學史與小說史中,應有一定的評價與地位;甚至可作爲特定小說類型的代表作品〔註 1〕。但民國以來的學者與讀者,似乎都忽略或誤解了這本小說,很少有正式論文談到它;而某些小文章提及它時,也多是片斷的考據,或介紹性的雜談〔註 2〕,而不曾給它一個正面的肯定與討論。

　　最早以較長的篇幅談到《說岳》的,是錢靜方《小說叢考》〔註 3〕,在〈岳傳演義考〉起首云:

　　　　岳傳一書,前集多是事實,唯前後顛倒,頗以爲憾;後集因飛爲秦檜
　　所誅,作者感憤,欲爲平反,故所載類多失實。

這段話是錢氏對《說岳》的總評,頗爲允當〔註 4〕。其次,錢氏更以《宋史·岳飛傳》本文,取與《說岳》的重要情節相對照,而揭發小說之於正史的附會與誤謬、增飾與缺漏,其最後的用意乃在說明《說岳》的故事「不足據也」、「未可信也」。這種膠著史實以論斷小說優劣的觀點,於今是不可取的;並且他所作的這種對照,僅

〔註 1〕 如「戰爭小說」或「說鐵騎兒」這種類型。

〔註 2〕 如蔣瑞藻《小說考證》卷九,第一九〇則談到張俊在《說岳》中被百姓咬死,對後世習俗的影響。又如宵遠《小說新話》(河洛出版社,66 年 9 月)頁 30,則分析岳家軍的組織成分。

〔註 3〕 錢氏此書,前有「瑣尾生」的序,題爲「民國元年七月」撰,則此書的撰述年代,應早於胡適、魯迅等人的提倡研究中國古典小說。

〔註 4〕 關於這段話,本文於第二篇的第八章,已有討論。

以《宋史》為根據，對我們探討岳飛故事的來源，亦無多用處。

其次，有幾本小說史與幾篇文章談到《說岳》，以下卽逐次論析之。早期的文學觀點比較粗疏偏執，對此書的評價也不甚高，甚至不肯多作內容的評介，越後出的文章則逐漸肯定它在小說史中的地位，內容及形象的探討，也較詳細客觀。

首先，魯迅《中國小說史略》第十五篇〈元明傳來之講史〉下云：

> 至於敍一時故事而特置重於一人或數人者……亦嘗隸於講史……有《宋武穆王演義》，熊大木編；有《岳王傳演義》，余應鰲編；又有《精忠全傳》，鄒元標編；皆記宋岳飛功績及冤獄。後有《說岳全傳》，則就其事而演之。

魯迅認為《說岳》只是沿承前代作品的題材而加以演述而已。這樣的介紹，是作者對此書的忽視。

鄭振鐸〈岳傳的演化〉一文〔註5〕對明清兩代講述岳飛故事的長篇小說，有詳細的考證、比較、與說明。文中指出《說岳》是所有早期岳傳的總結束，也是一部最完善的精忠傳，又引金豐的序，以說明「虛實相間」的創作理論；並且，把《說岳》取與其他小說作比較，評論其優劣：

> 而且文字也頗平庸，不大耐得吟味，與諸本說岳傳比較，固然是高出，若置之《水滸》、《紅樓》之列，卻頗有些自慚形穢。

這段評語只就文字技巧以論列《說岳》的優劣，並不能提供一個明確而公允的論定，但鄭氏這篇專論至少讓我們知道《說岳》也是值得重視與討論的一本通俗小說。

魯迅《史略》之後，譚正璧《中國小說發展史》只以版本源流的方式提到《說岳》〔註6〕，卻無評論性按語。另孟瑤《中國小說史》雖把《說岳》列為明清以來歷史小說的「較重要之書」，但卻又說：

> 這雖是一本極受民間歡迎的讀物，並不能證明它有很高的文學價值，它只是一本普通的歷史小說，只因為岳飛受人崇拜，所以這書也比較流行。〔註7〕

這個觀點有待商榷。《說岳》的文學價值如何，很難評定，但它絕非一本毫無特徵的通俗小說而已；而該是《三國演義》、《隋唐演義》除外，水準較高，且有代表性的歷史小說。

〔註5〕此文收錄於《中國文學研究》書中，台北明倫出版社印行。
〔註6〕見第六章「明清通俗小說」頁308。譚氏此書為民國24年5月初版。民國62年3月，台灣啓業書局印行台一版。
〔註7〕見此書第三冊，頁348，台北傳記文學社印行，民國59年12月初版。

李厚基的〈讀說岳全傳〉一文〔註8〕，是繼鄭振鐸之後，較有條理且深入討論《說岳》形式與內容的專論。它詳細指出《說岳》所反映的時代背景，所刻劃的忠奸對立，所塑造的英雄形象，以及所諷刺的昏君佞臣等情節；這些都是《說岳》寫得比較成功的部分。此外，它也指陳某些比較失敗的地方：

> 但《說岳》仍不能擺脫普通章回小說的窠臼：它著重追求情節的曲折離奇而忽略人物性格的描寫；因此，其他人物（卽岳飛、牛皋、王佐、兀朮、張邦昌、秦檜等除外的次要角色）就顯得一般化。這正是比《三國》、《水滸》、《西遊》頗爲遜色的地方。

這篇文章對《說岳》的文學價值，及與其他小說在比較上的地位，都有適度客觀的評定。《說岳》第一次受到正面的重視與如實的了解。

李厚基之後，學者對《說岳》較能採取寬廣的角度探討。如北京大學編撰的《中國小說史》〔註9〕，便以專論的方式詳析《說岳》中某些重要的情節內容，如岳飛與牛皋等類型人物的形象；及此書所反映的思想觀念（如英雄史觀、忠孝節義）；最後，又總括的評論云：

> 在藝術上，它克服了明代說岳演義普遍存在的生搬歷史事實的毛病，本著「不宜盡出於虛，而亦不必盡由於實」的態度，廣泛汲取元明戲曲小說與民間說唱中的故事，進行了大膽的再創造……小說情節曲折，故事性強……作者吸收了民間講唱文學的成果，大量運用「市語」，語言通俗曉暢而又鮮明生動。

說明《說岳》的寫作態度、方法、語言等特色，使讀者對這本小說有更進一步的認識。又編者把《說岳》與《說唐全傳》及其續書，列在同一節討論，作爲清代中葉以後，傳統歷史小說結束前，兩本較具代表性的作品，也就是中國章回歷史演義的最後演化。

另外，有一篇題爲〈關於說岳全傳〉的文章〔註10〕，則強調《說岳》表現強烈的民族意識，在清朝統治極端嚴酷的年代，這種意識的表現是極難能可貴的。又說：

> 作者明確意識到小說需要寫出岳武穆之忠、秦檜之奸、兀朮之橫；這正是當時歷史條件下人民反抗民族壓迫的情緒的反映……它不是鋪敍歷史事實，而是以抗金的民族英雄岳飛一生的奮戰爲中心，寫出了趙宋腐朽

〔註8〕《光明日報》文學遺產第一○一期，1956 年 4 月 22 日。

〔註9〕見此書第四篇，第十六章、第一節。北京人民文學出版社 1978 年 11 月，北京第一版。（東海大學圖書館古籍室藏）。

〔註10〕此文見於台北河洛版《說岳全傳》的附錄，題有「原載中國小說史稿」字樣。

無能，外族屢犯中原，人民英勇衛國，取得最後勝利。這就表達出強烈的愛國精神，使作品具有較高的思想意義。在《說岳全傳》中，很少描寫離奇情節和戰爭場面，大都是在現實生活基礎上，按照人民的理想願望來敘述故事。

這篇文章對《說岳》的論析，幾乎是完全肯定且評價甚高，它指出《說岳》在內容結構、思想層次，以及形象塑造等各方面的成功；並且，在語言的運用上，比起明代英雄傳奇小說，也有「顯著的進步」，因為「它運用大量市語，更加純熟精煉，生動流暢，適於普通百姓口頭的傳述。」這也是造成《說岳》在民間流行的原因之一。

夏志清先生〈戰爭小說初論〉一文〔註11〕，把《說岳》歸為「戰爭小說」的類型，取與《楊家府演義》、《說唐前傳》、《隋唐演義》、《薛仁貴征東、征西》、《五虎平南、平北》等小說，併作一個系統討論。文中雖未單獨析論《說岳》的寫作問題，但在論及戰爭小說的共同特徵時，卻多引《說岳》的內容，作為典型的例證，把它當作這種小說類型的代表作品。假如夏先生這個「戰爭小說」的定義可以成立，則《說岳》在中國小說中的地位與價值，又當重新評估了。

從上述幾本小說史與幾篇論文的探討，可以發現：《說岳》的形式與內容越到近代越被學者所肯定；或者說，隨著人們對小說史觀點的轉移，《說岳》逐漸獲致它應有的重視，以及在小說類型上的確定；經過多年來不斷的研究與討論，越來越顯露出它的可讀性與代表性。最近出版的《新編中國文學史》〔註12〕第八編、第十一章「清代其他長篇小說」，特別獨立一節來討論《說岳》：

> 從清初到十九世紀中葉，除了《儒林外史》、《紅樓夢》之外，長篇小說的數量是相當龐大的，但是優秀的作品卻寥若晨星，甚至很多在思想上有待批評的作品，也產生在這個時期。其他的歌功頌德、粉飾太平的作品也不少……但在十八世紀中葉前後，錢彩編次的《說岳全傳》，還是一部比較好的英雄傳奇……。

這部文學史的作者在討論清代的長篇小說時（晚清小說除外）只提及《儒林外史》、《紅樓夢》、《說岳全傳》、《鏡花緣》四本，同時代的其他長篇小說則一概從略。對《說岳》是未曾有過的重視與肯定。又論及此書的特徵，云：

> 《說岳》作者錢彩生在康熙、雍正年間，他在清朝統治下生活，有著

〔註11〕此文收錄於《愛情、社會、小說》一書。台北純文學出版社印行，民國59年9月初版。

〔註12〕此書共四冊，為試印本，編者為「中國文學史研究委員會」，文復書店出版。台灣坊間可以買到。

更爲強烈的民族意識。這樣，《說岳》也就帶著強烈的愛國思想。

《說岳》是這些英雄傳奇小說中最成功的作品，它繼承了講史優良傳統，特別是他有意識向《水滸》學習，有不少成功之處。

《說岳》較爲傑出的創造一系列的人物形象，這是按照百姓自己理想塑造的。這些人物在現實中成長，但又按照百姓意願理想化了的。

和一般英雄傳奇不同，《說岳》能注意到一些具體細緻的描寫……比起其他英雄傳奇，《說岳》成功之處在於沒有千篇一律的筆調。嚴肅的基調中，也有生動有趣的穿插……而對戰爭場面的描寫更爲突出，有的熱鬧，有的緊張，有的輕鬆，有的沉重，變化多端，有著藝術的感染力。

上引這幾則分析，都是說明《說岳》寫作上的成功處，是以前小說史與單論篇文較少論及的，它客觀的指陳出《說岳》的優點，以及比較上的殊勝。但同時它也指出《說岳》在藝術上仍有缺點，特別是第六十二回以後：「故事與人物皆流入一般化、公式化，又多迷信神怪之說。」整體而言，作者對《說岳》的評價，應是大醇小疵的。

最後，還要提到賈文仁的《古典小說大觀園》〔註13〕，概論部分簡述中國歷代小說的代表作時，於清朝除《紅樓夢》、《儒林外史》、《聊齋誌異》三大書之外，就只有《鏡花緣》、《水滸後傳》、《說岳全傳》是「寫得比較好的」，至於其他同時代的小說，則一概不提，這當然也是把《說岳》提升到較高的地位了。

〔註13〕此書爲台北丹青圖書公司印行，民國 72 年 3 月初版。

第 一 篇
元明清三代演述岳飛故事的戲曲小說

　　岳飛故事的流傳，早在南宋年間已開始，而歷經元、明、清三代，更有不少戲曲及小說繼續演述這類情節，形成一個複雜而連貫的故事系統。目前存留可見的作品仍多，它們或多或少對《說岳全傳》的情節內容與主題觀念，都有影響。本論文在研究《說岳全傳》的本文之前，擬先將這些作品按年代先後，作一個概略的介紹，以便於對岳飛故事流傳的情況，有比較全面性、連續性的了解，並說明最後如何導致《說岳全傳》一書的完成與定型。

　　根據現存宋人筆記的資料顯示，南宋年間，已有說話人開講岳飛的故事，如吳自牧《夢粱錄》卷二十所說，咸淳年間王六大夫於御前敷衍的《中興名將傳》；又羅燁《醉翁談錄》甲集「小說開闢」所說的「新話說張、韓、劉、岳」；據胡士瑩《話本小說概論》的考證，《中興名將傳》應即是「新話說張、韓、劉、岳」，其內容即是講述岳飛等當代名將抗金復國的故事，屬於「說鐵騎兒」的說話家數〔註1〕。在這之後的元明清三代，則由於時代背景的因素，產生了許多岳飛故事的戲曲與小說，本論文以下即分就「戲曲」與「小說」兩個部分，略述這些作品的內容特徵及其相互影響。

〔註1〕見該書第四張第二節。此書爲台北丹青圖書公司出版，民國72年5月初版。

第一章　岳飛故事的戲曲作品

第一節　元雜劇《宋大將岳飛精忠》及《地藏王證東窗事犯》

這兩本元雜劇是現存岳飛故事的戲曲中，最早的作品，可以看出岳飛故事早期在民間流傳的情況。

一、《宋大將岳飛精忠》

此劇在徐調孚編《現存元人雜劇書錄》及王季烈著《孤本元明雜劇提要》均有著錄〔註2〕，題目爲「金兀朮侵犯邊境」，正名爲「大宋將岳飛精忠」，現存有明代抄本，不著撰人姓名。其內容記述金兀朮領兵四十萬侵南宋，秦檜主和議，李綱、岳飛、韓世忠、張俊、劉光世俱主戰；由岳飛率領諸軍與兀朮戰，大敗之，擒獲番將黏罕、鐵罕，諸將各受賞賜。這些內容多與史實不合，可看作是撰者有意改寫捏造，以滿足民眾情感的需要。後代有關岳飛故事的戲劇小說，在某些重要情節與觀念方面，多有承襲此劇而又加以發展的，尤其是使岳飛反退爲進，直搗金邦，逼令金主投降的場面，更爲明、清兩代的戲曲所採用。

二、《地藏王證東窗事犯》

徐編《書錄》於「孔文卿」名下有「東窗事犯」一本，題目爲「岳樞密爲宋國除患，秦太師暗勾謀反諫」；正名爲「何宗立勾西山行者，地藏王證東窗事犯」。此劇內容涉及許多重要情節如：泥馬渡康王、瘋僧泄天機、何宗立入冥等，對後世的戲曲小說影響至鉅。

〔註2〕以下簡稱徐編《書錄》、王著《提要》。此二書均爲台北盤庚出版社印行，不著出版年月。

由上述兩本雜劇的內容可知，到了元代，岳飛的事蹟與傳說，已經在民間盛傳，並進入藝人伶工的編撰搬演中。元代的漢人對於岳飛精忠的肯定以及冤死的不平，對秦檜奸謀的揭發以及死後的報應，都有了確定的批判。甚至，基於民族感情與英雄的崇拜，他們不惜改撰歷史，使岳飛不死，復國安邦。這類情節與結局所顯的意義是：到了元朝，岳飛的聲望與地位，比諸南宋時代，已有較合理的認識與評價。

第二節　明傳奇《精忠記》、《精忠旗》、《如是觀》、《續精忠》

明代，岳飛的歷史地位與聲譽到達最高點：朝廷昭令從祀配享、建廟賜額、核定祭儀，且加封「三界靖魔大帝」，與關公合祀於武廟，因此，明代有關岳飛故事的戲曲作品較多，現存可見的有下列四本：

一、《精忠記》

葉德鈞《戲曲小說叢考》認為此劇是明代人根據元雜劇「地藏王證東窗事犯」改編的，題為「明周禮重編」〔註3〕；又錢南揚《戲文概論》於「宋元南戲經過明人修改」的項下，亦列有此劇，但題目為「東窗記」〔註4〕。又《曲海總目提要》〔註5〕談到此劇作者時，曾云：「此據傳為姚茂良撰」；鄭振鐸《插圖本中國文學史》則推斷此劇非姚氏作品，而應是「周禮重編」〔註6〕。此劇共三十五齣，大抵是以精忠岳飛破擄救國為經，奸相秦檜計陷忠良而自食其果為緯，拈出關目，其間穿插許多重要情節，影響到後來的戲曲小說。這些本事雖大部分根據史傳，但情節敷設則附會稗官雜言，為岳飛冤獄作一翻案，寓含懲惡揚忠之義。

二、《精忠旗》

據《曲海總目提要》卷九云：此劇為「杭州李梅實草創，蘇州馮夢龍改定」。主要是為改編糾正《精忠記》的俚而失實，其編寫取材，除根據《宋史‧岳飛傳》與〈湯陰廟記實〉外，亦多採摘宋元明私人筆記，因此，其情節多有出處，而非憑空杜撰者。張棣華《善本劇曲經眼錄》云：「新訂精忠旗傳奇」二卷，三十七折，演岳飛報國事雖微有粧點，然大體俱有根據〔註7〕。」此劇之李梅實原本已不得見，唯

〔註3〕見「祈氏曲品劇品補校」一節。此書有台灣翻印本。
〔註4〕見「劇本第三」第一節。此書為台北木鐸出版社印行，民國71年2月初版。
〔註5〕此書為董康撰，出版年月與地點不詳。
〔註6〕見第五十二章，此書為台北盤庚出版社印行。民國71年2月初版。
〔註7〕此書為國立師範大學國文研究所碩士論文，嘉新研究論文一九十三種，民國58年7月初版。

馮夢龍更定本尚存。其內容大致從岳侯湼背敘起，接入岳飛、秦檜、高宗、兀朮四人之間的恩怨事件，且兼及岳、秦兩家私事，並陰府對勘，忠奸判明，身後榮辱等。

三、《如是觀》

《曲海總目提要》卷十一云：此劇又名「翻精忠」，為明末吳玉虹或張大復所撰。其本意是因為前此的精忠劇都是直敘岳飛之死，而秦檜受冥誅，未快人意，乃作此翻案。其內容是岳飛成大功而檜受顯戮，兩人一善一惡，當作如是觀。此劇除了這個扭曲事實的特色之外，在第二十六齣有鮑方老祖講說大宋與金國交戰的宿世因緣，這段情節後來被《說岳全傳》採用，並擴大為一個極具效用的神話背景。

四、《續精忠》

《曲海總目提要》卷十四，此劇題為「小英雄」，不知撰人。其內容是接續「精忠記」的結局而別開生面，搬演第二代小英雄岳雷、岳電等，為父報仇雪冤，並代父完成救國大業的故事。這是完全脫離史實的路線，而在虛構的想像中除奸揚忠的使命。明清以後的某些歷史小說如楊家將、薛家將、說唐傳、小五義等，多有描述第二代英雄事蹟的，大抵反映出「上陣還須父子兵」以家族功業為重心的民間觀念。而《說岳全傳》從第六十二回以後，即接敘牛皋率領小英雄們繼續抗金，並平反岳飛冤情，勘定秦檜父子罪行的故事，即是沿承此劇而來的。

由上述四本岳飛故事的戲曲可以看出，明代搬演岳飛事蹟與傳說而為之辯冤復仇的風氣頗盛。這可能與當代尊崇岳飛為神、為民族英雄，以激勵人心並諷刺時政的做法有關〔註8〕。這些戲曲的情節，繼承元雜劇原有的材料，加以擴充、改變，逐漸脫出正史的範圍而成為民俗趣味的作品。

第三節　清傳奇《奪秋魁》

滿清入關後，以異族統治者的身分，對漢人所崇拜的民族英雄岳飛，想盡辦法貶抑之，施行「關羽事劉備的義，取代岳飛抗敵禦侮的忠」，追封關羽三代，且昭令全國普建關廟，而把岳飛的神像移出武廟。這種「抑岳」的政策雖因清高宗個人對岳飛的欽佩而較為緩合，但始終為滿清諸帝所恪守〔註9〕。然而，清代文網雖密，

〔註8〕關於這些戲曲的時代背景，詳見馮其庸〈論古代岳飛劇中的愛國主義思想及其對投降派的批判〉一文，《光明日報》副刊文學遺產第四八○、四八一、四八七期（民國53年九月27日、10月11日、11月12日）。

〔註9〕詳見李安《岳飛史蹟考》外編第十九章。此書為台北正中書局印行，民國89年1月初版。

嚴禁任何帶有排外情緒的作品，而岳飛故事的流傳演述，經歷南宋、元、明不斷的創作，已經完成的說唱系統，擁有大量的觀眾，這是不能輕易禁絕的，因此，康熙、雍正年間，出現了《奪秋魁》傳奇，以及《說岳全傳》，繼續宣揚岳飛的精忠與崇高地位。

《曲海總目提要》卷四十五云：「奪秋魁」傳奇係近時人朱佐朝所作，內演岳飛初年事，與史傳不合，半據小說，半屬粧點。其故事重點在於岳飛與牛皋、王貴三人赴秋試武闈，於校場中打死小梁王柴貴，致岳飛入獄，兄弟離散；後得宗澤保救，帶罪立功，剿平洞庭湖寇等。內容於史無稽，但全劇二十四齣，充滿民間想像的趣味，其重要情節如「拳打小梁王」，以及重要人物如牛皋、王貴等忠義滑稽的形象，在劇中有很好的發揮，而被《說岳全傳》吸收，成為岳飛故事結構中不可缺少的關目與角色。

第二章　岳飛故事的小說作品

第一節　元代的「東窗事犯小說」及《大宋宣和遺事》的片斷

　　《錄鬼簿》卷下「方今已亡名公才人」，於金仁傑名下著錄雜劇七種，有「東窗事犯」，注云：「次本」。這「次本」的意思不明，以致引起後人的猜測與爭論。如《七修類稿》卷二十三「東窗事犯」云：

> 予嘗見元之平陽孔文卿有「東窗事犯」樂府，杭之金仁傑有「東窗事犯」小說，盧陵張光弼有「簑衣仙詩」。

這是把金仁傑的「東窗事犯」看作是小說作品的。但葉德鈞卻認爲金氏的作品不是小說，所謂「二本」或「次本」，乃是與孔文卿的「地藏王證東窗事犯」雜劇連言的〔註1〕，他說：

> 這是說孔、金二人各有「東窗事犯」一本，金作後於孔作。這樣看來，金仁傑的「東窗事犯」明是劇本，而非小說。

這是解釋《錄鬼簿》的「次本」之說，並辨正《七修類稿》的「小說」之誤。但胡士瑩卻又提出不同的看法〔註2〕：

> 《錄鬼簿》卷下，金仁傑下有「東窗事犯」雜劇，注云「次本」，並無小說。《太和正音譜》注作「二本」，亦未提到小說。「次本」二字，始見於《酉陽雜俎續集》……是複本、摹本的意思……或疑郎氏誤憶，我以爲郎氏既親自寓目，決不會連劇本、話本都分辨不清：毋甯說是鍾氏失載爲是。元末楊維禎曾提到講史女藝人朱桂英嘗爲他講說秦太師事。

〔註1〕見《戲曲小說叢考》卷中「金仁傑東窗事犯非小說」一條。
〔註2〕見《話本小說概論》第九章第三節「金仁傑」下。

　　　疑桂英所講的即爲金氏之本，明馮夢龍編的《古今小說》卷二十三「游
　　　酆都胡母迪吟詩」的頭回，即敍東窗事，可能就是金仁傑「東窗事犯」
　　　小說的底本。

這裡的爭論主要是：金仁傑確曾作「東窗事犯」一本，但究竟是雜劇或小說？或者
兩者皆有？葉德鈞與胡士瑩所提出的証據都不夠充分，甚至連自己都不能確定。又
由於金仁傑的原作今已失傳，無從求證，因此，我們不敢妄指何者爲是，但存其說，
以備參考。

　　　此外，元代的《大宋宣和遺事》貞集〔註3〕，亦曾提及與岳飛有關的情節，即
從康王泥馬渡江，到秦檜歸國參政，高宗定都臨安爲止，埋下了岳飛的悲劇根源以
及宋朝偏安的局面。這一段史事與傳說雖未正面提到岳飛的事蹟，卻爲後來岳飛故
事的作品，定下歷史背景與情節間架了。

第二節　明代的短篇小說《續東窗事犯傳》及《遊酆都胡母迪吟詩》，長篇小說《大宋中興通俗演義》

一、《續東窗事犯傳》

　　　這篇小說收錄在明初的《效顰集》中。孫楷第云：

　　　　「續東窗事犯傳」：錦城士人胡迪讀〈秦檜東窗傳〉，憤恨作詩，有怨
　　　冥司語。就寢後，被攝至冥府，乃見秦檜及妻皆受酷毒。其他各朝奸臣宦
　　　官，亦皆有獄。忠良皆居瓊樓。文中附載迪作供一判一，文甚長。按秦檜
　　　冥報，宋洪邁《夷堅志》既著其事，元人又譜爲戲曲……如明嘉靖本《大
　　　宋演義中興英烈傳》，即取此篇爲最後回目，萬曆本《國色天香》及明何
　　　大掄序之《燕居筆談》亦皆選錄。馮夢龍《古今小說》且本之演爲通俗小
　　　說〔註4〕。

《續東窗事犯傳》的內容大致如孫氏所言；至於其故事來源，則云「夷堅志既著其
事」，但今傳本《夷堅志》並無關於這個故事的記載，唯《堅瓠甲集》卷四「東窗事
犯」一則，轉錄《夷堅志》云：

〔註3〕　此書被判定爲元人作品，見汪仲賢〈宣和遺事考證〉一文，收入《中國文學研究》
　　　　一書中（台北清流出版社，民國65年10月）。又台北世界書局版的《大宋宣和遺事》
　　　　把全書分成元、亨、利、貞四集。

〔註4〕　見《日本東京所見中國小說書目》卷六附錄「傳奇效顰集」。孫氏此書爲台北鳳凰出
　　　　版社印行。

　　　　後有考官歸自荊湖，暴死旅舍，復甦曰：「適看陰間斷秦檜事，檜與

　　　　高爭辯。檜受鐵杖押往某處受報矣。」〔註5〕

這段記事可能是《續東窗事犯傳》故事最早的根源。但敘述過於簡略，亦難斷定是
否直接相關。孫氏又云：「元人又譜爲戲曲」，這個戲曲應指孔文卿的《地藏王證東
窗事犯》雜劇，但此本雜劇所演乃何宗立入酆都，而非胡迪入冥事，似屬不同的傳
說系統，據我推測，《續東窗事犯傳》既名爲「續」，則必前有所接，即可能以孔氏
《東窗事犯》雜劇，或以所謂金仁傑《東窗事犯》小說爲正集，而引發另一段情節
接續下去的〔註6〕。在前引《夷堅志》的記載中，包含了兩段秦檜冥報的故事：先
是方士伏章，見檜與高在地獄中備受諸苦，且命傳語夫人：「東窗事犯矣」；其次是
考官暴死復甦，見檜押往別處受報。這兩段故事，在元代以後，分別演爲「何宗立
入酆都」及「胡迪入冥」的兩個傳說系統。若依《夷堅志》的敘事次序，則「何宗
立」事在前，爲正集；「胡迪」事在後，爲續集；《續東窗事犯傳》小說的內容即是
胡迪入冥的故事，所以名爲「續」。

二、《遊酆都胡母迪吟詩》

　　這篇故事收錄在馮夢龍編的《古今小說》卷三十二。其內容可分爲兩部分：「頭
回」敘秦檜夫妻於東窗下密謀陷害岳飛事，可能是話本故事的節略；「正文」則敘胡
母迪入冥遊地獄事，與前述《續東窗事犯傳》的情節內容大致相同，可能有淵源關
係。茲錄其差異處以爲比較（簡稱爲「事犯」與「吟詩」）：「事犯」主角爲胡迪，「吟
詩」則爲胡母迪；「事犯」不曾標明年月，「吟詩」則題爲元順帝至元初年間；「事犯」
只云胡迪讀〈秦檜東窗傳〉，「吟詩」則又加上文文山丞相遺稿；「事犯」錄胡迪所作
七律一首，「吟詩」則錄七絕三首，分別詠秦檜、文天祥，及秦、文二人之比較；「事
犯」錄胡迪於冥間作駢文二篇，「吟詩」則無；「事犯」胡迪所見地獄名目有風雷、
火車、金剛、溟冷、奸回五種，「吟詩」則又多出不忠內臣之獄一種〔註7〕；「吟詩」
借冥王之口宣說宋高宗與岳飛的宿世因緣，「事犯」則無此；「吟詩」又有兩段顯然

〔註5〕見《三言二拍資料》（台北里仁書局，70年3月10日印行）古今小說卷三十二所列
　　　資料。

〔註6〕《續東窗事犯傳》開頭便說錦城士人胡迪偶得〈秦檜東窗傳〉而讀之云云，胡迪所
　　　讀的內容不知爲何？只能假設爲孔文卿的雜劇，或金仁傑的小說。那麼，胡迪故事
　　　應即是接續這個〈秦檜東窗傳〉的情節而演述的。

〔註7〕此獄可能與明末的政治情況有關，閹臣禍國，人所共恨。萬曆年間刊行的《國色天
　　　香》卷十，載有《續東窗事犯傳》全文，但已略作修改，比《效顰集》所錄，多出
　　　「不忠內臣之獄」一種，馮編《古今小說》的「遊酆都胡母迪吟詩」內容，即與《國
　　　色天香》相近。

出於明代人口氣的敘事〔註8〕,「事犯」中則無。

從以上節錄的比較,「吟詩」的正文部份,很可能是從「事犯」敷衍而成,而又改其詩句,刪其駢文,定其年代,並增入輪迴轉世之說及不忠內臣之獄。馮氏這種做法,有其時代與個人的意義,但清初《說岳全傳》第七十二回敘述同樣的故事時,卻以《國色天香》卷十所載爲底本,而與馮氏「吟詩」的內容稍有出入。

三、《大宋中興通俗演義》

這是第一本演述全部岳飛故事的長篇小說,爲明嘉靖三十一年,熊大木編,共八卷,八十則,從斡離不舉兵南侵,李綱措置禦金人說起,其間歷敘南渡後,建炎與紹興年間所有重要的政事施爲、將相出身、抗金戰役,最後則以岳飛被殺、秦檜冥報作結。這本小說的頭緒紛雜,人物繁多,事件層出,大致是採編年體以敷衍正史及筆記傳說而成,而非以岳飛個人的事蹟爲結構主題,因此,直接關繫於岳飛的情節,只佔全書的四分之一,又全書用半文半白的文字寫成,所有事件與人物,幾乎都有可考的出處,但情節平直,缺乏重心與曲折。較可觀的是,此書所羅致的正史材料與民間傳說,甚爲豐富,足供後出的岳飛小說任意取材。

熊大木《大宋中興通俗演義》(以下簡稱:熊編《演義》)刊出之後,萬曆年間又有于華玉編著的《岳武穆盡忠報國傳》出版,此書是爲了糾正熊編《演義》的荒誕不經而作的,于氏在凡例中說熊編《演義》是:

俗裁支語,無當大體,間於正史多戾……舊傳卷分八帙,帙有十目,

大是贅瑣,至末卷摭入風僧冥報,鄙野齊東,尤君子之所不道。

因此,他便「正厥體制,芟其繁蕪,一與正史相符,爰易傳名曰:盡忠報國。」將八卷刪併爲七卷,「更於目之冗雜無義者,裁去其六,每卷繫以回目。」此外,對於熊編《演義》的句複而長,字俚而贅之處,又「痛爲剪剔,務期簡雅」。以上是于氏在寫作態度上的自我說明。但熊編《演義》經過他的刪訂之後,變成逼近於正史傳記的複述,而喪失了民間傳奇的通俗〔註9〕。

在熊、于二人的作品之後,又有了吉水鄒元標編次的《岳武穆精忠傳》,鄒氏字爾瞻,萬曆進士,累官至刑部右侍郎,魏忠賢當權時,他求退而去。據鄭振鐸的說明,這部《精忠傳》是復興了傳奇的趣味,修訂了熊大木舊本的荒誕,而捨棄了于華玉改本的迂腐;其所述者,雖不致離史實太遠,然已有沈酣的描寫與超自然的敘

〔註8〕 即「方今胡元世界,天地反覆」一段,及「又十年,元祚遂傾,天下仍歸於中國」一段。

〔註9〕 詳見鄭振鐸〈岳傳的演化〉一文,收錄於《中國文學研究》書中,明倫出版社印行,未標示出版年月。

述，而不似于華玉的拘牽史實，乾澀無趣〔註10〕。

　　以上略論了明代岳飛故事的兩個短篇小說及三個長篇小說，它們在內容題材上幾乎是先後承襲的，在改寫的過程中，某些故事情節逐漸固定成形，而終於最後完成。這些作品的出現，說明了岳飛故事在明代的盛行，其原因如何？鄭振鐸認為主要有兩點：（一）是受了權奸當國的刺激，與乎外敵侵凌的危懼，因此思良將、惡權臣，而不禁在傳奇中借岳飛、秦檜以抒發之；（二）是岳飛在南宋初，口碑並不怎麼好，直到其孫岳柯作《金陀粹編》為他叫屈之後，又逢金人、蒙人的屢次南下，人民愛國心為之大熾，於是岳飛的故事便盛傳於時。經過蒙古人短期統治之後，漢人痛定思痛，對於為國家捍禦強敵的這位名將，便格外的崇敬。景定年間有《紀事實錄》，不久又有《精忠錄》，都是鼓吹岳飛忠貞的作品〔註11〕。由於這些原因，使得岳飛的地位在明代無限提高，其英雄形象亦逐漸定型。

第三節　清初的《說岳全傳》

　　此書題為錢彩編次，金豐增訂，全名《精忠演義說本岳王全傳》（以下簡稱《說岳》），凡二十卷，八十回。是明清以來最完備的長篇岳傳小說。書首有金豐序文，作於「甲子孟春」，即乾隆九年，很可能就是它的成書年代。序文云：

　　　　從來創說者，不宜盡出於虛，而亦不必盡由於實。苟事事皆虛，則過
　　於誕妄而無以服考古之心；事事忠實，則失於平庸而無以動一時之聽。

這段話可以看作是歷史小說創作的最佳原則。《說岳》在諸本岳傳說部中最為晚出，而最流行，即由於作者有這種符合於英雄傳奇創作的自覺。它是吸收融合了宋元明以來的戲曲內容，而又選擇性的改寫了明代以來岳飛故事的長、短篇小說，然後加入他在歷史知識方面的學養及個人情志上的批判，終於完成這部虛實相涵、雅俗共賞的傑作。雖然歷來小說史家對此書的評價不高，以為它不能與同類型的講史小說如《三國演義》、《水滸傳》相比，但若較諸所謂「鐵騎兒」以抵抗外族為主題的小說，如楊家將、狄家將等，則其藝術成就與民俗趣味，絕不遜色。它包含了許多歷史、信仰、倫理、與性格方面的深刻問題，絕非可以「平庸、荒誕」的偏見，將此書輕易否定的。

〔註10〕詳見註9所引鄭氏之文。
〔註11〕同註9。

第三章　關於《大宋中興通俗演義》 及《說岳全傳》

　　在演述岳飛故事的長篇章回小說中，明嘉靖年間熊大木編撰的《大宋中興通俗演義》為第一本；清乾隆年間錢彩、金豐合編的《精忠演義說本岳王全傳》則是最後一本。這其間雖還有于華玉及鄒元標二人根據熊氏原作而改寫的兩本作品，但筆者於搜集版本的過程中，只得到熊氏的第一本及錢氏的最後一本，餘皆未見，因此，本章專論此二種。

一、熊大木編《大宋中興通俗演義》（以下簡稱熊編《演義》）

　　譚正璧《中國小說發展史》提到熊大木所編宋代史的長篇小說有二：《南北宋傳》二十卷，講述趙匡胤開國建朝以及楊家府世代忠良的故事；《大宋中興通俗演義》八卷八十則，寫南宋高宗偏安江左以及中興將帥衛國抗金的始末〔註1〕。後者即是本章所要討論的。

　　熊編《演義》現存最早的版本為明嘉靖壬子（1552），楊氏清白堂的刊本。孫楷第著錄此刻本的規格是〔註2〕：

　　　　中型、黑白，圖像共十四葉，正文半葉十一行，行二十二字，版心題「中興演義」或「大宋演義」。題「鰲峯熊大木編輯，書林清白堂刊行」，首嘉靖三十一年自序，後署「建邑書林熊大木鐘谷識」。又凡例七條。所附《精忠錄》，題「李春芳」編輯，有正德五年〈重刊精忠錄後序〉。又附古今襃典、古今雜詠及律詩於後。

〔註1〕　見第六章「明清通俗小說一」下。此書為台北啓業書局印行，民國67年7月台四版。
〔註2〕　見《中國通俗小說書目》卷二「明清講史部」。此書為台北木鐸出版社，民國72年7月初版。

根據我所輾轉得到的影印本〔註3〕，與《書目》的這段著錄，對照來看，只有一點疑問：孫氏所謂「圖像共十四葉」，似應改為「二十四葉」〔註4〕。此外，這版本的卷一第一行題為「新刊大宋中興英烈傳」，其餘七俱作「新刊大宋中興通俗演義」，序題又為「武穆演義」。

其次，關於此書編寫的源始，熊氏自序云：

> 武穆王精忠錄，原有小說，未及於全文，今得浙之刊本，著述王之事實，甚得其悉。然而意寓文墨，綱由大紀，士大夫以下，遽爾未明乎理者，或有之矣。近因眷連楊子素號湧泉者，挾是書謁於愚曰：敢勞代吾演出辭語，庶使愚夫愚婦，亦識其意思之一二……於是不吝臆見，以王本傳行狀之實迹，按《通鑑綱目》而取義。至於小說與本傳互有同異者，兩存之以備參考。

這裡提到的「武穆王精忠錄」應即是題「李春芳編輯」的精忠錄，但又云：「原有小說」，則似乎說在他之前就有一本以《精忠錄》為底本的岳飛事蹟的「小說」，大概因為寫得不完整，或不夠通俗，熊氏才又補充大量材料而重新編寫。因此，熊編《演義》的取材，大約有兩個來源：一是正史部分，即所謂「以王本傳行狀之實迹，按通鑑綱目而取義」；二是小說部分，即所謂「武穆王精忠錄，原有小說」。這「小說」的確實情形如何，熊氏並未說明，卻不只一次提及，如自序云：「至於小說與本傳互有同異者」；又清白堂刊本卷六「金熙宗廢謫劉豫」一則，也曾云：「此一節與史書不同，止依小說載之。」〔註5〕又凡例云：「演義武穆王本傳，參諸小說」。這幾條證據使我們懷疑，可能在熊氏之前，便有一本岳飛小說，或至少是熊氏心目中所認為的小說。根據這個假設，我們來檢閱熊氏《演義》所附《精忠錄》的內容，是否有一所謂「小說」的線索：

清白堂刊本所附的《精忠錄》共三卷，其內容依次為：古今褒典、古今論述（以上卷一）、古今賦詠（卷二）、律詩（卷三）。除了卷一收錄了幾篇謚議、封誥、事實、祭文、序文、跋文、題識、敘文、碑記之外，並無可以稱為「小說」的內容。其次，

〔註3〕我所找到的版本是胡萬川先生提供的日本內閣文庫製作，清白堂刊本的縮印微捲。

〔註4〕這些圖像每葉或每半葉的右上角，皆有題字，依次為：岳武穆像贊、祀周同墓、戰氾水關、張所問計、戰太行山、戰竹蘆渡、戰南薰門、戰廣德、兩戰常州、戰承州、次洪州、戰南康、次金牛、蓬嶺大戰、次虔州、復鄧州、復郢州、渡江誓眾、戰勝歸舟、襄陽鏖戰、戰廬州、湖襄招降、岳飛擊走金兀朮於郾城追至朱仙鎮大破之、岳飛奉詔班師、岳飛行次河南軍民痛訴遮道留之、詔張俊同岳飛如楚州閱軍、岳飛辭解兵權、岳飛父子歸田、詔取岳飛就職、岳飛登金山寺。共計三十事，廿四葉。

〔註5〕這兩句是小字註解，排在「卻說酈瓊既殺了呂祉，恐宋兵追擊，連夜投奔偽齊去了」一段之下。

熊氏自序所得精忠錄為「浙之刊本」，而李春芳所序的精忠錄亦是「浙本」，熊、李二氏所見所序的這個「浙本」精忠錄，是改編重訂的刊本，在這之前，還有一個「舊本」精忠錄〔註6〕。並且，這個「舊本」的內容與「浙本」有些不同。而現存清白堂刊本熊編《演義》所附的《精忠錄》在內容上比起「舊本」及「浙本」顯然闕漏了許多〔註7〕；其全名作《會纂宋岳鄂王精忠錄後集》，這『後集』二字不知對何而言，或者另有一個《前集》？

　　從上面這些討論來看，我們可以作成這樣的推測：《精忠錄》的版本可能有二，即傳誦已久的「舊本」，以及浙江重刊的「校正增訂本」；「舊本」的作者、年代、內容，都不可知；「校正增訂本」則為明正德年間麥公或劉公所刊布。熊大木自序所言「浙之刊本」即是後者。其次，「舊本」與「校正增訂本」的內容可能包括有：圖、傳、銘記、歌詩、戰功圖、以及熊氏自序所謂的「小說」；但現存清白堂刊本熊編《演義》所附《精忠錄》並無上述諸項內容，既非「舊本」，亦非「校正增訂本」，而只是「後集」。根據這樣的推測，我們只能假設，在熊編《演義》之前，已經有所謂「舊本精忠錄」（或「精忠錄前集」）的小說，著述岳飛一生的功業事迹，甚為詳細，而熊氏取之與岳飛本傳、行狀及《通鑑綱目》互相參照而編成演義。因此，在演義內容的很多地方，留下「小說」的痕迹。

　　再來，談到熊編《演義》的內容及特色。

　　此書全用半文半白的文字寫成，幾乎大部分的人物與事件，都有正史的出處，但情節則平鋪直敘，缺乏重心與趣味。熊氏於「凡例」說明此書的編寫，大致是以忠於正史為原則，只於某些史實的空處，補入小說，因此，其情節大綱與故事脈絡，都依《通鑑綱目》的年代順序編排。在內容方面，此書是以岳飛一生的事迹功業為

〔註6〕清白堂刊本所附《精忠錄》，有明武宗正德五年（1510年）李春芳的〈重刊精忠錄後序〉，序云：「欽命太監劉公，來鎮兩浙……他日讀王之精忠錄……板行已久，頗有脫落。況近有頌王、弔王之詞，珠玉相照，皆未得登板，亦缺典也。乃躬為釐正而重刻之。」在這序中，李春芳作序的是「浙本」精忠錄，而此本的編訂者為太監劉公；那麼，在李春芳、劉公之前，必定還有「舊本」的精忠錄。

〔註7〕清白堂刊本附《精忠錄》另有陳銓的〈重刊精忠錄序〉及趙寬的〈精忠錄後序〉，這兩篇序文都提到：「奉勅鎮守浙江太監麥公，即舊版行之精忠錄，躬為校正而翻刻。」這裡的「太監麥公」與李春芳序的「太監劉公」不知是否同一個人。陳銓的序又云：「武穆之烈，載在史傳，雜出於稗官小說。而精忠錄一書，則萃百家之言而備之者也。有圖有傳有銘記有歌詩，海內傳誦久矣，奉勅鎮守浙江太監麥公……間嘗閱是錄而慨然有感，因取而表章之，序其戰功，列圖三十有四，增集古今詩文凡若干篇，刻而傳之，以為天下臣子勸……。」此處提到的「舊本」內容至少有圖、傳、銘記、歌詩；而太監麥公重刻的「浙本」則又增附了戰功圖、古今詩文。這些內容，在現存清白堂刊本熊編《演義》所附《精忠錄》中，多不可見。

主體，而其他相關人事則只是選擇性的錄其大要，以作爲陪襯岳飛中興大業的時代背景與人事關係〔註8〕。這些說明，可以從《演義》中舉出一些實例：每卷起首都標明所述事實的年限與出處，如卷一：「起靖康元年丙午歲，止建炎元年丁未歲，首尾凡一年事實。按宋史本傳節目。」這種以編年爲體的敘事法，是大多數中國講史小說的通例，即所謂「按鑒演義」者。在這些現成的事件大綱之下，演義作者的工作，似乎都在於如何選材、判斷、增刪、聯綴，以便在以年代爲連續的人事中呈露出作者所欲宣說的主題。伊維德（W. L. Idema）認爲熊大木的編輯方式，似乎在所有情況下都是一致的，即是：

> 在《通鑒綱目》或它的續集之一所提供的一個按年代次序的大綱裡，
> 他增添了從廣泛的不同來源裡所找到的資料。如果找不到虛構的素材，他
> 就讓《通鑒綱目》本身來填補空缺〔註9〕。

在《大宋中興通俗演義》裡，這種編輯方式也是明顯可見的：除了所敘述的事件嚴格遵守《通鑒綱目》的年代排列之外，又羅列了大量的章奏書札，以及詳記人名字號、官職升降、生卒年月；並且，習慣於直接引用《通鑒綱目》的評語來論斷其中的故事情節。只有在對話與戰場描述方面，有比較口語化與虛構的想像。因此，整部演義讀起來只如通俗化的編年史，而缺乏小說趣味。熊氏自序亦云：

> 或謂小說不可紊之以正史……然而稗官野史，實記正史之未備，若的
> 以事迹顯然不泯者得錄，則是書竟難以成野史之餘意矣。

這段話可以代表熊氏對歷史小說的觀點，即「證正史之未備」而已。他並沒有把歷史小說當作是可以超乎正史限制的創作，而卻比較重視根據正史的直接演述，以講求歷史人事在敘述過程中的可信度。因此，在虛實相涵的效果上，便不如《三國演義》的深刻而有趣。

再從「目錄」所列舉的內容大要來看，此書從「斡離不舉兵南寇」的靖康年間敘起，接入二帝被虜、高宗南渡以後，諸如苗劉作亂、劉豫僭國等大事；以及中興

〔註8〕凡例共七條，茲錄其較重要的四條於後：
　　一、演義武穆王本傳，參諸小說，難以年月前後爲限，惟於不斷續處錄之，懼失旨也。
　　一、宋之朝廷綱紀政事，係由實史書載，愚不敢妄議，俱闕文。至於諸人入事，亦只舉其大要，有相連於武穆者斯錄出。
　　一、大節題目，俱依通鑒綱目牽過，內諸人文辭，理淵難明者，愚則互以野說連之，庶便俗庸易識。
　　一、是書演義，惟以岳飛爲大意，事關他人者，不免錄出，是號爲中興也。
〔註9〕見〈南宋傳與飛龍傳〉一文——《中國古典小說研究專集（二）》，台北聯經出版社印行，民國69年6月初版。

將相的出身與事迹、賊寇的騷擾與金兵的入侵、並朝野人士對和戰的爭議……。在這些複雜動盪的事件中，夾敘岳飛的身世、言行、經歷與戰功；最後則以秦檜的陷害岳飛父子而旋即慘遭冥報，為結束。所以這些內容裡，直接敘及岳飛的篇幅甚少，亦無法凸顯岳飛在此書中的主角地位。因此，我贊成使用《大宋中興通俗演義》這個概括性的名稱，以涵蓋靖康、建炎、紹興這一段時期的全盤人事，而副題不妨名為「武穆王演義」，因為此書所述中興諸將中，也只有岳飛一人的生平始末較為完整。以下便把此書中屬於專敘岳飛的章節內容抽出，以瞭解熊氏對岳飛傳記的概念：從卷一的第九則「岳鵬舉辭家應募」開始，大抵根據《宋史·岳飛傳》的記載以敘其身世大略，其重點在岳飛與周侗學射的一段故事，有兩段話分別代表了其父岳和與其師周侗對岳飛的期許，也就是預定了岳飛一生的命運與行事原則。接下去是寫靖康間，胡馬縱橫，宋兵畏縮，而岳飛抵死不肯趁亂為寇的氣節，感化了相州豪傑的故事。此外，卷一還寫出他自投劉浩，被引見康王，受命收捕賊寇並擊破金兵的事。此時的岳飛，初入行伍，其表現並未受重視，書中對他的相貌有這樣的描述：

> 康王視之，見其人身長七尺，腰大數圍，面如傅粉，唇若抹朱，鼻似懸膽，眼似刀裁。端的智勇並兼，武文皆備。

這種形容詞只是通俗小說對英雄外表的俗套描寫，並不能特顯出岳飛真切的外型。卷二以後，岳飛的傳記完全進入正史範圍，熊氏幾乎是照本宣章的抄錄史傳中有關岳飛的戰功、行止、際遇、策略、部將、及官爵升降等事，且前後並無聯貫性。以下只將相關回目，記錄於後：

> 卷之二：岳飛與澤談兵法，岳飛計畫河北策。
>
> 卷之三：岳飛破虜釋王權，岳統制楚州解圍。
>
> 卷之四：岳飛用計破曹成。
>
> 卷之五：岳飛兩戰破李成，岳飛定計破楊么，牛皋大戰洞庭湖，鎮汝軍岳飛立功，岳鵬舉上表陳情。
>
> 卷之六：岳飛奏請立皇儲，小商橋射死再興。
>
> 卷之七：岳飛兵拒黃龍府，岳飛上表辭官爵，岳飛訪道月長老，周三畏鞫勘岳飛，下岳飛大理寺獄。
>
> 卷之八：秦檜矯詔殺岳飛，陰司中岳飛顯聖，東陽市施全死義，棲霞嶺詔立墳祠，效顰集東窗事犯，冥司中報應秦檜。

若以比例而言，全書八卷八十則，敘及岳飛的僅有大約二十三則，其餘分敘李綱、宗澤、張浚、韓世忠、劉子羽、吳玠、吳璘、楊沂中、李世輔、劉錡、秦檜等人物及相關事件，筆力過於分散，線索太過繁雜，不能顯示岳飛在這些人事中獨特而高

超的地位。即使就敘及岳飛的二十三則而論，大部分事蹟，幾乎於正史都有可尋的
證據。熊氏的敘述又枯燥無奇，只如據史直錄而已。綜合的說，由於熊氏過於拘牽
史實，只重縷述岳飛於正史上的功業行止，而忽略了其內在性格的刻劃，致使小說
情節缺乏前後聯貫性與因果性，不足以使讀者了解岳飛一生的經歷，對其個人抱負
的意義。總之，熊氏《演義》對岳飛故事的流傳也許有特定的地位與作用，但此書
本身對岳飛傳記的經營，則是失敗的。

伊維德（W. L. Idema）認為此書在寫作上的基本結構概念是一種「報償的過程」：

> 包括國家與個人的兩種層次。熊氏對報償的看法，不是宿命論或決定
> 論的，而是人們或國家積極創造他們自己的命運。書中那些不該受苦的人
> 得到了報酬，而那些不道德的人得到報應。它們顯示了從起因到結果的整
> 個過程。熊氏並不試圖給予道德教訓，他從開始到結尾，只是描述他筆下
> 人物的道德行為所統治的世界〔註10〕。

熊氏的寫作態度當然是比較客觀，或儘量求客觀的，他似乎自居於編輯者的地位，
只把各種來源的材料，按照一個現成的年代次序，加以編排敘錄，而不夾雜個人的
議論，即使在某些章節出現的評論性文字，也都是直接引用《通鑑綱目》的斷語，
或間接引用詩人的吟詠，在這種客觀的敘事中，熊氏儘量詳細的交待了每個人格與
事件的細節，而從這樣的始末因果的過程裡，所謂「報償」的事實，很自然地呈現
出來，甚至不須額外的道德批判。熊氏對徽、欽、高三個皇帝，以及靖康、建炎、
紹興年間政局的寫法便是如此的；徽、欽二帝昏昧，用人不當，致亡北宋而身囚金
國；高宗素性苟安，庸懦畏縮，於是顛沛流離，終日惶懼。而北宋與南宋的命運也
敗壞在這三人手裡。這種及身的報償是顯而易見的。其中唯有對岳飛無可比擬的功
業與人格，從南宋迄於元明，都不曾給予合理的報償，或者說，根本沒有任何現實
的報酬能完全抵償岳飛對宋朝的貢獻，並平息岳飛慘死的冤氣，雖然岳飛死後，南
宋諸帝也曾追封加爵，上廟致敬；其子孫也享其蔭榮。而秦檜改諡「謬醜」，追奪王
爵，歷代史書與文人也多明辨其忠與冤。但這些都是餘事，不足以圓滿岳飛之切望。
岳飛平生所致力的乃在於宋朝之中興，二帝之返駕，以及平金滅虜，收復失土，伸
張漢族的聲威。然而，終南宋之世，這些志業都成泡影，岳飛既死，後繼無人，大
宋不僅不能復興，且又亡於異族。因此，在熊編《演義》所敘次的南宋人事中，唯
岳飛在歷史現實的報償上是不公平、不完滿的，熊氏只得別出心裁，脫出正史之外，
從民間傳說中尋求補償，這就是卷末借用《效顰集／續東窗事犯傳》以為全書收場

〔註10〕同註9。

的用意：岳飛父子封了神，永享人間香火；秦檜夫妻並其黨羽則打入地獄，萬劫不得超生，熊氏的用心當然是不得已的。事實上，他對建炎、紹興年間史事的感慨，都表現在下面的話裡：

> 使康王不惑於小人，專任岳飛等將，那時金人喪氣，宋室復振，豈有中華淪沒於夷狄，徽欽流喪於沙漠之事乎？惜哉！（《演義》卷一：宋徽欽北狩沙漠）

這是實情，也是熊氏與岳飛共同的惋惜。

二、錢彩、金豐合編《精忠演義說本岳王全傳》（以下簡稱《說岳》）

這本《說岳》幾乎可以說是宋元明清以來，民間流傳的岳飛故事的小說定本，在這之後，只有一些說唱形式（而無小說）的作品出現，其內容大致與《說岳》相近，或直接從《說岳》改編而成。因此，這本《說岳》，對於岳飛故事的流傳與定型，有著重要的意義。鄭振鐸云：

> 這些明代的岳傳，到了清初而有了一個總結束，這便是錢彩編次，金豐增訂的《精忠演義說本岳王全傳》。這部書凡三十卷，八十回，是一部最完備的精忠傳……說岳精忠傳是不得不由精忠傳而成為荒誕的熊大木的《武穆演義》，更不得不捨棄了簡雅的于華玉的《盡忠報國傳》，而走到更為荒誕的錢彩、金豐的《說岳全傳》，這乃是自然的進展，也便是民間的需要。一切傳奇都不能不走到這條路上去。不荒誕便不成其為傳奇，便不能為民間讀者所深喜〔註11〕。

如依鄭氏文意，所謂「荒誕」，似與「簡雅」對比成詞，則熊編《演義》的荒誕，應指文字敘述的蔓衍俚俗，以及許多迷信情節的糝雜，破壞了所謂的歷史的寫實性。于華玉於《盡忠報國傳》的凡例中，批評熊編《演義》說：

> 俗裁支語，無當大體，間於正史多戾……至末卷，摭入瘋僧冥報，鄙野齊東，尤君子之所不道。

于氏所言，或可作為「荒誕」，即「間於正史多戾」、「君子之所不道」，但據前面的分析，熊編《演義》可在內容取材上，主要是以《宋史》、《金陀粹編》、《通鑑綱目》諸書作為結構大綱的，其間敘及靖康、建炎、紹興年間的人物與事件、時間與地點等，幾乎都有正史根據，甚至大部分的章奏、詔令、檄文、對話、御札，也多是按正史文獻的原文，整段抄錄，或僅於文句上略加改動而已；即偶爾插入所謂「小說」

〔註11〕鄭振鐸：《插圖本中國文學史》第六十章：長篇小說的進展，台北盤庚出版社（1978.12）

的情節，也註明與正史的出入。因此，全書的性質，仍屬「據史演義」的路數，是忠於正史而「懼失旨也」（熊編《演義》凡例）的。那麼，于氏對熊編《演義》的批評與改寫，也僅止於把他認為不與正史相符的情節、文字刪除，再加以濃縮修飾而已；這種作法，只能稱為「通俗歷史」或「正史傳記的複述」，而不是小說，因此，于氏的改寫，只顯得迂腐無聊，而不能使岳飛的形象更具體可識。反過來，從小說的尺度而言，熊編《演義》的荒誕程度仍不夠，似乎還是拘牽史實，而不能完全放縱想像力。所以，熊編《演義》之後，有鄒元標的《岳武穆王精忠傳》，復興了傳奇的趣味，在某些章節已有更小說化的沈酣的描寫，而《說岳》則更是循著熊氏、鄒氏傳奇小說化的路線推進，而到達最後定型。

據前引鄭氏的評語，《說岳》是「更荒誕了」，因為《說岳》除了文字方面更加蔓衍鄙俚之外，內容方面，由於收容大量戲曲、小說與筆記傳說的情節，再加上作者本人虛構的創造，其正史的可信性更顯得薄弱了。甚至，其中大多數的人事細節，都犯了嚴重的歷史錯誤。這可解釋為錢彩為了加強「小說」（或傳奇）的趣味，而甯願犧牲正史的可信度；或者比較而言之，在歷史小說的類型區分上，熊編《演義》似屬「根據史書的記載，演義而成的小說」；《說岳全傳》則是「自民間傳說與說話人的傳統衍化而來的小說」。即是說，熊編《演義》的史實成分較多，屬於通俗化的歷史；《說岳全傳》則為有主題、有結構、有想像的、完整的歷史小說，也就是鄭氏所謂：因為敘述與描寫的放大，使人物、情節更詳細深入且生動活潑。它的性質是英雄傳奇的，民間理想的，而又表現了強烈的愛國精神。這些特徵使得《說岳》在清初異族統治下的民間社會，能具有特殊的時代意義，而被普遍接受與傳誦；但也因此觸犯了滿清的忌諱而一度被查禁。

在故事來源方面，《說岳》廣泛的取材元明以來所有的雜劇傳奇，如《宋大將岳飛精忠》、《地藏證東窗事犯》、《精忠記》、《精忠旗》、《如是觀》、《續精忠》、《奪秋魁》等；以及短篇文言小說《續東窗事犯傳》；此外，必定還有許多來自其他文人筆記、民間傳聞的材料。這些不同來源的材料，使《說岳》的編寫方向逐漸脫出熊大木與于華玉「據史演義」的路線，而更趨近於民間傳說的系統。此外，《說岳》雖然大體上仍有正史的間架與影響，但故事中大部分的人物、事件、年代、地理，以及附屬物（如兵器、服飾、車馬、官職等），這五種基本要素，與正史多不相符，因而我們不能確指它與正史的關係如何，正史的記載只能作為追溯小說中人事來源並分析其演化的最後依據。但我們也不能因此認為作者缺乏歷史知識，或不講求歷史的正確性，而應該說是錢彩在文學或史學的傾向裡作了選擇，因為熊氏與于氏的演義，在歷史材料的工夫已經作得夠了，而鄒元標的改寫則提供了小說史發展的方向（傳

奇的趣味，沈酣的描寫）；並且，元明以來戲曲資料中對岳飛形象的塑造，也愈來愈背離正史而自成局面；那麼，錢氏在總結前代這些戲曲小說的成績時，即是順從這種演化趨勢轉向「小說傳奇」的路線，這也正是金豐的序所說的「不宜盡出於虛而過於誕妄，亦不必盡由於實而失於平庸。」這樣的主張應即是「歷史小說」這種類型所奉為原則的，至於如何達到這個理想，則在於作者的學養與技巧了。可以肯定的是《說岳》的確符合了這些要求，成功的調配了史實與虛構，並貫注了作者與民間的共同的意念。

尤其值得注意的是，《說岳》的敘事，完全以民族英雄岳飛一生抗金禦侮的奮戰為中心，兼及其他相關的副題，如忠奸對立、英雄伙伴、第二代子弟兵等。因此，它是以岳飛個人的傳記為主，而刪除了在熊編《演義》中那些不甚相關而又複雜紛繁的時事與人物。它之所以稱為《岳王全傳》，與熊氏的稱為《中興演義》，在名義及範圍上都是不同的。

由於本論文的專題重點在《說岳》這本書，因此，在這裡還要總結此書所以勝過明代岳傳小說的主要特徵，以表顯它的代表性地位，首先，在寫作的形式上，它是將諸舊本（即熊氏、于氏、鄒氏演義）的敘述與描寫都放大了，便格外得以用工夫細寫那些情景與人物，一切的敘述更詳盡深入，一切的描寫更生動活潑了。

此外，在主題與情節方面，《說岳》也有許多特徵：

△　第一回「天遣赤鬚龍下界，佛謫金翅鳥下凡」，預先為整部書的歷史人事，佈置了具有「天命與因果」的神話背景，並透過陳摶與鮑方老祖在故事間的穿插，適時解說這些人事現象的前定意義。第八十回以「表精忠墓頂加封，證因果大鵬歸位」呼應並收束全書人物的宿世恩怨，這種以神話始，以神話終的完整結構，是深具用意的。它不但化解了人世間無法寧息的冤戾，並且賦與所有人事以宗教的意義，人心上應於天意，一切治亂循環都在「盡人事，聽天命」的雙重觀照下得到圓融的解釋；善與惡都不是絕對的，但各有其分限。《說岳》這個神話結構處理得頗完美，其起結的設計可能是仿自佛經的形式，而不落俗套。

△　廣泛的吸收了元明清三代的雜劇傳奇，及其他說唱文學中的精彩部分，詳盡的描寫了那些不著於正史記載的故事，這些故事不但反映了民間的岳飛形象，更彌補了歷史記事的空虛，修正了政治立場的偏差。

△　創造了牛皋的「丑角」形象，使之與岳飛的「英雄」形象配合，在性格上互相對照補足，也調和了愛國與忠君在行為觀念上的矛盾。

△　對於角色的「類型化性格」有較固定而深刻的描寫，如岳飛之忠、秦檜之

奸、兀朮之橫，乃至於高宗的昏懦，不再受限於複雜的史實而模稜兩可。

△　傾向於「英雄傳奇」的形式，以岳飛父子及其結義兄弟所組成的「集團」的征戰功業及敘事主線，兼及此集團在朝廷「奸臣」的構陷與「外族」武力的侵略，雙重夾攻中所表現的忠孝節義；也贊揚了抗金戰爭中忠臣死節的情景，以及民間英勇衛國的事蹟。

△　以《水滸傳》的續集自居，轉化大多數賊寇的形象，而收歸在忠義為國，一致對外抵抗異族的旗幟之下，這是一種民族情感的強調，也是共同命運下，所有愛國民眾的大結合。而這股強大力量的善用與否，關係到整個國家的安危榮辱。《說岳》有意把岳飛塑造成聯結這股勢力，以扭轉國家命運的關鍵人物。

△　大量運用「市語」，使全書敘事文字更熟練生動，便於普通百姓的口頭傳述。

△　為了民間情感的需要，從六十二回起，在岳飛父子冤死獄中之後，創造了第二代英雄繼承父兄遺志，擊退金兵，挽回國祚，並平反冤情，報復奸賊的一大段虛構故事。

　　以上所列幾項特徵，大部分屬於《說岳》所獨有的，或者強化的；它們使岳飛故事的演進，達到一種出神入化的境界，這是前此所有相關作品無法比擬的。但是，它存在有某些缺點，如思想的陳腐、類型的套用、文字的粗疏，以及過分美化或醜化的形容、性格表現的勉強做作、法術妖人的介入等，使全書的內容顯得駁雜突兀。不過，這些缺點並不能否定此書的整體價值，當我們作更進一步的分析之後，仍然可以發掘出許多值得探討的問題，並旁通於其他同性質小說的欣賞與研究。

第　二　篇
《說岳全傳》之本文研究

第一章　天命與因果的神話背景

　　《說岳》第一回，在還沒正式演述岳飛故事之前，便以「天譴赤鬚龍下界，佛譴金翅鳥降凡」為題，闡說了一段神仙禽獸，與天命、因果的神話。〔註 1〕這段神話情節，是清代以前的岳傳演義裡所沒有的，因此，它可說是錢彩創造的，放在《說岳》的第一回，有其特殊作用，使《說岳》的結構不同於其他早期的精忠演義。它有雙重意義：除了作為英雄傳奇的外在背景，更是整部小說情節的內在結構，類似這種神話模式在明清以來長篇小說中的運用，有很多例子，如《鏡花緣》、《儒林外史》、《紅樓夢》等；但表現得最完整的則是英雄傳奇類的歷史小說，如《水滸傳》的楔子及第四十一、五十二、五十三、七十回，把梁山泊一○八位好漢的出身上應於天象，並於大聚義之後，逼顯一個天命的總合大方向：替天行道、忠義雙全。〔註 2〕《水滸傳》為小說中的人事安排這種天命的背景，使這些草澤英雄具有超凡的出身，並由此說明英雄好漢的性格與行為乃是天命賦與的，這不但預期了他們性格的獨特，更保證了他們行為的有效性與必然性，更進一步說，這些性格與行為既是天命的直接呈現，也就擴大到足以代表國家氣運的盛衰。這個神話背景相應於歷史事實的，則是宋徽宗的昏庸荒淫任用群小，而致內亂外患的接踵而至。《水滸傳》透過梁山英雄的為寇，以表現天命對徽宗朝政的不滿與警戒。但宋朝畢竟氣數未盡，所以宋江等魔君雖騷擾了一陣，終歸於接受招安，為天命正統的朝廷效命平方臘。「天命」在小說中的意義是：絕對的支配原則，它完全掌握著紛紜複雜的事象，並在背後規劃出一定的秩序，而這秩序亦是國家氣運與人物命運的先驗，一切人世間的是非爭執，最後都納入天命預設的架構中，因此，這種天命背景在小說中有著特定的

〔註 1〕 此處非指先民的原始神話，而是經過文人刻意創造，用於文學中作為象徵性與結構性的神話。

〔註 2〕 詳見張火慶：〈水滸傳的天命觀念〉，台北《鵝湖月刊》第三十期。

意義。羅藍德‧巴特斯（Roland Barthes）說：

> 從歷史通往大自然的過程中，神話功不可沒，它革除了人類行動之繁複，使之絕對單純；它隱匿了所有邏輯或任何我們無法立即看清者；它組織了一個沒有矛盾的世界，所以是一個一目了然的世界。神話創造了令人愉快的明晰：事物看起來自有其含義。〔註3〕

另外，《封神演義》以更大的規模，企圖用這種神話背景來解釋商周之際，改朝換代的戰爭，為了支持周王權的合法地位，並宣布商政權的取代，它不但以天命解說了周文、武父子有德當興，因此姜尚輔周；以及商紂昏暴當滅，所以妲己得寵；並且，周武王起兵伐紂，天下諸侯一體響應，連三教神仙也降凡扶助。這些歷史上的重大問題，在小說中則被簡化於第一回的一句話裡：「天意已定，氣數使然。」此外，第六回、十五回，更詳細的註解了所謂天意、氣數在整部小說中的意義。〔註4〕這種作法，對於歷史真相的解釋，雖無充足的說服力，但卻表現了另一種自圓其說的象徵。明清以來的小說作家習用此套，逐漸形成一個傳統，而讀者亦慣於透過這樣的解釋去認知歷史人事。

與《水滸傳》、《封神演義》類似，《說岳》也企圖使用這種神話背景來註解南北宋的興衰以及岳飛的生平事蹟。關於這些史事的真象及其成因，歷代史家並無一致確定的結論，小說家則憑其想像加以附會詮釋。當然，作者未必相信事實即如神話所說，而是取材於民間傳說，再擴大成為虛構的象徵而已，當正史記載不足以說明古今人事的內在動機與心理狀況時，這種神話背景可供作參考，適當的滿足讀者對它們的想像與猜測。這裡，先把《說岳》中，「天命」與「因果」的神話背景，勾勒

〔註3〕 見《神話與文學》第一章所引。此書為 William Righter 著，何文敬譯。台北成文出版社68年10月初版。

〔註4〕 中國從五經開始，便發展出一整套獨特的天命哲學，其中有道德的憂患意識，有智慧的自然主義，以及孔子知命、墨子非命、孟子立命、莊子安命、荀子制命、禮記本命、漢人受命、魏晉人論運命等不同的人事主張；但它們對天命的原始而共同的認識，則是「冥窈難測，孰知其故」；因為天命無常，自有一套原則，而不與人的道德理性相關，但國之存亡興衰與人之窮通禍福，都在它的宰制下。這種天命觀念在中國小說中被固定為主宰人間一切變動現象的終極而絕對的威權。後來雖與佛教的「因果報應」結合，雜入自我與唯心的概念，使小說中的人事較具有道德理性的決定，但原始而權威的天命觀念並未被取代，只是簡化為小說結構的總括原則，而把較細致的人情恩怨留給因果去描寫。《水滸傳》的神話背景中仍只有天命觀念，而無因果學說。《封神演義》第六回云：「一則是成湯合滅，二則是周室當興，三則是神仙遭逢大劫，四則姜子牙合受人間富貴，五則有諸神欲討封號。」第十五回亦有類似的話，這些話把正史中複雜的人事拋棄，而以非理性的天命概括來取代之。這是中國歷史小說中的獨特表現。

出一個大體的結構：第一回「天譴赤鬚龍下界，佛謫金翅鳥降凡」，首先說明了：

1. 宋徽宗乃是上界長眉大仙降世，酷好神仙，自號道君皇帝，只因某年元旦的表章上，誤把「玉皇大帝」寫成「王皇犬帝」，觸怒了天帝，遂命赤鬚龍降生於女眞國黃龍府，使他後來侵犯中原，攪亂宋室江山，萬民受兵革之災。從這一段故事看，則只是玉帝與徽宗的私人恩怨，但玉帝代表天庭的威權，而徽宗則統治人間萬姓，因此，這恩怨擴大成爲天庭與人間共同的糾紛，不但百姓受無妄之災，神仙也受波及而下凡歷劫。這樣的安排，使玉帝現出專制殘酷的形象，而徽宗則顯得輕率與愚妄。至此是一個段落，一段因果。

2. 西方極樂世界我佛如來正講說《妙法眞經》時，有位值星官女土蝠，偶然在蓮臺下放了個臭屁，被佛頂上護法神大鵬金翅鳥一嘴啄死，於是女土蝠往東土投胎，大鵬亦因此犯了殺戒。至此又是另一段私人恩怨，而女土蝠的輕率可比宋徽宗，大鵬的專斷則似玉帝。

這兩段故事原本是不相干，各有因果的。但小說卻用下列的話把它們聯結起來，第一回：

> 我佛如來恐赤鬚龍無人降伏，故遣大鵬下界，保全宋室江山，以滿一十八帝年數。

> 佛爺將慧眼一觀，口稱：「善哉，善哉，原來有此一段因果。」遂喚大鵬近前喝道：「你這孽畜，既歸我教，怎不皈依，敬謹護法，擅起殺心，犯此劫數，自作之孽，應受一場苦楚。速去塵世了卻一劫，待功成圓滿回來，再成正果。」

這樣的觀照與聯結，把兩段因果整合成一個「天命」、「劫數」的觀念。即是說，大宋的運祚應有十八帝數，但徽宗觸怒玉帝，須受懲罰，所以遣赤鬚龍下界攪亂，這個報應止於徽宗個人身受，卻不該危及宋朝未盡之數。但赤鬚龍降世之後，恐難降伏，須有以制之，恰遇大鵬犯戒，於是命他臨凡以扶持宋室。這便是本書的「天命」主題。至於「因果」方面的應驗，在小說中則是：金兀朮（赤鬚龍）屢次入侵宋土，終於擄走徽、欽二帝。而王氏（女土蝠）嫁給秦檜，共謀陷死岳飛（大鵬）。

上述的因果與天命，已夠解釋南北宋興亡的重要事實，但正史中陷害岳飛的秦檜，亦須有所交待，小說於是又補入另一段因果：

3. 大鵬被貶謫投胎途中，在黃河邊啄傷鐵背虬龍，並啄死團魚精。後來團魚精轉生爲万俟卨；鐵背虬龍爲了報仇，於岳飛出生時，興起大水淹死一村百姓，誤犯天條，被天庭斬首，其陰魂投胎爲秦檜。這段因果比較曲折，並且具有雙重意義：「雖是天數，也是大鵬結下的冤仇。」既是私人恩怨，也是天命使然。

　　這三段私人恩怨所造的因果，都可涵蓋在天命的大原則內，且貫串全書，成為推動情節的原動力，確立了全書的結構：北宋當亡，南宋必興；其間則演出一連串政治與戰爭互相傾軋的人事現象。此外，還有一些與前三段因果無關，純屬天命支配的人物如牛皋（趙公明座下黑虎）、張憲與岳雲（雷部將吏）。張、岳二人只是下凡輔佐岳飛完成中興事業的，故與岳飛同時遇害；牛皋則除了作為岳飛性格的另一面象徵，更是剋制兀朮的天命繼承者。〔註 5〕在這些簡化了的天命與因果裡，小說曾藉道士陳摶與鮑方老祖為先知、監察者。陳摶不僅給大鵬取名為「飛」、字「鵬舉」，遺授玄機，以免忘了本來面目（第一回）；又曾救護岳飛逃過洪水之難（第二回）。鮑方老祖則曾收留牛皋，並贈寶賜藥以拯救宋朝將兵（第十五回）。這些事件都不是偶然發生的。

　　《說岳》起首安排了這樣的神話背景，讓那些禽、獸、龍、魚都下凡投胎為人之後，即接入敘述他們在人間依其因果與天命而演出的故事；這些故事大抵來自正史與傳說，但都在作者的安排下，賦有前述神話的意義；這才是小說的所謂「正文」部分，也是與前代精忠演義有著淵源的部分，讓這些人們演出屬於人間的事。直到末回，歷史人事告一段落，這個神話背景才又出而收場，並點明其前因後果，作個收束。第八十回云：

> 有太白金星俯伏玉階啟奏道：「……臣查得中界道君皇帝，元旦郊天，誤寫表文，曾命赤鬚龍下凡，擾亂宋室江山。西天佛祖，恐其難制，亦命大鵬下降，隨後眾星官紛紛下凡者不一，有紫微星（宋孝宗）已臨凡治世，宋室合當中興。所有火龍、大鵬，並一眾星辰陣亡魂魄，應當作何處置？

於是玉帝下判文云：道君歷盡苦楚，竄死沙漠，既受人累，免其天罰；火龍（兀朮）不應私污秦檜之妻，難逃淫亂之罪，罰打鐵鞭一百，摘下項下火珠，鎖禁丹霞山下，令他潛修返本；黑虎（牛皋）仍著趙公明收回；大鵬（岳飛）即送歸蓮座。此外，秦檜等奸人，入地獄受罪；張憲、岳雲等人則各有加封。到此為止，重複說明了天命與因果所導致的一場人間事件，累得許多星官下凡，以應劫數；如今，復返天界，又按他們在下界的功過而分擬賞罰。於是歷史上一篇大事，塵埃落定，恩怨分明，善惡無差，都成了虛妄。小說借佛祖的話云：

> 善哉，善哉，大鵬久證菩提，忽生瞋念，以致墮落塵凡，受諸苦惱。
> 　　今試回頭，英雄何在？

這話把天命、因果以及人間諸相，輕輕抹去，成了一個沒有實質的幻相。小說又引

〔註 5〕詳見本論文第二篇第五章第四節「丑角牛皋」。

《金剛經》的四句偈作結：

> 一切有爲法，如夢幻泡影，如露亦如電，應作如是觀。

　　這種收場話，把意境又往上一提，消融了小說及歷史中所有恩怨執著，功業文章，以及道德意氣，使讀者眼前一陣清涼，這才發現此書原來的結構是採用佛經或變文的形式。〔註6〕作者本意雖不在借岳飛故事以宣說佛法（空），但在演述岳飛故事的過程中，對那千古奇冤的鬱結，以及對歷史不公的遺憾，除了透過自作自受的「因果」學說，及與無常專制的「天命」觀念，勉強解說之外，最後更根本的消釋於「夢幻泡影」的觀照下。這種意境上的層層轉進，顯示了作者用心的細致，絕非一般通俗小說之迷信附會者可比擬。

　　其次，關於這個神話背景的取材來源，對《說岳》情節結構的作用，及相應於歷史的意義：

　　正史上的宋徽宗，既是個文人皇帝，平日喜歡的是塡詞作畫，舞文弄墨；又崇興道教，建觀立學；於是有林靈素的附會徽宗爲「神霄府玉清王長生大帝君」。政和七年夏四月庚申，徽宗更暗示道籙院上章，冊己爲「教主道君皇帝」。這些荒唐事蹟，在《宋史》中記載甚詳，易爲後代文人與宗教家阿諛附會。《大宋宣和遺事》已載有不少妖異災祥的傳聞，如彗星、蛟祟、雨豆、龍降、黑眚、黃河清等；更有一段敘述二帝被俘後，輾轉押送金國內地監守，途中聽到胡僧的讖語：

> 況他（徽宗）前身自是玉堂天子，因不聽玉皇說法，故謫降。今在人
> 間又滅佛法，是以有不歸之禍。

書中又說欽宗是「天羅王」〔註7〕、高宗應該「即位六十四年」。這裡已附會了徽宗的神仙身分，並解釋他所以被俘而死的原因。但明傳奇《如是觀》第二十六齣則說：

> 今有大宋徽欽二帝，荒於酒色，聽信奸邪，將玉帝表札誤書奏上，玉
> 帝大怒，差下赤鬚龍，攪亂他的江山，將他囚禁……又差白虎星將岳飛等，
> 提兵掃盡金人，伏屍千里……。

〔註6〕第一回開端是：「西方極樂世界大雷音寺，我佛如來，一日端坐九品蓮臺，旁列普門大菩薩，八大金剛、五百羅漢……齊聽講說妙法眞經，正說得天花亂墜，寶雨繽紛……。」然後因爲女土蝠放屁，大鵬生瞋，橫結一段惡緣，致人間多生一場兵革之災，而當這些人間恩怨結束，大鵬復歸西方時，第八十回描寫當時的情景是：「正值我佛如來端坐蓮臺，聚集三千諸佛、五百羅漢……講說三乘妙典，五蘊楞嚴。正講得天花亂墜，寶雨繽紛……。」這樣前後照應的情景與文字，給人的感覺正如「大夢醒時，黃粱未熟」，大鵬下凡歷劫，去了一趟又回來，而西方世界法會依舊，不曾發生任何事故，如來如去，如如不動。

〔註7〕其他筆記中對欽宗的來歷，亦有類似的附會，如《竇娥閒評》說他是喆和尚後身；《異聞總錄》則說他是天羅王轉生。

這則敘述比《宣和遺事》更詳細而荒誕，被採入《說岳》中作為神話背景，但改稱徽宗為「長眉大仙」，又補加所謂「誤書玉帝表札」的文字內容，由此而引出整部宋金戰爭的情節。這種演化是漸進的。此外，《大宋宣和遺事》又有南方火德星君（宋太祖）與北方水德眞君（金太祖）奉天帝勅奕棋，勝者得其天下，這樣一段故事，結果是水德眞君勝了，因此伏下金國奪取宋朝土地的命運。而這命運即應驗在徽、欽二帝被俘，北宋滅亡的事實。

以《說岳》的神話背景來說，北宋的衰亡原是徽宗與玉帝的私人恩怨，而南宋的中興則是天命之象；這些本與岳飛無關，但小說既以岳飛傳記為主，必然要為他安排一個適當而合理的出場，且須立即取得主位，使人相信他是應運而生，天賦使命的。他的所有作為又將帶動全書情節與人物的發展，並影響或導致最後的結局。因此，小說在敘明徽宗、玉帝與赤鬚龍的因果之後，接入大鵬的事端，再由他引出女土蝠、鐵背虯龍、團魚精，共同構成一個複雜而又不違背正史的人物關係網。在正史上，中興諸將中岳飛與兀朮的關係最深〔註8〕，《說岳》取此史實，用在神話背景裡，讓大鵬與赤鬚龍成了相剋的局面，而把歷史上規模龐大而過程複雜的宋金戰爭，簡化為岳飛對兀朮的天命之爭。第十五回敘述金國首次入侵宋朝，即以兀朮為「指南大元帥」，並且把破汴梁、質康王、養秦檜、封劉豫等大事，都歸在他身上。這當然是不合史實的，但小說如此安排，使兀朮成為金國軍事將領的唯一代表。此外，《說岳》也略去宋朝其他中興名將如張浚、張俊、劉光世、劉錡、吳璘、吳玠等人的抗金事蹟，僅韓世忠的「黃天蕩之役」被錄入情節中，這也是有意凸顯岳飛在抗金戰爭中的形象，成為唯一代表，以便與兀朮「一對一」的抗衡。這種安排，給讀者造成一個印象：在大規模的宋金戰爭中，只有岳飛與兀朮這兩個特殊來歷的人物能互相對抗、牽制，並決定兩國勝負存亡的命運，至於其他人物則作為點綴，搖

〔註8〕 中興名將如韓世忠、劉錡、劉光世、張俊等人，都曾使金人的入侵，遭受挫折，都對南宋的建國有大功勞，但這些人在抗金戰爭中的表現，都只具備守禦、圖苟安而已；只有岳飛不但守得住，且勇於進取，把生平才志用於「進復中原，迎還二聖」的大計上，這就直接威脅到金國的存亡。因此，金國上下最畏懼的宋朝將領，只岳飛一人而已，不僅「以父呼之」，且擬定和議的條件有「必殺飛，而後可和」的話。這就突出了岳飛在抗金戰爭中獨特的地位與形象。次就金國而言，靖康、建炎、紹興年間，入侵宋朝的早期將領有粘罕、斡離不、窩里嗢等；而兀朮是在建炎元年十二月以後才開始參加入侵行動的，並且逐漸取得軍事統帥權。而此時也正是岳飛由將校拔起，累積戰功而不次超陞至文職武職最高階的期間；因此，兀朮與岳飛在宋金戰爭中接觸的次數最多，直到「朱仙鎮」一役（此役被認為是宋金武力戰爭的勝負關鍵，岳飛「直擣黃龍」的壯語與遠謀，也在此役中表露無遺），兀朮喪膽，乃轉而謀求和議，勾結秦檜陷害岳飛。

旗吶喊了。

　　更微妙的是：原只是一物剋一物的局面，應該在二帝被擄，高宗南渡之後，玉帝與徽宗的恩怨了結，而大鵬與赤鬚龍也該歸位了；但因大鵬與女土蝠、鐵背虯龍、團魚精的私仇未了，於是在主情節之間，又穿插了兀朮恩養秦檜夫妻，令其謀陷岳飛的副情節；這使得人物事件的關係愈趨複雜。也可以說，由於秦檜的插入，推展了小說後半部（第四十六回以後）的情節，並改變了「天命」的結構（但並不影響其預定的結局），使岳飛冤死，而兀朮愈猖狂無忌。於是，小說又補入第六十二回以後，牛皋接替岳飛未完的使命，率領第二代英雄「抗金掃北」的故事。從這些主情節、副情節及續情節的穿插串連，可以看出《說岳》這個神話背景對全書情節的作用，以及對歷史事實的照應，幾乎絲絲入扣，步步為營，縝密而微妙。這絕不是蒲安迪（A Andrew H. Plaks）所說：

> 有些長篇小說的確以某種神話或歷史的架構為其總括的原則，如《水滸傳》第一回到第七十一回，以天罡地煞為首尾聯貫的主題；《說岳全傳》首回以大鵬、女土蝠故事來引發岳飛、秦檜之間的一段仇隙……但此類故事架構並不足以構成小說的全面佈局，而只是描襯輪廓的裝飾手筆而已。

〔註9〕

從前面的分析，可以反駁蒲氏以偏蓋全的論點，至少在《說岳》這本小說中的神話，絕不只是所謂「裝飾手筆」而已，它深入小說結構中，影響情節的全面布局，並決定人物與事件的增減與發展，乃至於預定了全書的結局。

　　最後，還要特別討論的是歷史上的岳飛，如何被附會為大鵬金翅鳥？而神話中的金翅鳥又如何剋制赤鬚龍？首先，關於岳飛的動物傳說，在南宋曾敏行的《獨醒雜志》已有這樣的記載：

> 岳公微時，嘗於長安道上遇一相者曰舒翁，熟視之曰：「子異日當貴顯，總重兵，然死非其命。」公曰：「何謂也？」翁曰：「第視之，子猿精也，猿碩大，必被害，子貴顯則睥睨者眾矣。」

又《夷堅志》甲志卷十五亦載「舒翁」為岳飛看相的傳說，但改稱岳飛為「猪精」，且云：

> 精靈在人間，必有異事，他日當為朝廷握十萬之師，建功立業，位至三公。然猪之為物，未有善終，得志宜早退步。

這兩則傳說有類似之處，不論「猿精」或「猪精」，都只為了推斷岳飛必定死於非命。

〔註9〕見〈談中國長篇小說的結構問題〉——《文學評論》第三集，民國65年7月1日。

但這兩種動物的特性不能彰顯岳飛的英雄氣概與志向，雖許以富貴功業，但終究不副人們對岳飛的印象。因此，也有另外附會別種動物的，如明傳奇《如是觀》說岳飛是「白虎將」，把他歸入薛仁貴、狄青等戲曲人物的星宿神話，賦有相同的英雄本色，但仍不足以形容岳飛的文武兼備，雄飛鷹揚。

另有一類是以「轉世投胎」來比附岳飛〔註10〕，因與《說岳》的岳飛神話較不相干，茲從略。諸如這些以動物成精或轉世投胎來附會岳飛身世，都不被讀者認可，因為，它們忽略了《宋史·岳飛傳》已經設定的神話記載：

　　飛生時，有大禽若鵠，飛鳴其上，因以為名。

明白指出岳飛的降生異兆是「大禽」，而其名「飛」，字「鵬舉」，也都說明了他的生命圖記是鳥類，《說岳》沿用了《宋史》本傳的記載，取其字「鵬舉」為類名，而又附加「金翅鳥」的佛教傳說，合而為一，造成岳飛的神話身世——大鵬金翅鳥，臺靜農〈佛教故實與中國小說〉云：

　　將大鵬鳥與金翅鳥合為一鳥，並非事實。因為大鵬鳥在中土故籍有此
　說；金翅鳥則是出於佛典，也許作者有意如此，才不致使讀者感到陌生。

〔註11〕

臺先生引證《法苑珠林》卷十「畜生部」來說明：金翅鳥與龍宮比鄰而居，而以龍為食，成為龍的剋星，因此，岳飛之為「大鵬」，是沿承自《宋史·岳飛傳》的傳說；又附加「金翅鳥」則是借自佛教的傳說，其作用在於剋制赤鬚龍（兀朮）。但與本書神話背景發生關係的，應是「金翅鳥」這部分。這是錢彩的獨出心裁。我們可查看《說岳》中，由金翅鳥傳說所推展的情節：金翅鳥既以龍族為糧，則由它剋制赤鬚龍（兀朮）是很自然的。此外，《說岳》裡的秦檜原是「鐵背虯龍」，第一回，此龍被大鵬啄瞎，也是出於動物性本能。又第七十回，秦檜被岳飛陰魂吵擾時：「覺得脊背上隱隱疼痛，過不得幾日，生出一個發背來，十分沈重。」第七十二回，秦檜自道：「被岳飛索命，擊了一鎚，脊背疼痛。」這是一段巧妙的安排，讓金翅鳥的鐵咀擊破虯龍的「鐵背」。秦檜死後，關於它的宿世來歷，另有衍生的情節　第一回藉用

〔註10〕如《萬曆野獲篇》及《湧幢小品》都說岳飛死後，於明朝轉世為魏國公徐鵬舉或英國公張輔。（俱見近人丁傳精編《宋人軼事彙編》轉引）。又《西湖佳話》於「岳墳忠迹」一則說岳飛是張飛轉世。更有甚者，某些鸞堂善書如《關帝明聖真經》之類，則說伍子胥、關羽、張巡、岳飛，都是同一個靈魂的分別轉生，其特點在於這些歷史人物都是以「忠孝」揚名後世。（詳見黃華節《關公的人格與神格》一書）。這類轉世傳說的比附，對岳飛的英雄性格並不很恰當，在《說岳》中也不採用。

〔註11〕此文收錄於《中國文學史論文選集》，羅聯添編輯，台北學生書局，民國68年3月初版。

許旌陽斬蛟的傳說，鐵背虬龍成為「蛟精慎郎」與「長沙賈氏」的兒子。後來許真君鎖了慎郎，又斬了他的兩個兒子，只留下賈氏與鐵背虬龍母子二人，賈氏於萬錦山修道，號為「烏靈聖母」。第七十九回，她為了替鐵背虬龍報仇，曾助兀朮擺下「烏龍陣」，以抵抗由岳家軍第二代英雄所領導的宋朝軍隊，但又被許真君的徒弟施岑降伏，鎖在鐵樹上。這才結束了金翅鳥與鐵背虬龍兩家的宿仇。

從以上的論析與探源，可看出錢彩在結構這個神話背景時，的確費了功夫，不但靈活的運用前代傳說的材料，形成一個以天命與因果的人事架構；並且以一個總括性的原則，把正史記載的瑣碎事實，給以聯貫與簡化，使這部小說成為敘次井然、情節集中，而又虛實兼顧的英雄傳奇。

第二章 岳飛的英雄造型

　　這一章要談的是《說岳》的主要情節。第一，以《說岳》的敘寫內容為主，以觀察他在小說中的造型；第二、取小說情節與《宋史‧岳飛傳》的原文對照，以探尋岳飛之正史形象，及其重要事蹟的原貌；第三、參照相關的文人筆記、戲曲小說，以論列岳飛故事在文學與民間的流傳、演化，以及如何進入《說岳》情節中，成為最後的定型。

　　要補充說明的是：關於第二項，錢靜方《小說叢考》已有大略的對照，但他是以《宋史‧岳飛傳》為根據，逐段指陳《說岳》情節與正史的異同，藉此辨正《說岳》中顛倒失實的內容，這是屬於史學或考證的立場，而對小說藝術的探究，並無意義。本文是倒過來以《說岳》情節來尋溯其正史根源，但並不以符合正史與否為評價。

第一節　降生異象與幼年期

　　《說岳》在安排了一個首尾貫串的神話背景之後，便接入徽宗，兀朮、岳飛、秦檜、王氏等人的入世因緣。簡化的說，他們轉生為人之後的一切行為與結局，都只為了「償業」與「報應」而已。由於《宋史‧岳飛傳》關於岳飛降生與幼年期的記載過於簡略，無法讓我們了解一個英雄性格的形成，如何奠基於兒時的教育環境與特殊遭遇。這種關於人格成長的觀念，總是直線式的，從小到大不斷的前進、加強、擴張，並具現於言行與事業中，甚少出現「衝突」或「轉型」等例外，由於這種先驗性的認定，使中國讀者亦往往較關心人物幼年期（啟蒙階段），在言談、氣質、志向方面的表現。但是，正史所載人物傳記的重點，大多是他們進入社會與國家之後，特定的地位與作為，及其對相關人事與情勢可能造成的影響。即是說，正史所

關注的乃是橫面、外現的人際關係的整體，包括君臣、父子、兄弟、朋友、夫妻等層面，及每個人在這些複雜的倫理中的本分與作用。正史通常按照某種成規，填表格式的敘述人物的家世、鄉貫、名號、專長、科考經歷、官職異動、社會貢獻，以及身後的作品與子孫等。這些都是外顯的迹象或社會化的表徵，根據某些類化的原則，制作了一組又一組的標籤概念，或人格典型，而抹滅了個人成長過程中，生命氣質之獨特而細致的差異，這種差異正是我們希望在小說或其他文學形式裡看到的，因此，人物幼年期的描寫，就成了重要的內容之一。它們或取之於原有的傳說而重新編排，或根據某些事例而加以虛構，但即使這方面的描寫，在小說中行之既久，也會逐漸綜合化與類型化，變成固定的模式，而被後起的小說家套用。譬如歷史小說的英雄傳奇，主要角色在年輕時期，都有很多雷同的經驗，包括星宿下凡、初生異象、拜師學藝、神兵寶馬、結義夥伴，以及初次比武的情節；這些雷同，當然是小說家沿用格套所造成的。《說岳》對於岳飛的降生異象與幼年期的描寫，正可以作爲這種情節類型的例子。

　　《宋史・岳飛傳》云：「未彌月，河決內黃，水暴至，母姚抱飛坐甕中，衝濤及岸，得免，人異之。少負氣節，沈厚寡言，家貧力學，尤好左氏春秋、孫吳兵法。」

　　這是正史對岳飛出生及幼年期僅有的描述。《說岳》第一回則加以擴大、補充，並延續了神話背景而解釋：大鵬金翅鳥投生在河南相州湯陰縣永和鄉孝弟里的「岳」姓人家，其塵世父母爲岳和與姚氏。初生時，陳摶老祖跟蹤而至，爲嬰兒取名「飛」、字「鵬舉」，又預知災難，以符咒加持水缸，令岳飛母子逃過洪水，漂流到河北大名府內黃縣麒麟村，被王員外撈救，並收留家中住。

　　這段情節免不了神話色彩。如：岳和與姚氏平日極肯布施出家人，又因往南海普陀山進香求嗣，遂生岳飛。而岳飛母子坐缸漂流時：「上有許多鷹鳥，搭著翎翅，好像涼棚一般的，蓋在半空。」並且，王員外在搭救岳飛母子的前晚，先有夢兆：「必遇貴人」。這種安排使岳飛的降生場面顯得莊嚴、慎重，而又帶著血腥氣 [註1]。以

〔註1〕事實上，大多數的英雄傳奇對這類降生的描寫，幾乎都遵守下列條件：
　　1. 某員外，家世清白而富有，但年近半百而膝下無子。多半是妻子不孕，而丈夫不肯納妾。
　　2. 老員外夫妻平日樂善好施，積下許多功德。
　　3. 夫妻倆往名山佛刹進香求嗣，而後老妻即得夢兆而懷孕。
　　4. 懷孕時間超過十個月。
　　5. 生產時天垂異象，滿堂異香，空中奏樂，出生後啼哭不止，或手握寶物，或掌中有字等。
　　6. 道士或和尚來訪，指點迷津，陳說因果。

這種形式出生的幼兒，與其生身母的血緣關係甚淺，或者說，只是緣分感召，借胎出世，卻不是本來註定的親眷。他的降臨世間，實在是擔負著「普遍的天命」與「個人的因果」而來的，他必然要專注的完成其使命；他默默的做著自己該做的事，而似乎與其親人本來的家業與期待，不甚相關。他原不屬於人世，因而其膽識與能力、作為，也超乎人世的限度，而表現出不關心俗世價值的氣質。但英雄或先知的來臨，對整個民族的期待，有著重大的意義，他是為全民族共同積聚的意願而誕生的。在小說中，總是替他安排最神奇而震撼的來歷，包括祖上三代的道德與陰功，父母對幼兒的期待，以及從受孕、胎教到降生的一連串異象等。企圖把他們與一般凡人的出生方式區別出來，以保證他們成長後的不同凡響。〔註2〕《說岳》在這方面也做了類似的安排：由於岳飛的降生，有他自己的因緣，無關於其父母（嚴格的說，只是利用父母的骨肉作個形體以方便行事而已），因此，岳飛安全出生後，其父親岳和的任務已完成，隨即被洪水淹死；其母則須獨立完成養育的責任，在苦難中耗盡生命。因此她護著岳飛被大水漂離祖居──岳飛在塵世裡仍然是個無父無家的人，而始終把根紮在天命與因果的根源處。

其次，陳摶給岳飛取名字的用意是：「恐怕那大鵬脫了根基，故此與他取了名字，遺授玄機。」關於姓名所衍生的象徵意義，可以借佛洛伊德《圖騰與禁忌》作些附會的了解：

> 原始名族對於姓名極端重視……他們並不像我們一樣，將姓名視為一種無關緊要與沿於習俗的表記，他們很嚴肅的將姓名看成一種必須，且具有特殊意義的東西，甚至是構成自己靈魂的一個環節，事實上，當原始民族將自己取名為某種動物後，他們必然會堅決的相信，他們與該動物之間，已存在著一種神秘且顯著的關係。〔註3〕

岳飛的「名字」意義也許不能用圖騰信仰來解釋，它是岳飛個人的生命表記，而岳飛並不自覺他與大鵬鳥有任何關係。但這段理論對於「遺授玄機」的陳摶以及細心的讀者則是有象徵意義的。

岳飛母子獲救後，暫時被安頓在麒麟村中，鐵背虬龍由於無故興洪，枉害一村人命，而被天庭斬首，其陰魂往東土投胎，於是這些前世的報應，暫時隱伏下來。

〔註2〕這方面較常見的區別是：讓他們從一般人的生理條件中超脫，盡可能不由父親的精中受胎，不從母親的產門出生。譬如懷著聖胎的瑪麗亞可以是處女；而老子、釋迦牟尼都是從母親的右脅下生；甚至如哪吒以肉球裹身出生。這些例子都說明了凡世父母的精血是污穢的、腐敗的，可能會蒙惑英雄天賦的異秉，因此必須避免。

〔註3〕此書有台北志文出版社的中譯本，楊庸一譯，民國65年5月再版。

戰場由天堂降到人間，所有天命因果網中的人物，各自在世間的角落裡成長，預備成年後共同掀起一場風波。小說從這裡開始，單線敘述岳飛個人的成長，這也就是夏志清先生所說「英雄人物的幼年期與少年期的傳說」：

> 對一位小說的讀者來說，一個傳說是否與那個人的正史相符，是無關緊要的。要緊的是，藉傳說所供給的那些半神話、半真實的插曲，主角能像一個有血有肉的人，在逼真的背景中走出來，即使他的性格可能在這過程中被簡化了。由於正史從不備載英雄人物幼年、少年時的生活，傳說補充了這種缺陷。〔註4〕

從《宋史·岳飛傳》對岳飛幼年期的記載，只有「遇洪不死」、「家貧力學」二事，此外並無其他重大變故，但《說岳》卻讓岳飛父親淹死，母子倆在異鄉居住了十六年，在孤苦漂泊的情況下成長。這些情節都不符史實，〔註5〕但可看作是特意安排，以說明這種破碎的家庭對岳飛成長期及日後人格的影響。作者在這裡似乎表現了某種心理學的興趣。

岳飛母子寄居在王員外家中，相依為命，全靠周濟渡日，直到岳飛七歲，才出門打柴以貼補家用。〔註6〕《說岳》這段情節的描寫，頗有傳統倫理的意味：岳飛每天臨走前，總要囑咐母親說：「孩兒不在家中，可關上大門吧！」而其母亦以「夫死從子」的原則，謹守男女內外的職分。以岳飛這樣的年紀，便被教導男女分際的區別，有點不正常，但這正是作者所要給予的印象。岳安人從小便訓練岳飛認知其男性身分，並扮演領導者與保護者的角色。岳飛幼小的年紀，便置身於孤單嚴肅的氣氛中，沒有餘裕的心情參加童伴們的遊戲，他的意識裡充斥著生活的逼迫。有一次他扒柴時，鄰童邀他玩耍，他卻說：「我奉母命，叫我打柴，沒有工夫同你們玩耍。」他不但認真而矜重的拒絕了他們，並且還與他們打架，以表示對自我人格的不可輕侮。在鄰童的觀念中，即便這樣的打架，也只是遊戲的方式而已，惟岳飛則一本正經的將它看成對個人尊嚴的侵犯與自衛。總之，作者似乎要我們相信：岳飛從小就一絲不苟，謹慎自重，這種性格的養成，對其成年後的言行舉止與處世原則，都有決定性的影響。

〔註4〕 見〈戰爭小說初論〉，收錄於《愛情、社會、小說》書中，台北純文學出版社印行，民國59年9月初版。

〔註5〕 岳和死於宣和四年，岳飛已經二十歲，而洪水之後，岳家仍留在湯陰故鄉，並未遷居。

〔註6〕 據李安《岳飛史蹟考》正編第三章轉引《鄂王行實編年》記載岳飛幼年：「家貧，不常得燭，晝拾枯薪以自給。」這可能是《說岳》打柴貼補家用的情節來源。

第二節　啓蒙教育與授業師

因爲岳飛與鄰童打架，岳安人便不要他再去扒柴惹事，而留在家裡，親自教他讀書寫字，家貧無紙筆，於是「削柳作筆，舖沙爲紙」。〔註7〕以岳飛的年紀，竟欣然接受正經的功課，且富於實用性的創造能力，這的確超出了一般兒童的常態，而保證了日後的出類拔萃。但也由於喪父、貧困、寄人籬下、母子相依爲命，而致年幼的岳飛排斥了無益的嬉戲，顯出某程度的不合群與不信任，而僅向母親聽取教訓、尋求慰藉。這樣的性格與心理，特別表現在成年後對其母的盡孝與服從。

正史亦有類似的記載，說岳飛生平「僅稱母教」而不及其父，如《鄂王行實編年》載岳飛奏札云：

> 伏念臣孤賤之迹，幼失所怙，鞠育訓導，皆自臣母。

這段話意好樣說他是從小被寡母養大的，但據史料顯示，岳飛之父死時，他已經二十歲，娶妻生子，且從軍立功，可以說成家立業了。〔註8〕那麼，他在奏札中表白「只知有母，不念有父」的心態，令人懷疑。岳飛對其母似乎過度思慕與敬愛，甚至可以不顧「全忠」，而必求「盡孝」。〔註9〕但他對父親的忽略，則甚不合情理。《說岳》的作者必定有見於此，因而在小說中把岳飛寫成從小喪父，被寡母獨力撫育。

周同的出現，正可彌補岳飛心目中父親的缺位。《說岳》中的周同，本來是被請來管教王貴、張顯、湯懷三個富家頑童的，而岳飛每日爬到學堂牆頭偷聽周同講書，某次更代三童作文章，並題詩於壁以見志，這事後來被周同發現了，又遇田間「禾生雙穗，主出貴人」正應在岳飛身上；周同心知岳飛將來必成大器，乃自願收他爲螟蛉之子，把生平本事盡傳與他，又令岳飛與王、張、湯三人結爲兄弟。〔註10〕

關於岳飛青少年期的教育情況，據李安先生的考證：十六歲以前，從塾師陳廣學習文事舉業，其後國家多難，才改而習武，十九歲正式拜周同爲師，學射箭之術。〔註11〕這麼說，周同只是他改行學武後專業科目的授業師之一，但岳飛爲何特別愛

〔註7〕　李安《岳飛史蹟考》正編第三章云：鄉人亦傳岳飛以細沙習字之事，故日後岳飛寫字筆力特佳。

〔註8〕　以上引用史料請參考李安《岳飛史蹟考》及李漢魂《宋岳武穆公飛年譜》。

〔註9〕　據李安的引證，紹興六年，岳母姚氏病逝，岳飛不等詔下，即日與岳雲從軍中跣足扶櫬歸葬。並盧墓刻像，願終三年喪。而當時正是僞齊南侵，諸將用命時，高宗下詔起復，岳飛三次上表請許終制，高宗又復御札，飛乃勉強起行。

〔註10〕　岳飛日後每與天下英雄結拜，其觀念乃自此而來，周同既曾爲梁山好漢盧俊義與林沖的師父，又曾命岳飛與三人結拜。因此，他對這種結拜爲兄弟的事體，自幼即有充分的認識與適應。

〔註11〕　見《岳飛史蹟考》正編第六章。
又《宋史·岳飛傳》說他十二歲便能挽三百斤弓，八石之弩。那麼，他的棄文學武，

重周同？這分感情的由來，在熊編《演義》卷一，有仔細的描寫。﹝註12﹞大意是說
岳飛對周同的別具深情，一者因爲感激周同於他有特殊知遇；一者他敬重周同的射
術勝於其他人。《宋史·岳飛傳》也說：

> 學射於周同，盡其術，能左右射。同死，朔望設祭於其冢。父義之，
> 曰：「汝爲時用，其徇國死義乎？」

《宋史》與熊編《演義》中，岳飛對周同純粹只是一種知遇之恩與授業之情的圖報
而已，但《說岳》卻讓周同兼有父親的地位與作用，而把生父岳和的影像抹除。因
爲，不論在正史或小說中的岳和，都只是個不甚惹眼的凡人，而英雄卻需要有一對
出眾的父母。在《說岳》裡，周同不但作爲義父兼授業師，又爲岳飛找到三個結拜
兄弟，從此，岳飛才算有了個完整的家庭。最後，更透過周同的人際關係，岳飛才
能參加內黃縣的武舉，並娶得知縣的女兒爲妻，周同爲岳飛奠定了成家立業的基礎，
眞是仁至義盡，無愧於「父道」。

第三節　瀝泉神矛與良駒

　　《說岳》在替岳飛安排了義父、賢妻、結拜兄弟之後，作爲英雄的家庭條件
已經具足，而無後顧之憂，再來便該是向外開拓功業了。但傳統小說裡，一個闖
蕩天下的傳奇英雄，須具備兩樣隨身物件：天賜的「兵器」與神化的「良駒」。《說
岳》對此也有安排：第四回，岳飛隨周同到瀝泉山拜訪志明長老，爲取水煮茗而
意外的降伏了蛇妖，得到一柄丈八長的醮金槍：「瀝泉神矛」。長老心知岳飛將來
有登台拜將之榮，乃贈書一冊，傳授使槍之法及行兵布陣之學。神槍只配眞英雄，
這也是前定的。類似這種經常性的奇蹟，使我們相信，只要是天命所定的英雄，
其出身行道，幾乎不須憑藉眞功夫與個人意志，因爲命運在前引路，他的每一跨
步，都有相應的巧合事蹟，使他的言行充滿了意義與效驗，保證不虛此行；上天

　　在生理條件是足夠的。岳飛的棄文習武，可能還有其他原因，如 H、W 的〈岳飛傳〉
　　（收錄於《中國歷史人物論集》台北正中書局，民國 62 年 4 月初版）云：理由之一，
　　可能是岳家一直沒有在政府作文官的傳統，岳飛不願受考試罪；又北宋文職除例行
　　公事外，無可作爲，且「黨爭」可憎，而政府對軍人雖能制其兵權，但在軍中，個
　　人還是比較自由主動的。

﹝註12﹞「岳武穆辭家應募」一則，說岳飛學射於豪士周同處，盡得其術。同死後，飛每遇
　　　朔望，親到墓前悲哀痛哭，挽弓射三矢，後再拜而泣，隨理其祭肉，又徘徊於墳塚
　　　之側，其父問飛云：「爾所從人學射的，多有死者，爲何單只泣祭於周同之墓？」飛
　　　曰：「向日周公獨愛我厚，不消數日，盡教我射法。今惜其死，無以酬報，但於朔望
　　　日祭之，以盡其禮……。」

似乎不願他依照凡俗的方式，以勞力及規矩來完成使命，因此，英雄除了有非常的膽識，還須有絕對的運氣，他所應有的一切道具，上天會代為籌畫，適時的供給他，即使像「兵器」這種無生命的物件，也因為配合英雄的身分，而有了特異的來歷；一支附靈的兵器，代表一段輝煌的生涯，增強英雄自負的信念，而不致耽誤上天的使命。中國傳統小說中並不缺乏這種「由神秘而通靈的動物變化而成，具有魔力的兵器」的例子。這象徵著英雄的某種魔術能力，他降臨世間，即是要憑此異稟，以變化世間的景象。

英雄事業是由所有附屬於他的條件所組成並作用的，而這些附件亦正是英雄事業的成敗關鍵，以一種暗示性的形式，伴隨他周圍，輔助他，影響他，代表他，並且在最後剝落而離棄他，使英雄的末日仍舊孤子淒涼。英雄不是自塑自破的獨立存在，他是天命的工具，天命賦與他優厚的條件，為的是利用他來完成預設的巧局，他待命而生，也隨時可能被召回。這支「瀝泉神矛」所象徵的，正是這種始予終取的道理。首先，它由蛇妖化形，成為岳飛吒咤風雲（槍挑小梁王，降伏楊再興與羅延慶等）的利器，伴隨他經歷無數戰陣，闖出一番事業。到第六十回，岳飛氣數已盡，被秦檜矯旨召回，船到江心，一個「似龍無角，似魚無腮」的怪物，把這神矛收回去了。這本是個命運衰凶的預兆，岳飛卻不知機，不覺悟，而昂然步入秦檜已經佈下的陷阱中。

此外，第十一回有「周三畏遵訓贈寶劍」一節，岳飛因為說出一口傳家寶劍的來歷，而得主人慨然相贈，並說：「此劍埋沒數世，今日方遇其主。」這段故事只能當作人間佳話，較無神話意味。

至於岳飛的馬，雖非《西遊記》或《萬花樓》的龍馬之類。〔註13〕卻也是人間馬類中的優秀品種。有關牠的神話意義，則表現在與岳飛的前定關係中：《說岳》第五回，岳飛得縣令李春慨贈，到馬房，挑中一匹「無人降得住」的野馬，岳飛費了一番心力把牠降伏了。作者說：「自古道，物各有主，這馬該是岳大爺騎坐的，自然伏他的教訓。」這種說法，恰似此馬生來便屬於岳飛，只等岳飛來御用。〔註14〕史

〔註13〕《西遊記》第十五回「鷹愁澗意馬收韁」，即是收服龍馬的故事。《萬花樓》第十五回云：當初有一龍馬，名九點班豹御騮騄，乃是一條火龍，幫助趙匡胤騎乘，統一江山，以後此馬仍歸天上為龍，受玉旨恩封。後復下凡，在南清宮後花園荷池內，被武曲星狄青降伏，仍舊為馬。《說岳》雖未把岳飛的馬附會為龍馬，但第六回形容此馬：「由頭至尾，足有一丈長；由蹄至背，約高八尺；頭如搏兔，眼若銅鈴，耳小蹄圓，尾輕胸潤，件件俱好……渾身雪白，並無一根雜毛。」又第二十七回則說此馬是「白銀龍」。顯然作者仍藉著這些文字以提高此馬的身價。

〔註14〕《三國演義》裡有匹「的盧馬」，別人騎牠，會「妨主」，唯劉備御之，三番兩次救了他的性命。這也可以看作是物各有主的例子。

書中,岳飛與宋高宗,有一段所謂「良馬對」的故事,不妨附會此良馬即是《說岳》中的這匹野馬。

第四節　槍挑小梁王與岳母刺字

　　《說岳》在周同死後,岳飛娶妻,遷回湯陰故籍定居。經湯陰縣令徐仁及相州都院劉光世的轉荐,到京城投見留守宗澤,並參加全國武舉考試。宗澤私下召見岳飛,試其弓槍武藝與行軍佈陣之學,頗覺滿意,許其爲「國家棟樑」。關於這段情節的重點,乃在於岳飛與宗澤的第一次接觸,從這裡開始,兩人建立起忠義互勉的親密關係。可以說,周同是岳飛的學問、武藝及德行的啓蒙者,而宗澤則是岳飛事業與政治立場的奠基者。〔註15〕總之,這次見面,在彼此的心裡留下極佳印象,宗澤深深看出岳飛的才能與志氣,而有意扶植。當時,宗澤也是這次武舉的主試官之一,他深知小梁王柴桂有意奪武魁,且買通其他三位主試官:張邦昌、王鐸、張俊。因此,他告訴岳飛,這次考試,恐怕不能公平取才。

　　關於考試當天,在武場所發生的事件,《說岳》第十二回敘述得頗精彩:宗澤與張、王三位考官對天立誓,秉公取才,否則須受報應。然後,柴桂與岳飛正式比武,先是「兵器論」與「射箭」,岳飛連勝兩場;柴桂不服,雙方立下生死文書,當面交鋒,被岳飛三鎗挑死馬下。這場原是公開、公平的比武,但因張、王三位考官受了賄賂,見柴桂被殺,於是遷怒於岳飛,執意要他償命,幸得宗澤維護,以及牛皋與全場舉子的鬧反,岳飛才得趁亂走脫。這便是「槍挑小梁王」的情節。這段情節在小說中的意義可能有兩方面:(一)英雄初出道,便顯眞威風。由此爲起點,其聲名開始播揚,爲日後的成功鋪下道路。(二)不知人情險惡,意氣凌轢,得罪勢力大臣,成爲奸臣集團所嫉忌與迫害的對象,埋下來日苦難與冤陷的種子。岳飛後半生的事業方向,宦海浮沈,人際關係及成敗生死,都由這一吉一凶的先兆牽出並推進、擴大;即是說,天下英雄與朝廷賢臣都仰慕他的名聲,而願投效或提拔他;反之,大部分的叛賊與奸黨則畏之若神而又嫉之如仇,設計一連串的陰謀來傾陷他、剷除他。他必須在善惡兩道之間委曲週旋,並完成自己的志業。

　　正史沒有這段情節,在制度與事實方面,都不符合於那個時代。又如張邦昌、王鐸、張俊三人的形象,亦與正史不符:王鐸不見於史傳;張邦昌的事蹟,僅二

〔註15〕某些戲曲傳奇如《如是觀》、《奪秋魁》等,都特意誇張宗澤與岳飛的關係:除了挽救岳飛的生命,給他立功的機會之外;甚至說宗澤死前,私相授受,把兵馬大元帥的兵符帥印都傳給岳飛,由他繼續領兵北伐。

帝北狩時，僭位三十三天；高宗即位後，連續貶之於外，建炎三年賜死於潭州，這期間並未與岳飛發生任何關係或仇隙，不應被小說家列入陷害岳飛的名單內。只有張俊是岳飛真正的仇家，但不是在岳飛初出道的時候結怨。按正史記載，張俊曾為岳飛的上司，且多次保荐、重用岳飛。後因岳飛功高位隆，得罪張俊，俊才附會秦檜，捏造獄詞，陷飛於死。《說岳》的安排有點倒置：張俊除了在「槍挑小梁王」時曾附從張邦昌誣陷岳飛外，後來的情節便很少提及他，〔註16〕甚至秦檜夫妻設計傾陷岳飛父子的過程中，也沒有張俊的參與。《說岳》竟把張俊在正史上最醜惡的罪狀遺漏了。

其次，《說岳》所謂相州節度都院劉光世，亦於史實不符。按《宋史》，劉光世累代為將，高宗南渡，他是中興功臣之一，直到紹興六年十二月，因張俊彈劾，而罷為萬壽觀使。這些經歷都與岳飛無關，《說岳》卻使他成為岳飛的恩人。又按：岳飛初次從軍是在徽宗宣和四年（1122），真定府劉韐募敢戰士，飛應募。按《鄂王行實編年》當時見面的情況是：「韐一見，大奇之，使為小隊長。」於是命之擒相州賊陶俊、賈進和。後因父喪，還湯陰。欽宗靖康元年十二月，岳飛因劉浩之介，於相州大元帥府見康王。由此可知早期對岳飛有恩的長官為劉韐、劉浩，《說岳》可能由此誤為劉光世，因為他是中興名將。《說岳》又云：岳飛經由劉光世介紹而見宗澤，按《宋史》則是：康王渡河後，以劉浩的軍隊隸屬宗澤部下，岳飛才得以接近宗澤。建炎元年，飛兩次擊敗金兵，宗澤大奇之，召見他，並授陣圖與之，且有一場精彩的兵法論對，那麼，正確的說，推荐岳飛去見宗澤的人，應當是劉浩。

關於《說岳》中，槍挑小梁王這一段情節的來源，可能與清初傳奇《奪秋魁》有關。這部戲的內容便是完整的描述岳飛年輕時，與牛皋、王貴同赴科場爭取武狀元的故事，劇中有小梁王柴貴自道：

> 俺生性猛烈，力舉千斤，世人稱我萬人敵。本番太尉劉錡主考秋試武
> 舉。前者頭場耍武藝傢伙，二場射箭，今日三場要講策論，我只弓馬熟嫻，
> 並不曉得一些文墨……。

柴貴私自掛出告示，向天下武生挑戰，勝者為狀元，敗不償命，牛皋與王貴先後被打敗，激怒了岳飛上場，一拳打死柴貴，而被囚入監房，論罪問斬。幸宗澤保救，命他帶罪立功，前往洞庭湖剿平水寇楊么。

〔註16〕只有幾回情節提及他後來的下落。如第二十五回，他象徵性的抵擋了一陣牛皋的叛軍；六十九回，他的兒子張國乾在臨安擺擂台，被岳霆打死；七十二回，他奉命抵抗黑蠻龍的來犯，設計退敵；七十五回，岳飛冤獄平反後，他被判刑，讓臨安百姓咬死。（詳見本論文第二篇／第六章／第二節：奸臣群象）

　　《奪秋魁）與《說岳》在這段情節裡，有些細微的差異：即主考官換成劉錡；又岳飛打死柴貴，使用的不是兵器，而是拳頭；岳飛被罪，幸得理刑官張世鱗解圍，暫寄監牢候旨；最後是岳母哀告宗澤，才得將功折罪。《奪秋魁》的這些細節，比起《說岳》，較不合情實。《說岳》雖繼承《奪秋魁》的故事大綱，但把人物、事件、過程、結局，作了些改動，以配合全書的情節結構。如：武場事件發生後，張邦昌回奏皇帝，把挑死小梁王的責任都推給宗澤，澤於是被削職閒居。又岳飛與兄弟們離開京城，宗澤知悉，連夜趕上，贈與盔甲一副，且勉之曰：「如今取不得個忠字，且回家去侍奉父母，盡個孝字。文章武藝，亦須時時講論，不可因不遇便荒疏了，誤了終身大事。」到此為止，宗澤替岳飛頂罪，了結這場武舉風波。

　　但《說岳》在這事件的背後，又隱藏了一個疑問與秘辛，足可洗脫岳飛誤殺的罪名：柴貴為何放著現成的藩王不做，卻來與天下武生奪狀元？《奪秋魁》的解釋是：「金兵侵地，四海分崩，事在選將取才，非大勇之士則不可矣。」依此話意，柴貴是志在為國拔取真才，以抵抗金兵的侵略。《說岳》則把情況倒轉過來，說是柴貴上京朝賀天子，受太行山賊首金刀王善的蠱惑，而意圖謀反。王善聚兵於外佈署，柴桂則「進京結納奸臣，趁著今歲開科，謀奪了武狀元到手，把這三百六十個同年進士交結，收為心腹內應。」共同謀取宋室江山。但謀反不成，被岳飛挑死。《說岳》的安排，使情節曲折多了，並且暗示岳飛為宋朝江山的護衛者，任何叛亂侵略，都要在他手中粉碎。因此槍挑小梁王之後，便接著是內平盜寇，外抗金兵的功業。

　　《說岳》對這段情節還有如下餘波：王善得知柴桂既死，而宗澤罷官，遂自起大兵來攻京城，朝廷徵召宗澤復起剿寇，而張邦昌從中作梗，只撥給五千兵士。宗澤明知無望，決定匹馬蹧營，一死以報國恩。幸遇岳飛與兄弟們半途殺入，斬了王善，反敗為勝。宗澤入城奏功，卻被張邦昌阻抑，只給岳飛一個小官職，宗澤怒說：「我看此時非是幹功名的時候，賢契（岳飛）等不如暫請回鄉，再圖機會吧。」到此為止，由槍挑小梁王引出的餘波，才算完全結束，岳飛雖未得官職，卻已揚名天下了。

　　《說岳》借用的這段故事，照應於《宋史》建炎三年的「南薰門之戰」，當時宗澤剛死，岳飛二十七歲，改隸杜充節制。此役有王善、曹成、張用、董彥政、孔彥舟等數股敗寇，約五十萬人，而據說岳飛僅以八百人擊破之，這場眾寡懸殊的勝仗，代表了岳飛一生的作戰風格。〔註17〕《說岳》則誇稱岳飛兄弟們只有四人，擊垮王

〔註17〕假如《宋史・岳飛傳》及它所根據的《金陀粹編》並沒有過分誇張或增飾，則正史中的岳飛，幾乎每戰皆捷，不曾失敗；並且每陣都是以寡擊眾，在比例懸殊下，出奇制勝。

善賊兵三萬人；又李綱云：「王善兵強將勇，久蓄異志，只因畏懼宗澤，故爾不敢猖獗。」這話亦有其正史根據。〔註18〕且宗澤獨踹賊營，也是從正史記載蛻化而來。王善敬服宗澤，確是真的。據《宋史》云：建炎二年宗澤死後，杜充代為東京留守，而王善等不服節制，隨又叛去，於是有「南薰門之戰」，幸為岳飛擊退。

綜論《說岳》對槍挑小梁王一段情節的描述，讓正史的人物與事件，配合《奪秋魁》的敘事間架，造成虛實相涵的效果。在意義上，它特顯了宗澤對岳飛的知遇之恩；並刻劃了這個初入社會的少年英雄，僅憑高超的技藝與才性，在一場險惡複雜的風波裡，結下了日後成敗榮辱的善緣與惡緣。從象徵意義上說，這段情節正如《西遊記》孫行者大鬧天宮，惹下五百年的災厄，暫時被鎮壓在五行山下，等待災期滿後，再得出世。《說岳》的岳飛也是如此，武場風波結束後，聽從宗澤之勸，暫歸鄉里，靜待時機。因此，從第十五回到二十回，敘事蕩開一筆，側寫兀朮興兵入寇，二帝北擄，陸登盡節，梁紅玉砲炸失兩狼、張叔夜假降保河間，以及李若水罵賊，崔總兵傳詔，然後是康王渡江即帝位等。這些時代大事與岳飛無直接關係，可當作背景的架設，把岳飛未來的際遇引度過去。高宗登基後，才是岳飛出頭的轉機。在這段隱居期間內，表面上岳飛是家居盡孝道，不問榮枯事，但事實上，他時刻不忘報國揚名，自律自勵，不敢稍有怠忽。《說岳》特意在這裡插入所謂「劃地絕交」、「岳母刺字」兩段情節，以表明岳飛矢志不移的心迹與操守。

「岳母刺字」的故事，是使岳飛成為歷史偉人的主要象徵。其人格的表現與貞定都在「盡忠報國」四個字。這四個字是刺在他背上而生死與之的；至於刺字的時間、理由、執行者，則有不同的說法。首先，《宋史‧岳飛傳》云：

> 初命何鑄鞫之，飛裂裳以背示，著有「盡忠報國」四大字，深入膚理。

《宋史》並未說明此四字的來歷，及其對岳飛受審時的自辯效果，因此，這段文字不能給人深刻明確的意義。後代的戲曲小說則據此把它列為重要節目而加以增飾、演述，以發揮其象徵作用，突出岳飛的人格典型。如明傳奇《精忠記》第十六齣「掛冠」，大致沿承宋史的內容，說岳飛從幼便以「盡忠報國」四字銘刻背上，在冤獄受審時，出示給主審官周三畏查驗，以證明自己的無辜。其次，《精忠旗》特別安排一齣「岳侯涅背」以敘述刺字的經過與緣由：

> （岳飛自道）我那聖上啊，是誰貽禍？都因文臣愛錢武臣惜死，以至如此，怎教人不怨文和武？張憲，你把刀來，在我背上深深刻「盡忠報國」

〔註18〕《宋史》云：宗澤知開封府時：「有河東巨寇王善，擁眾七十萬，車萬乘，欲據京城，澤單騎馳至善營，泣謂之曰：朝廷當危難之時，使有如公一二輩，豈復有敵患乎？今日乃汝立功之秋，不可失也。善感泣曰：敢不効力，遂解甲降。」

　　　　　　　　　　　　　　　－51－

> 四字……拼頭顱報效朝廷，便損肌膚，有何悽楚？……如今為臣子者，都
> 則面前媚主，背後忘君，我今刻此四字於背上啊，喚醒那忘君背主的，要
> 他回頭。

這段話不但指明岳飛刺背的時間與執行者，並且把刻字的動機作了嘲諷的解說，使
這件事有較確定的意義，代表岳飛生平的志業。另一齣「万俟造招」並且把《宋史》
本傳中，岳飛向主審官裂裳示之的行為，作成一場辯論：

> （岳）我身上只有「盡忠報國」四字，不忠的事，怎麼肯做？那得罪過來？
> （万）這四個字，在你背上，不在你心上。

在《宋史》本傳、《精忠記》與《精忠旗》裡有關冤獄審理的過程，岳飛向主審官
陳示背上四字，其目的在於表明自己「盡忠報國」的信念是至死不渝的，因此不
會做出不忠的事情（當原告與被告雙方都無確實證據以決定罪行成立與否時，便
只能於口頭上爭論，挑剔對方語言的破綻，逼使對方無言以辯）岳飛背上的字固
然在某程度內可以保護他免受誣賴，但万俟卨的推論亦合乎邏輯。作者藉著万俟
卨的反諷，把《宋史》本傳與《精忠記》中，岳飛僅以背字示人而欲洗脫罪嫌的
行為，作了一次批判。因此，岳飛在万俟卨這句反諷之後，再無餘辭，只得俯首
服刑，以死自諫了。

此外，《如是觀》第九齣，把這段故事的細節又作了更動，云：宗澤死前，把元
帥符印交付岳飛，要他繼續復仇滅虜的大業，岳飛卻割捨不下老母弱妻與幼子，於
是回家請示意見。岳母云：「你不曾出仕，乃父母之身；今既受職，乃朝廷之身也。」
乃促其殺敵以報國。臨行，又將「精忠報國」四字，刺入他的皮膚，要他「日夜牢
牢記，念君奮力把胡酋退，念親及早把捷書寄。」這裡把刺字的人、時間及緣因都
改易了，變成只是岳母訓子的期許，而無世局與臣職的諷刺。後來岳飛在朱仙鎮識
破秦檜的奸謀，不肯應詔回京，反而提兵深入金邦。當時，地方父老說：「我們也不
願做宋朝的百姓，也不願做金邦的百姓。」這種具有叛逆性的話，使岳飛驚恐，當
場卸袍，以背上四字展示給父老們看，表明個人對宋室的絕對忠心。這段安排倒是
較合情理的。

同樣的情節，在熊編《演義》裡，又有不同的表現，卷一「岳鵬舉辭家應募」
一則云：

> 靖康間，見胡馬縱橫，宋兵畏縮，鄉中好漢，皆來就他入山為寇，飛
> 謂之曰：「大丈夫不著芳名於史冊，而為鼠竊狗盜，偷生於世，可乎？」
> 乃令人於脊背上刺「盡忠報國」四大字，以示不從邪之意。後有人來尋他，
> 就將脊背字示之，以此相州豪傑，多不從盜。

此處未指名刺背的人爲誰，而時間則在靖康間，岳飛未投軍之前，其動機乃在堅持不從邪盜之志，兼以感召鄉中豪傑。但文字過於簡略，缺少重點的發揮。

清初傳奇《奪秋魁》第四齣「刻字」，對此情節有較多的演述與討論：

> （飛）孩兒欲將「精忠報國」四字刺入皮膚，一則以報君父之恩，二則少誓不從奸賊之意。
>
> （母）我兒，你力行忠孝，所志何患不就。何必刺字，毀傷遺體，恐非孝道。
>
> （飛）母親，忠孝本乎一體，我本取志立名，非自毀身。

這段對話與刺字的時間，在岳飛離家應考之前，立下兩重誓顧：盡忠與拒奸，總括了《宋史》本傳以來，所有戲曲小說對「刺字」動機的解釋，意思較完整。但對話者的身分卻不像母與子，而似兩個道學家在議論一件有關道德可否的行爲。戲文於刺字之後，因岳飛挑死小梁王而被囚監待罪，岳母奔走營救，曾三次向人說出岳飛背上的刺字，以脫其罪嫌：

> 我孩兒一生忠孝，天日可表，卻將「盡忠報國」四字刺入皮膚，寧可啣冤而亡，不可背義而生。
>
> 我孩兒雖是武夫，頗有忠孝之心，均將「盡忠報國」四字刺入皮膚，到如今一時誤犯，誤犯，伏望老爺超生筆下停……。
>
> 我孩兒志在忠孝，他背上刺成「盡忠報國」四字，望老爺虎目電明，就知明白了。

這三段話內容相差不多，是分別對牛皋、張世麟、宗澤訴說的。岳母這樣把兒子背上刺字的事到處宣揚，以當作他的護身符與救命訣，乃因爲岳飛當年寧可毀身刺字，以示不忘君父之恩的「移孝作忠」的決心，感動了岳母，同時也感動了宗澤，果然救了岳飛一命。這是脊背四字發揮正面的效用。

有了上述戲曲小說的材料，《說岳》在處理這段情節時，便有較多的選擇與發揮。先說刺字的緣由是：岳飛棄官家居期間，因兵亂旱荒，生活困難，洞庭湖寇楊么慕其英名，命王佐持黃金與僞詔聘岳飛入夥，飛凜然回絕，誓不受招。其母深嘉其志，乃告祭家廟，親手爲他刻字。第二十二回，岳母云：

> 做娘的見你不受叛賊之聘，甘守清貧，不貪濁富，是極好的。但恐我死之後，又有那些不法之徒前來勾引，倘我兒一時失志，做出些不忠之事，豈不把半世清名喪於一旦？……但願你做個忠臣，我做娘的死後，那些來來往往的人道：好個安人，教子成名，盡忠報國，百世流芳，我就含笑於

九泉矣。

《說岳》這段話兼有多方面的意思，而且把刺字最重要的意義點明了：時刻以此自惕，勿因一時失志而毀半世清名。這是生死與之，全始全終的保證。《說岳》此段內容的選材，大抵來自熊編《演義》，從消極的「不從邪盜」的志氣，以映照出積極的「盡忠報國」的決心。另外，《說岳》有一段岳飛與岳母爭論刻字與否的對話，則是從《奪秋魁》蛻化而反轉的，第二十二回：

> 岳飛道：「聖人云：身體髮膚，受之父母，不敢毀傷。母親的嚴訓，孩兒自能遵頌，免刺字吧。」安人道：「胡說！倘然你日後做些不肖事情出來，那時拿到官司吃敲吃打，你也好對那官府說：身體髮膚，受之父母，不敢毀傷麼？」

在《奪秋魁》傳奇中，是岳飛自請刺字，岳母責以不必毀傷父母遺體，這是合於身分的話。《說岳》卻倒過來，岳母主張刺字，岳飛則以「身體髮膚」三句回答，反而顯出迂腐遲疑的意思，又被岳母幽默的申斥一頓，把這件事的氣氛輕淡化了。不過，這四字刺入皮膚後，岳飛的確能終身奉守，不敢怠忽。第五十九回，他接到秦檜的假詔回兵時說：「我母恐我一時失足，將本帥背上刺了盡忠報國四個大字，所以我一生只圖盡忠。既是朝廷聖旨，那管他奸臣弄權。」此四字被誤解為對皇帝個人的愚忠，以致為他的悲劇的成因。

以上說明了岳飛故事的流傳過程，有關「刺字」情節的演化及其人格的象徵。最後，關於這四個字的正確寫法，尚須辯明：在相關的文章史書與戲曲小說中，除《如是觀》與《說岳》寫成「精忠報國」之外，其他都作「盡忠報國」；雖僅一字之差，意義上卻有程度的不同，應以後者的寫法為是。由於高宗曾頒賜岳飛「精忠旗」以嘉許其功，後代文人便將「精忠」與「盡忠」混用。但根據事實的了解，「盡忠」須與「報國」連用，以表現岳飛所竭誠效忠的乃是國家民族的整體；而非趙家皇室；至於「精忠」則單獨使用，或與「岳飛」連用，這是宋高宗對岳飛的期許，也是南宋道學家所論定的臣下對君主無所疑慮的「純忠」。〔註19〕

第五節　英雄事業的展現——戰爭

《說岳》前十五回大抵遵照英雄傳奇的模式，刻劃岳飛出生與幼年期的異象、知識與武備的完成、以及初入社會的遭遇與挫折等。理論上，這些都是英雄成長前

〔註19〕詳見劉子健〈岳飛〉一文，收錄於《宋史研究論集》第六輯，台北中華叢書編審委員會出版。

期必須經歷的過程與具足的條件，且成爲日後人格的基礎。

　　根據《宋史》及相關史料顯示，與岳飛關係較深的皇帝是宋高宗，因此，岳飛雖然在徽、欽二朝已具備了諸般文才武略，且得劉韐、張所、宗澤等將帥的賞識，在討賊、抗金方面，也略有小功，卻始終不被朝廷重用。直到高宗即位南京，岳飛在宗澤與杜充部下，才開始發展其雄才武勇。其後，宗澤病死，杜充降金，岳飛成爲獨立作戰的部隊，在敵後游擊轉戰，衛民復土，由戰功而累陞官職，逐漸被高宗及臣民倚重。《說岳》遵重這項事實而在情節作了相應的安排：第十五回以前，岳飛在徽欽二朝雖曾槍挑小梁王、破賊南薰門，卻只落得辭官回家，等待天命。接下去的幾回，敘寫兀朮入侵、二帝北狩，康王從金營逃歸，即位金陵，是爲高宗。岳飛得王淵保荐，陞見並封職，又蒙高宗出示金國粘罕五兄弟的畫像，囑他「倘若相逢，不可放過」。《說岳》描寫高宗與岳飛初次見面，便如此賞識倚重，叮嚀再三，這點是從正史蛻化而來的，〔註20〕有部分事實性，但並非第一次見面便如此。按《說岳》的敘述，岳飛這次得遇明主，可以大展抱負了。第十回，陞見封賞後，撥在天下大元帥張所營前致用，張所要他挑選本部軍馬，歸他指揮，他只挑取了八百人。〔註21〕從這裡才正式開始他的軍隊生涯。夏志清說：「主角遲早總要披甲上陣，這麼一來，交鋒廝殺常取代了主角，變成趣味的重點，並產生一大串與其經過有關的副題。」〔註22〕一般而言，我們對岳飛生平事蹟的認識，幾乎都是轉戰各地時留下的戰況、功業、以及戰地政務、復建措施等記錄；因此，戰爭成爲他傳記的主要內容。《說岳》也刻意的描寫並誇張某些重要戰役，以強調這位英雄的神勇與謀略。總計《說岳》所列與岳飛直接相關的戰役有：愛華山大戰、征太湖楊虎、計殺劉豫、征汝南曹成、牛頭山之役、勤王復辟及收服群盜、征洞庭楊么、朱仙鎮大捷等。這些戰役包括「內亂」與「外患」兩類。在屬於「抗金」部分的戰役，本質上可看作天命與因果在人間的實踐，就第一回的神話背景而言，赤鬚龍的任務僅止於滅亡北宋、把徽宗竄死沙漠，以報應他對玉帝的不敬。故這段期間內，岳飛辭官家居，不曾參與勤王；高宗即位後，前段因果已經結束，而該回到「一十八帝之數」的天命中，但兀朮不知節制，繼續作亂，便該是岳飛出場以履行「降伏赤鬚龍，保全宋室江山」使命的時

〔註20〕據史家考證，紹興四年，岳飛光復襄陽六郡後，高宗對他的倚重信賴，與日俱增，除迭頒詔令嘉許外，並命每年例必來朝面議要務。紹興六年入覲，命從駕遊內苑。紹興七年扈蹕至建康，高宗謂之曰：「中興之事，一以委卿。」直到岳飛死前，高宗加封給他的文職與武職，均居宋代官階之首。

〔註21〕這八百人的確是正史中岳飛最初起家的基本部屬，曾在南薰門擊潰數十萬賊眾。後來成爲「背嵬軍」的中堅分子。

〔註22〕見〈戰爭小說初論〉。

機。至於「定亂」部分的戰役，雖不直屬於前述的因果系統，但仍歸於岳飛保存宋室「以滿一十八帝之數」的使命中，且由高宗授命委託，強化了岳飛與高宗及宋室興亡的關係，成為全能的護衛者。

　　《說岳》中這些戰役的勝負，在史實的記錄及天命的意涵裡，已有定局，無可變改，因此作者把筆墨用於細寫那些戰陣交鋒以及計謀佈設等虛擬情況，以喚引讀者的想像力，增加其趣味性。以下分別討論這幾場戰役在《說岳》中的意義及史實。

一、愛華山大戰（第 27 回）

　　寫兀朮入侵、曹榮獻河，金兵大舉南下，在愛華山為岳飛所敗，兀朮望西北奔逃等事。這場戰役在正史上並無相應的記載，純屬虛構。按正史，岳飛與兀朮的正式接觸在建炎四年五月的「牛頭山」與「南門新城」之役。《說岳》中的愛華山，據說「在皇陵附近」，從這地點可以引出一條線索：李漢魂《宋岳武穆公飛年譜》〔註23〕載：建炎二年七月，岳飛受宗澤之命，與閭勃前往嵩山與洛河間區「監護陵寢」，當時金人已侵據黃河北岸，距皇陵只有一河之隔。彼處是否有《說岳》所謂的愛華山，不得而知；但護陵期間，岳飛未曾與金兵發生過戰役；唯八月間曾破金人於「氾水關」與「竹蘆渡」，彼役亦未遭遇兀朮。綜言之，《說岳》中這場戰役，既非實錄，僅能就其內容探尋其在小說中的意義。第二十七回題詩云：

> 大鵬初會赤鬚龍，愛華山下顯神通；
>
> 南北兒郎爭勝負，英雄各自逞威風。

此處暗示岳飛與兀朮的初次接觸，就是神話背景的運用，勝敗早有定數，兀朮兵潰逃命時說：「某家自進中原，從未有如此大敗，這岳南蠻果然厲害。」在神話中，唯金翅鳥能剋制赤鬚龍，故金兀朮也只忌憚岳飛。〔註24〕從整部小說來看，能降伏兀朮的只有岳飛，而兀朮也有此自知。

　　愛華山大戰，主要在表現兀朮的挫敗恐懼，以及宋室的轉危為安；此外，對岳飛的威武形象，也有了固定的描繪：

> 但見帥旗飄揚，一將當先：頭戴烟金盔，身披銀葉甲，內襯白羅袍，
> 坐下白銀龍，手執瀝泉槍；身長白臉，三綹微鬚；膀闊腰圍，十分威武。
> 馬前站的是張保，手執渾鐵棍；馬後跟的是王橫，拿著熟銅棍。威風凜凜，
> 殺氣騰騰。

〔註23〕台灣商務印書館印行，民國 69 年 5 月初版。

〔註24〕《說岳》中兀朮曾於「黃天蕩一役」，被韓世忠敗得很慘，但那是因為他先在「牛頭山」被岳飛擊潰後，已經嚇破膽而無心再戰，領了殘兵逃到長江，想渡江北歸，這才遭遇韓世忠的伏兵，而陷入黃天蕩。

這個造型，包括戎裝、身貌、兵器、坐騎以及僕從，皆已完備。

二、征太湖楊虎（第 28～30 回）

這場戰役也是虛構的，史書所載岳飛征剿的賊寇中，並無楊虎。但細閱李編《年譜》敘列的諸多戰役內容，可以推測《說岳》的征楊虎之役，是由正史中兩場戰役拼湊而成的情節：一是建炎四年，移屯宜興，破盜郭吉；一是紹興五年，討洞庭湖寇楊么。郭吉原爲宋水軍統制，自建康潰散後，叛變爲寇，擾掠於太湖區域，岳飛遣王貴、傅慶將二千人擊破之。《說岳》所謂太湖水寇，應即是郭吉，而非楊虎。又關於與楊虎水戰的內容，則是借自正史「平楊么」之役的實況。如云：太湖中，有東、西洞庭山，而楊虎有戰船數隊，分別爲砲火船、弩樓船、水鬼船等；岳飛則以木排、皮擋子、倒鬚鉤、三尖刀、笆斗兵之類的裝備擊破之。〔註25〕這些情節內容與正史記載的擬同，絕非巧合，而是按史搬演的。但《說岳》第四十八回以後，又以極長的篇幅鋪敘「平楊么」的故事，爲了避免在戰場描寫與「征楊虎」重覆，只得填入許多妖術陣圖之類的材料，反而貶低了岳飛於戰略應用的才智。

《說岳》此役招降了楊虎與花普芳，二人感激岳飛不殺之恩，乃向金兵奪回「氾水關」作爲獻禮。但據正史，當時金陣中「有騎將往來馳突，武穆躍馬左射，應弦而斃，虜眾亂，官軍奮擊大破之。」則此役亦是岳飛個人的功績，均被《說岳》附會給楊花二人了。

三、計殺劉豫（第 33 回）

正史上「劉豫稱制」一事，是南宋初年政治的奇恥大辱。而《說岳》均未提及，而關於劉豫的情節，多屬枝末：第二十四回，冒領岳飛功績，被張所識破，乃投奔金國，受封「魯王」，鎮守山東；第二十六回，貪求珍珠寶篆雲旛而說服曹榮獻河降金。在這些簡單的故事裡，沒提到他被金人冊封爲帝的事。〔註26〕但第三十三回卻敘述了岳飛計殺劉豫的經過。

按《宋史》，劉豫於建炎四年九月被冊封爲帝，國號大齊；紹興三年、六年曾分別與金人聯兵入寇，都無功而退；紹興七年十月，岳飛以離間之計，使金人廢謫劉豫。這便是正史上劉豫降金及稱帝的始末。至於促使劉豫被廢，究竟是誰的功勞？則有爭論。《宋史》列傳分別歸功於岳飛、張浚、王倫三人，但莫定誰是。

〔註25〕正史記載楊么之舟以輪激水，疾駛如羽，左右前後俱置撞竿，官舟犯之輒破；又賊舟高大，矢石自上而下，官軍仰面攻之，見其舟不見其人。而岳飛所用以擊破楊么賊船的特殊裝備，則被《說岳》整套模仿進入情節中。

〔註26〕《說岳》有關張邦昌的故事，亦未提及僭位爲「楚王」的事。

〔註27〕趙翼《二十二史箚記》卷廿四云：「豫之廢，乃因其進不能取，且屢請兵也。今乃以歸功於張浚、岳飛兩封蠟書，所謂牽連附會者也。」從這些論議來看，劉豫之廢，是否可以完全歸功於岳飛，仍有問題。但自從《鄂王行實編年》把它列為岳飛的功績，而《宋史》本傳又採錄之，後人遂承認此事。熊編《演義》卷六，曾詳述岳飛使用反間計逼使金人廢謫劉豫。《說岳》也載錄這段情節，但又有部分細節上的更改：如劉豫降金後，官封「魯王」，未及稱帝；而岳飛反間計的蠟書內容改為：「劉豫暗約岳飛領兵取山東的回書。」又據《宋史》，劉豫被廢的經過與下場是：被撻懶與兀朮綁架，招討其罪而廢其帝位，改封「魯王」。《說岳》則改寫為：兀朮派兵把劉豫一門抄斬。這個結局雖未免狠毒，但第三十三回卻又留個餘地：大奸大惡的劉豫卻有個大忠大孝的兒子劉麟，因為諫勸父親不從而墜城自殺。《說岳》中劉麟的形象，亦於史不符；據《宋史》劉豫稱帝後，其子劉麟立為太子，殘暴貪婪，曾為了提領諸路兵馬兼知濟南府而籍鄉兵十餘萬為皇太子府軍；又分置河南汴京淘沙宮，發掘兩京冢墓；且賦斂煩苛，供己揮霍；並曾兩度入寇南京。類似這種助紂為虐的惡徒，為何被《說岳》變化成忠孝雙全的人呢？〔註28〕也許是作者有意藉此諷刺「奸臣賊子，妻兒不恥」；抑或不肯斷絕為惡之人的向善之路吧。

四、征汝南曹成（第34回）

　　這段情節的重點不在於征剿曹氏兄弟的經過，而是敘述「兩擒何元慶」的故事。《說岳》指出：曹氏兄弟雖然水裡本事甚好，且聚兵數十萬，但有勇無謀，不足為患，唯「棲梧山上何元慶，有萬夫不當之勇」。岳飛先設計對付何元慶，力敵智取兩擒兩放，終於逼他來降。曹氏兄弟聞之，不戰而逃。這場戰役《說岳》寫得極輕易，似不把曹成看做勁敵。但據正史，岳飛征討曹成的過程，極為曲折的，〔註29〕不僅

〔註27〕〈岳飛傳〉云：「軍中得兀朮諜者，飛佯認為己所遣之諜，作蠟書，約豫同誅兀朮，割其股納之，令致豫。諜者歸，以書示兀朮，兀朮大驚，馳白其主，遂廢豫。」〈張浚傳〉云：「酈瓊叛，奔劉豫。浚亟蠟書貽瓊，金人果疑豫，尋廢之。」〈王倫傳〉云：「紹興七年，倫使金，至睢陽，劉豫欲索觀國書，倫力拒之。至涿州，見撻懶，具言豫邀索觀國書，且謂豫忍背本，他日安保不背大國。是年冬，豫遂廢。」

〔註28〕同樣的事例也發生在張邦昌與王鐸二位奸臣的家裡。第三十七回，張、王二人把避難在外的高宗君臣軟禁在家裡，然後向金人密報來捉，卻被其妻蔣氏及其子王孝如私放逃走了，而蔣氏與孝如亦隨後自殺以謝罪。

〔註29〕據李編《年譜》所載，曹成擁眾十餘萬，自江西歷湖湘，執安撫使向子諲，據賀州、道州。紹興二年，岳飛發兵往討，曹成聞之，預令其軍分途逃去，肆掠廣西。其後，兩軍對陣於太平場。岳飛夜襲賊營大敗之。曹成奔走桂嶺路、連州等地，最後被岳飛追殺勢窮，乃投降宣撫司。

耗時費日，且轉戰千里，以盛夏行煙瘴之地，登山涉險，衝冒炎暑，賊兵以疾死者
相繼，官軍則唯戰死者一二人而已。這些事實，都被《說岳》忽略了。又《說岳》
所云招降曹成的部下何元慶，應是影射楊再興，〔註30〕但第四十八回卻另有殺手鐧
敗降楊再興的故事，則又屬傳說的衍伸了。

五、牛頭山大戰（第36～45回）

　　《說岳》中這場戰役所涵括的地域甚廣，但岳飛參與的只有牛頭山的總決戰，
因而以此作爲標題。第三十六回題爲「金兀朮五路進兵」，金兵分別攻打湖廣、山東、
山西、江西與金陵五處，欲使岳飛四面受敵，搶救不及。宗澤爲此憂病而死，杜充
獻江投降，杜吉開京門迎金；高宗君臣七人倉卒逃避，最後仍被金兵追及，困在牛
頭山，岳飛於軍中「扶乩請仙」，占知高宗下落，乃發兵前往護駕，被拜封爲「武昌
開國公，少保，統屬文武兵部尚書都督大元帥」，號召天下兵馬勤王。《說岳》在兩
軍僵持牛頭山的期間，穿插了許多民間傳說的情節，包括：鄭懷、張奎、高寵等英
雄前來助戰；兀朮派兵往湯陰劫持岳飛家屬，卻被岳雲殺散；牛皋單騎入金營下戰
書、張邦昌與張王被金人殺頭祭旗，岳飛娶婦犯軍令等。這些插曲的英雄氣味甚重，
穿插在宋金大戰的前夕，沖淡了戰場描述的殘酷與乏味，也暗示著雙方軍勢的消長。
徐後，韓世忠、張浚、劉錡、吳玠、楊沂中等各路勤王軍馬會齊，爆發了大戰，殺
得「天昏地暗無光彩，鬼哭神號黑霧迷」。金兵大敗，兀朮躲入長江，被困黃天蕩，
掘通老鸛河，逃回金邦。

　　這場戰役在《說岳》中牽連甚廣，幾乎全國總動員，作者把戰爭場面與傳說插
曲寫得有聲有色，有血有淚，而岳飛躍身爲天下兵馬大元帥，更是威風八面，氣度
雍容。但這些內容情節，按之正史，則多誤謬。〔註31〕如五路進兵、憂死宗澤、杜
充獻江、杜吉開城、高宗受困等，純屬虛構，或歪曲史實以適應傳說。尤其關於岳
飛的官職、戰功部分，更是誇張失實。按「牛頭山」之役，在正史只是一場追擊兀

〔註30〕《宋史・楊再興傳》云：紹興二年，岳飛於莫邪關打破曹成，其部將楊再興「走躍
　　　　入澗……遂受縛。飛見再興，奇其貌，釋之。」而《說岳》的何元慶也是曹成部下，
　　　　被岳飛逼落江中捕獲而請降的。
〔註31〕按李編《年譜》：建炎三年六月，兀朮大舉南侵，分兩路進兵江東與江西，時宗澤已
　　　　死，杜充代爲汴京留守。十一月，金人攻建康，杜充降。岳飛當時職居統制，獨與
　　　　軍士轉戰於廣德，收復溧陽。建炎四年正月帝泊溫州港。二月，兀朮引兵北還。四
　　　　月，岳飛敗金人於常川、清水亭。帝還越州。韓世忠與兀朮相持於黃天蕩，計四十
　　　　八日而後敗之。五月，岳飛設伏牛頭山，大破兀朮於南門新城，遂復建康。兀朮奔
　　　　淮西。正史記載如此。而明清戲曲，唯《精忠旗》第九述及牛頭山之捷，其情節內
　　　　容大致與史書類似。

兀潰兵的小勝仗，《說岳》卻用了十回細述岳飛在這虛構的戰役中的重要地位與傑出表現，作者大約是想透過這場戰事，使岳飛名正言順的躍居抗金將士的最高統帥，以便總領大軍與兀朮正面對決。而兀朮也承認：「某家自進中原，帶有雄兵數十萬，戰將數百員，今日被岳南蠻殺得只剩四、五萬人馬，又傷了大王兄與二殿下，有何面目來見父王？」只要岳飛出場，兀朮絕無勝算。

這場戰役，名義上是宋朝大獲全勝，保全國土。但高宗卻嚇得不敢回金陵，而遷都臨安，長期避敵去了。岳飛曾諫阻遷都，高宗不從，遣使與金議和，岳飛只得乞假返鄉，省親閒居。《說岳》題詩云：

> 蓋世奇才運不逢，心懷國憤矢孤忠；
>
> 大志未遂還鄉里，且向江潭做困龍。

作者表達了岳飛才學不得發揮的惋惜；而兀朮經此挫敗，幾為老狼主怒斬，思前想後，決定以漢制漢，遣秦檜夫妻回宋朝作內應，這才又回到天命與因果的系統，「一物剋一物」的結構。

六、勤王復辟、收服群盜（第 47、48 回）

《說岳》於高宗遷都臨安後，隨即發生「苗、劉之變」：左右都督苗傅與劉正彥不滿王淵總管兵權，乃共謀造反，殺死王淵，入佔皇宮。又假傳聖旨，欲宣詔岳飛還朝斬之：幸得朱勝非通知，岳飛遣牛皋、吉青二人混入宮中，與韓世忠裏應外合，執斬苗、劉二賊，高宗乃得復位。《說岳》在這段故事中，把史實簡化並曲解了。按《宋史》此事發生在建炎三年，從亂起到平定，都與岳飛無關，彼時岳飛仍在杜充部下，留守汴京，直到七月，才與杜充回建康，當時亂事已定。《說岳》卻把這場功勞也歸給岳飛，並特顯他在此事件中的重要性：亂事發生在岳飛返鄉期間；而苗、劉把持宮廷後，唯一畏懼的只有岳飛，因此設計騙他入朝以斬之；但岳飛略施小計，執殺苗、劉，重扶王室。《說岳》藉此塑造岳飛成為宋室江山的保護者，任何危及趙姓朝廷的事變，不論外患內亂，都由他出面解決。〔註32〕作者或有見於史書中，高宗獎譽岳飛的話：「中興之事，朕一以委卿。」而刻意把岳飛的形象誇大了。第四十七回，高宗欽詔岳飛復職，以統兵剿寇時，詔云：

> 朕以菲躬，謬膺大寶，適者獲罪於天，國事多艱，以致胡馬長驅，
>
> 干戈鼎沸。賴爾岳飛，竭力勤王，盡心捍禦，得以偏安一隅，深慚二帝
>
> 蒙塵……

〔註32〕 除了在神話背景中，《說岳》已明白告訴讀者，岳飛有這個義不容辭的使命之外，在許多情節中也有間接的暗示，如槍挑小梁王並擊殺王善（蕩平反黨）、刺背明志（不從賊寇），以及征曹成、剿楊虎、計殺劉豫、大戰愛華山、牛頭山救駕等。

這裡把偏安的功勞也歸給岳飛。除了頒詔之外，更由魏娘娘賜「盡忠報國」龍鳳旗一對給岳飛，應合了他背上所刺的四個字。岳飛對高宗詔書裡空洞的獎譽，儘可無動於衷，但他對報效國家的矢志，卻必須貫徹到底。因此，高宗雖多次虧負於他，而朝廷有事來詔，他仍無所遲疑的即刻起身。

關於「賜旗」一事，據《宋史》記載，應是紹興三年九月十三日，岳飛至行在所入覲時，高宗「賜御札於旗曰：精忠岳某，令行師必建之。」賜旗對岳飛而言，是個殊榮，中興諸將，唯他得此，這段史事表現出高宗對岳飛及其部隊的信任倚重，而兼有藉此特賞以加強其效忠王室的決心。元明戲曲中，亦多提及此事，如《精忠記》第九齣，高宗賜岳飛「玉帶一條，精忠旗一面」；《精忠旗》第九折，高宗賜岳飛精忠旗一面，岳飛下令「今後出征，將岳字旗與先鋒打著前行，那御賜精忠旗，便當帥旗，豎立中軍。」又《如是觀》第十五齣，亦有高宗賜繡旗一面，卻引致粘罕的劫奪。上述三個戲曲有關精忠旗的描寫，都與《說岳》無相似處，錢彩必另有根據，而把賜旗者與旗面題字，更改得不合史實。

七、征洞庭楊么（第48～53回）

正史上這是岳飛生平所經歷的較大戰役，從受命、策劃、出兵，討平為止，歷時約四個月，〔註33〕過程頗為曲折，且事件本身即富於傳奇性，《老學庵筆記》云：「鼎澧群盜拒險不可破，每自詫曰：除是飛過洞庭湖，其後為岳飛所破。」這是岳飛的名字應合了賊寇的讖語。又當其布署攻勢，待時以動的期間內，張浚都督軍事，對他信任有加，曾力闢參政席益之疑。〔註34〕至於岳飛的成功，乃得力於策略的運用，《宋史》本傳，岳飛云：「湖寇之巢，難險莫測，舟師水戰，我短彼長，入其巢而無嚮導，以所短而犯所長，此成功所以難也，若因敵人之將，用敵人之兵，奪其手足之助，離其心腹之援，使桀黠孤立，而後以王師乘之，覆亡猶反手耳。」實際上，岳飛善假其威名以感召湖寇歸降，而剿寇之功，則乃倒戈之賊將居多，官軍僅於最後會戰時收滅楊么餘黨而已。

〔註33〕按楊么原是叛黨鍾相的部下，建炎四年二月，鍾相第一次叛亂，旋即事敗被殺。楊么率領殘匪潛居湖湘之間，擁立鍾相之子儀為太子，俱僭稱王，聚徒眾數萬，踐踏湘澧，窺覦上游。朝廷先命程富、王燮討之，連年不能平。紹興五年二月，正式授命岳飛往討。四月，岳飛上奏措置討賊事宜。其政策是：先撫後剿，以敵制敵。招得黃佐、楊欽、全琮、劉詵等賊將陸續來降，致楊么勢力大削，而仍負固不服，誇耀其樓船。岳飛乃於六月初正式發兵會戰，八日之間，剿平楊么及其餘黨。

〔註34〕按《鄂王行實編年》，岳飛蓄勢以待，並不急於與湖寇正面接戰，時張浚以都督軍事至潭州，參政席益謂之曰：「岳侯得無有他意，故玩此寇？」浚笑曰：「岳侯忠孝人也……用兵有深機，胡可易測？」益慚而止。

正史記載如此，熊編《演義》略同。至清初《奪秋魁》傳奇第十八齣，亦演這段故事，但內容差異甚大，把楊么誤寫為「楊麼」，而其部將如花卜方、劉橫、陳濤等，都不見於正史記載；而王善的賊兵竟也參加入夥。這樣鉅大的聲勢，僅憑岳飛與王貴所統領的軍隊，一戰而克，其過程過於簡化，且敘述平淡無奇，乃因此部傳奇的故事重心不在征楊么，而是藉此讓岳飛將功贖罪而已，故其描寫並不著力。《說岳》則把這場戰役擴張，鋪敘得複雜曲折，且發展出許多附帶的情節，又加入幾處妖術與陣圖的內容。這裡把相關回目抄錄下來，便可見其大略：

> 王佐計設金蘭宴（48回）、楊欽暗獻地理圖、世忠計破藏金窟（49回）、打酒罈福將遇神仙、探山形元戎遭危難（50回）、伍尚志計擺火牛陣、鮑方祖贈寶破妖人（51回）、嚴成方較鏈結義、戚統制暗箭報仇（52回）、岳元帥大破五方陣（53回）

此處只有幾個問題須註解：按史載，楊欽是楊么部下一名驍將，被黃佐勸說來降，後復回湖中招降其他賊黨；《說岳》卻把他變成楊么的族弟，且是文人，私下向岳飛獻呈湖中防禦圖，暗助官軍破賊。其次，平楊么之役，全是岳飛部隊的功勞，《說岳》則把韓世忠也扯進去，且岳飛處處讓功給他。此外，《說岳》中楊么的部將如楊凡、屈原公、雷氏五虎、花普方、高老龍、嚴奇、崔慶、余尚文、伍尚志、羅延慶等，都是名不見經傳的人物，不知錢彩從何取材。

八、血戰朱仙鎮（第53～58回）

《說岳》中，朱仙鎮之役是岳飛生平最後一戰，〔註35〕也是南宋偏安局面的決定關鍵，更重要的是，它直接導致岳飛的冤死。《說岳》把這場戰役安排在「平楊么」之後，幾乎是措手不及的奔波轉戰：當岳家軍與楊么餘黨作最後殊死戰時，邊報金兵六十五萬，分十二路進犯中原，將近朱仙鎮，岳飛隨即調回各路部隊，依次七隊先行，往朱仙鎮迎敵，而其本部軍馬及韓世忠大軍共三十萬，則在楊么伏誅後，亦兼程趕去會合。接下來便是二國兵馬在朱仙鎮僵持，幾場小規模的接觸戰後，兀朮計窮，岳飛乃發動總攻擊，大獲全勝。

《說岳》處理這場戰役過於戲劇化、英雄化，無法顯示它在正史上的實況，以及宋金二國對此役的關心，並於政治、外交方面的影響。因此，就其照應於正史的可靠性與傳神性而言，此役的描寫不如「平楊么」、「牛頭山」等精彩與合理。按《宋

〔註35〕《說岳》於朱仙鎮之役後，岳飛被秦檜矯詔班師，隨即冤死獄中。但按《宋史》本傳，岳飛雖奉旨班師，入覲高宗後，仍多次奉命往各處防禦侵略，並往淮西援助韓世忠。罷宣撫使後，曾與張浚往楚州閱軍；又罷樞密副使，及萬壽觀使等。從班師到冤死間隔一年。

史》：紹興九年，宋金和議成立，宋朝向金國割地稱臣。這個和議只造福了少數人：在宋是秦檜主謀，想藉外力以鞏固相權；在金則是撻懶與宗砦，欲連宋室以爲外援。雙方都是藉和議以逞私欲。紹興十年，這個陰謀敗露，撻懶與宗砦伏誅，主戰派兀朮當國，隨即背盟毀約，起兵南侵。若以當時兩國實力相較，金非宋敵，軍事與財政方面，宋朝都佔優勢。〔註36〕而高宗亦對金人的背盟及秦檜的主和，有所不悅，因此，積極佈置，準備反擊。戰事初起，兀朮即連遭敗仗，在宋有劉錡「順昌」、「石梁河」之捷；吳璘「扶風」、「剡家灣」之捷；韓世忠「淮陽」之捷；岳飛「郾城」、「潁昌」之捷等，而張浚且大治海舟，由海路直指山東。郾城之捷對岳飛而言，只是開端，隨又追擊兀朮發兵於小商橋、潁昌、臨潁、直抵朱仙鎮。按《鄂王行實編年》記載當時情況：岳飛對金兵的調動配置及山川形勢，瞭如指掌；兩河豪傑彼此約期起兵，都以「岳」字旗爲號召；金軍將卒多有歸附請降的；金國則「自燕以南，號令不復行，兀朮以敗故，復簽軍以抗武穆，河北諸郡，無一人從者，乃自嘆曰：自我起北方以來，未有如今日之挫衄……。」朱仙鎮之役的意義，不僅於戰場上的勝利，更挽回南宋朝野對於反攻復土、迎還二帝的信心。這是從宣和以來，最令全國上下振奮的時刻，後代史家大多相信，假如岳飛諸將不被臨陣調回，而以朱仙鎮爲起點，乘勢進取，則直搗黃龍的勝算頗大。果能如此，岳飛的歷史悲劇及高宗的辱國苟安，也不致於發生了。

正由於這場戰役在宋金交戰史的轉捩地位，以及涉及岳飛冤死、休戰議和等問題，使後代學者對之特加關懷，甚至有人懷疑朱仙鎮之捷的真實性，因爲《高宗實錄》不載此役。〔註37〕由這疑問衍生的推論有二：岳飛根本沒有朱仙鎮之捷；或即有之，亦只是無關大局的接觸而已。但《鄂王行實編年》、《宋史‧岳飛傳》、《大金國志》俱載此役，且都承認它於兩國軍政局勢的重大影響，倒過來說，可能是高宗與秦檜惟恐此役垂之史迹，使後世治史者有忠奸之辨，因此，特別頒詔，縮小功績範圍，使岳飛郾城及朱仙鎮二捷，不得以戰功列於史書。其後，秦檜父子與万俟卨任職國史館及實錄院，亦可能刪改岳飛功績，幸而岳珂訪得此役事實，補錄於《鄂王行實編年》進呈，而後《宋史》才得據以編寫。

其次，有關岳飛故事的元明戲曲，也多著錄此役，如元雜劇《宋大將岳飛精忠》。便是整齣敘寫岳飛與兀朮的一場大戰。雖然劇中決戰地點爲「金沙灘」，但從其結局來看，兀朮敗逃，岳飛加封，以及秦檜的阻撓與伏誅，可以斷定它所影射的即是朱

〔註36〕詳見朱偰〈宋金議和之新分析〉，收錄於《宋史研究集》第十二輯。國立編譯館中華叢書編審委員會印行。

〔註37〕日本學者外山軍治即持此疑，詳見李安《岳飛史蹟考》正編第十章。

仙鎮之役。而明傳奇《精忠記》第十齣、《精忠旗》第十折、《如是觀》第十六齣，也都直接或間接的敘及朱仙鎮大破拐子馬的故事。〔註38〕在小說方面，熊編《演義》著錄此役，大抵根據史實鋪衍，而無獨創的情節內容。唯《說岳》則以極長的章回與虛構的過程，兼取正史與傳說為題材，詳細鋪敘此役的始末，其重要情節如「楊再興誤走小商河」、「演鈎連大破連環馬」可說是史實的衍化；而「陸殿下單身戰五將」、「王統制斷臂假降金」、「明邪正曹寧弒父」、「大破金龍陣關鈴逞能」等，則來自民間傳說與戲曲。這樣繁複的鋪寫，使情節的進行緩慢鬆散，喪失《宋史》所載乘勝追擊、全國振奮的銳勢與氣氛，而變成英雄競技與忠孝節義的民間傳奇。

以上將《說岳》中幾場重要戰役分別討論，並配合正史與相關的戲曲小說，作淵源的比較，可以得出如下的結論：《說岳》對這些戰役的描寫，除多數因為正史確有其事而採納為傳記的重要內容，滿足歷史的需要外；就《說岳》的主題言，這些戰役多半誇張並扭曲史實，以配合全書的精神，強調岳飛神勇智謀的形象，以及宋金二國對他的重視，進而使他成為當代歷史中的焦點人物；然後更以他的人格、行事為敘述中心，把相關人事綜合起來，以烘托他的超群不凡。因此，它是以人為主，以事為從，事件只為了刻劃人物的思想意識，卻不能獨立存在。《說岳》透過這些戰役的鋪敘，使岳飛成為一個文武雙全、智勇兼備的「儒將」形象：每場戰役都能從容佈署，謀定而後動，一戰而勝；尤其主動進取的精神與以寡擊眾的能耐，〔註39〕更成為他的特徵，使他從中興諸將脫穎而出，特顯為南宋國運的關鍵人物，受苦百姓的守護神，以及兀朮的剋星。

其次，據《鄂王行實編年》、《宋史・岳飛傳》及其相關史料，岳飛自從軍以來，幾乎每戰必捷，不曾敗仗。〔註40〕這威勢使金兵不敢直呼其名，而以「父」稱之；且有「撼山易，撼岳飛軍難」的傳言；甚至，岳飛軍隊所到之處，寇賊多有聞風而降或不戰而走的。正史記載如此，令人不得不相信「人力不至於此，真若有神助之

〔註38〕這些戲曲都把朱仙鎮的戰況簡化為「鈎連鎗大破拐子馬」一仗，以說明兀朮所持以制敵者，唯此而已，拐子馬被毀，兀朮便無計可施。這多少是符合史實的。另外一個原因則是，這些戲曲的重點在於由此役所導致的「矯詔班師」、「冤死獄中」等情節，因而，只把此役的戰況描寫簡化於大破拐子馬，作為象徵。

〔註39〕岳飛生平志氣在於「直搗黃龍，平金滅虜」、「規劃中原，還我河山」，他不敢以抗敵禦侮、苟全偏安為限，這是其他將領不能比擬的。又據《鄂王行實編年》記載，岳飛即戎，皆以至寡敵至眾，如南薰門王善之之戰、桂嶺曹成之戰，及以背嵬五百破兀朮十萬之眾等。

〔註40〕劉光祖〈襄陽石刻事迹〉云：武穆自從戎至專征，平劇賊、破強虜，大小凡一百二十餘戰，類以少擊眾，未嘗一敗。其躬履行陣而勝者六十有八，其分遣諸將而勝者五十有八，所擒殺降附可以名數計者……又呂中《大事紀》亦同此說。

者。」〔註41〕因此，《說岳》有充分的根據以誇張他的神勇無敵。何況，在預設的神話背景裡，岳飛既是天命派來保全宋室，則戰場上的勝負先已註定了。所有這些戰役的意義，只是岳飛於人間實踐其天命，勝乃必然，不須置疑；論析其致勝的因素，亦屬多事。

如依夏志清先生把《說岳》歸入「戰爭小說」的類型，則這些戰役，便成爲全書的主要內容：即以戰爭場面的鋪敍幻想爲主題與趣味，並由此產生一大串有關的副題。作者雖未必親歷戰爭，亦不曾目覩其屠殺的恐怖，但依其對戰爭的想像及民間傳說的運用，常會把戰爭歪曲爲英雄事業的榮耀；渲染這類殘殺，以鉅大的死傷人數來誇張戰況的激烈。作者總是以旁觀者來描述軍隊的厮拼、衝突，且認爲驅使大量生命作爲犧牲，乃是英雄事業的必要條件。至於戰陣交鋒的典型模式，總是雙方將領出馬，各報姓名，有時先一段對話、辯論、辱罵，然後拍馬厮殺；由這裡又發展出輪戰、群玫、暗算、佯敗誘敵、單騎踹營等；這些屬於正面接觸，安營下寨後的情況，是決戰前的比武，也是雙方主將逞威風、顯武藝的場合，全憑武器與力氣的較量。此外，還有所謂設伏、劫營、布陣、施毒、水火攻、反間計等，這類屬於側面攻擊，出敵意料的謀略戰法，則是決定於軍隊人數的多寡、天時、地利的配合，以及臨機應變的措置，即所謂總體戰的運用。但所有這些戰爭場面的描述，均與正史記載多不相符，不唯臨場氣氛相異，且敍述的重點也不同。只能推斷云：小說這種模式的戰爭描寫，可能是受戲劇與說書的影響，爲適應舞台表演及聽覺效果而設計的；有許多成功的場面描述，被小說沿用而漸漸典型化，成爲戰爭小說的特殊風格。《說岳》也不能免除這些格套，但不同的是：它較注重策略的運用，減少了乏味的列陣厮殺；它的戰役大多從正史取材，或至少是正史衍生，而非無意義的重複。並且，由於預設了一個神話背景，使讀者清楚的了解這些戰役對於宋金二國政局的影響，以及對當事者命運的意義。唯一的缺點是：「平楊么」一役，突兀的插入牛皋遇仙、贈寶破妖的情節，破壞了岳飛在所有戰役中，始終如一的智勇形象。

對讀者而言，小說中每一場戰役都是有意義的，次數的多少、描述的雷同，都不關乎藝術的節制；相反的，它表現了敵對雙方在精力持續上的限度。既然戰爭永遠不能避免，則一個保持充沛戰鬥力，隨時待命出動的英雄團體，在應付任何突發的侵略，總是比較實際而有效的；縱不能以雷霆一擊的威力，滅絕天下惡源，至少，每當國家與民眾受到威脅時，都能倚望這些英雄隊伍的拯救。《說岳》這類歷史小說，投注大牛的篇幅於製造戰爭場面，而仍能被讀者接受的原因，即由於此。

〔註41〕見李編《年譜》附錄一，引《紀事編》語。

第三章　書生叩馬與受詔班師

　　《說岳》第五十九回敘述書生叩馬諫兀朮，秦檜矯旨詔岳飛（即十二道金牌）的故事。這是正史一件大事，細節上仍有許多疑問，此事件可說是直接由朱仙鎮之捷引生的，又間接導致岳飛父子的「莫須有」之獄。按《宋史》，紹興十年七月，岳飛大敗兀朮於郾城，又追擊至朱仙鎮，準備與諸將渡河，直搗金京；而秦檜私於金人，力主和議，欲畫淮北棄之，聞武穆將成功，大懼，遂力請於高宗，下詔班師，連發十二道金牌，令駐兵於京西，牽制賊勢。這裡有個疑問：秦檜私於金人與力請班師之間的具體關係如何？據《鄂王行實編年》云：

> 　　方兀朮夜棄京師，將渡河，有太學生叩馬諫曰：「太子勿走，京師可
> 守也……自古未有權臣在內，而大將能立功於外者。以愚觀之，岳少保禍
> 且不免，況欲成功乎？」生蓋陰知檜與兀朮事，故以為言。兀朮悟其說，
> 乃卒留居，翌日果聞班師。

此書生不詳何人，又此處說「檜與兀朮事」也未明指何事，只大略知道在這之前。也許秦檜與兀朮已有勾結，而兀朮夜棄京師乃在朱仙鎮敗後，各路兵馬已無力反擊，只得回兵。「書生」一番話，使兀朮醒悟，乃靜觀其變。果然情勢逆轉，岳飛等奉詔班師。正史並未說明「班師」這件事是兀朮暗中促成的，或只是秦檜個人的行動。《鄂王行實編年》記述岳飛受詔班師時：「嗟惋至泣下，東向再拜曰：臣十年之力，廢於一旦，非臣不稱職，權臣秦檜實誤陛下也。」這段話指斥秦檜是直接促成班師，導致前功盡棄的罪人；雖不曾說明他與兀朮是否有密信往來，但「班師」確是秦檜急於為之，而適時為兀朮解圍，憑此推測，秦檜與兀朮便有勾結的可能〔註1〕。

　　至於岳飛得詔後的反應，起初並未隨詔班師，相反的，他仍想以當時絕對有利

〔註 1〕 秦檜曾二次上書高宗，請詔班師，又設計孤立岳飛，並連發十二道金牌逼使岳飛回
　　　　朝。

的情勢來說服高宗，准其進兵反攻，以觀成效。但當十二金字牌遞到，他已知無法與秦檜爭衡，才揮淚回兵。就其臨事的表現來批判，他對高宗既非一味的愚忠，亦不堅決抗命，頗能明辨經權，但不免有餘恨。《鄂王行實編年》云：「當日有進士對飛言：宣相縱不以中原赤子爲心，其亦忍棄垂成之功耶？飛謝之曰：今日之事，豈予之所欲哉？」〔註2〕如就奉詔遵命而論，固然是人臣本分，但他明知此事乃秦檜奸謀，而非高宗本意，卻不加抗辯的順從班師，這等於向秦檜的惡行屈伏，委中原百姓與蒙難二帝不顧，放縱兀朮再整軍馬，塗炭中國。因此，奉詔班師，於現實上有百害而無一利。多數學者認爲：如岳飛當時以「將在外，君命有所不受」的古訓，把握時機，斷然獨行，提兵直搗金京，迎回二聖，再以此將功折罪，即不能得到國君與輿論的諒解，但爲國家民族爭取正確的利益，亦何所惜哉？但又有某些學者提出相反的論調：從現實情況分析，岳飛班師，必有其軍事與政治的顧慮：如云其他諸將俱已回兵，岳飛孤軍不能成功；且宋朝家法，不信任武將，尤其是擁重兵、敢抗命者。故而岳飛暫且回兵，當面爭取高宗的支持，再圖後舉。次就人格理想而論，抗命進兵，不論成敗，皆有損其「盡忠報國」的庭訓，及其生平刻意自我塑造的道德形象，因而他甯犧牲現實上幾於完成的事功，以遷就倫常典型的評價。

關於上述學者所持兩種見解的爭論，都造成岳飛個人與歷史、盡忠與報國的衝突；而他所作的選擇，則導致後世學者的惋惜與誤解，此處引證幾則明清學者的議論〔註3〕，以代表正史對「班師」一事的看法：

> 說者曰：將在閫外，君命有所不受。武穆於斯時能奮然討虜，克復舊京，清平河朔，功成而請罪，亦無不可者……愚乃不然之。人臣之能成事，雖出於己之才力，實藉人君之權，以鼓動於衆耳，苟不受命，是爲逆上，逆上不臣，不臣則我之行事無君上之權矣，又安得鼓動乎衆人也哉？（明‧王廷相）

這段話在觀念上認爲「忠君」乃爲將爲臣的第一要務，也是成事的唯一條件，故君命召，不可貪功抗命而致將士離心、輿論指責，事不成而身受戮。岳飛的表現「順事安命，以聽於君」，可說是「成其忠則智得」，這論調往往導致不辨是非、不明經權的「愚忠」，此乃宋明理學成立，三綱五常確定之後，發展出來的一套批判歷史人

〔註2〕 從《鄂王行實編年》、《宋史》以來，諸書記載都說岳飛班師乃不得已；但《三朝北盟會編》云：岳飛在郾城，眾請回軍，飛亦以爲不可留，乃傳令回軍，而軍士應時皆南向，旗靡轍亂，飛望之，口咈不能合，良久曰：「豈非天乎？」這是說，軍士們本無鬥志。

〔註3〕 此數位學者之議論，見李編《年譜》附錄所引。

事的標準。王廷相的觀點雖可代表正統的忠君理想，卻不能恰當的評斷岳飛當日行為的得失。清乾隆御製〈岳武穆論〉，也從忠君立論：「知有君而不知有身，知有君命而不惜己命，知班師必為秦檜所搆，而君命在身，不敢久據重權於封疆之外。」這種精忠無貳的將臣，當然是為君者所歡賞的。但在這種論調之外，也有從「勢」、「義」、「揆機」、「隱忍」等方面了解岳飛奉詔班師的意義：

> 凡可以用出疆之命，不奉詔而進兵者，其勢足以制內者也，勢不足以制內而為之，必敗；勢足以制內而為之，雖成功，非純臣也。有如武穆不奉詔而進兵，檜以尺一削武穆官，使一部將代將之而歸，何以自處乎？強敵乘於前而嚴戮迫於後，是非徒敗身也，且敗國；夫非獨義不順也，武穆雖強，兩河之兵雖響應，勢亦不能獨舉。……。（明‧王世貞）

> 夫王是時，豈不知此機不可失，是詔不可泥？正以高宗之昏庸不足恃，賊檜之奸雄不可測，故寧隱忍曲從以俟他日再舉，而不敢故違明詔，以蹈無君之罪；寧涕泗橫流，以傷前功之頓廢；而不敢從權濟事，以虧臣節之常。（明‧鄭國仕）

> 當日者，勵背嵬之卒，策赴義之軍，亦何難星掃攙槍，風馳甄脫？不知君言不宿，臣罪當誅，匪特不敢以昭昭天下之心，稍逞其矯矯風雲之氣；而且兩軍先解，二帥方歸，已奪外援，難為孤注……功之不成，忠將安在？是以拊心河洛，寧盡棄其前功；唾手燕雲，且徐圖乎後效。此固事君之誠，抑亦揆機之哲也。（清‧吳錫麒：〈岳鄂王論〉）

上述諸人的持論，對「奉詔班師」的得失，有比較合於情實的看法，使我們了解這個事件的複雜背景，以及岳飛個人的心理衝突。凡此種種，實非君命不疑的「愚忠」所能概括的。

其次，再探討戲曲小說中對此事件的描寫。

元雜劇《地藏王證東窗事犯》：據史載，由於岳飛已知「下詔班師」乃秦檜的奸謀，才有前述因奉詔或抗命而涉及的歷史評價，此劇為免論及這個問題，而讓岳飛在不明究竟的情況下奉詔班師，「楔子」說：岳飛雖對朝廷的宣召有所疑慮，後來卻相信朝廷只是宣他回去犒賞，他且準備面聖回來，要大展生平抗金之志：「自尋思，莫不是封官爵、聖恩慈、明宣賜、賞金資、添軍校，復還時，將三路展，六韜施。」此劇的寫法不合史實，但作者的重點在於岳飛應訊大理寺，與主和派奸黨衝突的情節，故楔子避免涉及岳飛對班師與否的抉擇，把問題簡化，以便單向宣洩他忠君愛國的思想，以及堅決抗金，永不妥協的精神。

明傳奇《精忠記》第十齣「叩馬」、第十一齣「蠟書」、第十二齣「班師」，完整

的敘述了書生叩馬諫退師，哈迷赤蠟丸傳書，秦檜以「按兵不舉，與金國同謀」的
罪名，命田思忠賣金字牌十二道，取岳飛回京等故事。劇中描述岳飛接詔的反應是：

（田）：將軍身食君祿，命懸君手，今朝廷已准和議，張、韓、劉三將俱
　　　　已回京，將軍屢詔不還，不知爲何？

（飛）：非是岳飛不收拾人馬回京，只因虜人巢穴，盡聚東京，屢戰屢
　　　　奔，疾走渡河，以此羈遲，不遽班師。

（田）：大將軍，你切莫計功多，朝廷立意和。

（飛）：心中無限事，天意竟如何？朝廷罪我，快分付張號回軍。

（岳雲）：爹爹，想我父子三人，身冒矢石，出萬死一生，得河北之地，
　　　　　千日得之，一日失之。且待一發收伏東京，迎二聖還朝，那時
　　　　　叩關謝恩，將功折罪，未爲遲也。

（飛）：孩兒說那種話？朝廷之命，豈容遲得？

這段話刻劃了岳飛對班師與否的考慮，完全是畏罪怕事的形象：屈服、讓步、任人
宰割，成就其愚忠。但臨行前，卻又諉過於高宗：

懷忠盡，珠淚彈，聖上竟不念，二聖蒙塵何日返？全信著誤國奸臣，
怎作得臥薪嘗膽。

這眞是前後矛盾，無力擔當，破壞了岳飛智勇的形象。

《精忠旗》第十一折「岳侯挫寇」、十二折「書生叩馬」、十三折「蠟丸密詢」、
十四折「奸相定謀」、十五折「金牌偽召」，完整的寫出由軍事戰場轉爲政治陰謀的
過程：朱仙鎮敗後，兀朮因書生暗示，遣「尖哨」傳蠟書給秦檜夫妻，二人於東窗
設計：「我如今連發金牌一十二道，便著他班師；他若再去進兵，便以抗旨論罪了。」
作者對這十二金牌的到來，分六次描寫，愈來愈緊迫；而岳飛在「抗金」與「班師」
的思想矛盾，也愈來愈尖銳。起初，岳飛有意違旨，繼續作戰，後因協同作戰的韓
世忠、劉錡，俱已班師，孤軍難進；而統治者強大的壓力與他「忠君」思想的制約，
也迫使他必須奉詔班師：

（眾）：元帥，古人有云，安國家，利社稷者，專之可也。權宜，制閫一
　　　　戰，有何妨？……只待二聖還朝，方顯我將軍閫外強。

這是軍士們的看法。但賣旨的使者則說：「太尉不必計議，只是班師便了。雖然閫外
將軍令，須信從來天子尊。」又有人說：「只怕是假金牌，還要仔細。」這些不同立
場的爭論，最後卻歸結在岳飛的一聲歎息：「不用細推詳，自古道，天威難犯，這才
是莽精忠的散場。」說明了岳飛對自己悲劇根源的認識：精忠。此外又借百姓挽留
岳飛的話，揭露高宗爲保全帝位而不願岳飛得勝以迎回二帝：

　　　　我每情願跟著爺爺去殺兀朮，大家見二帝一面，切不可輕回……爺爺
　　也管不得什麼金牌，朝廷也是主上，二帝也是主上。爺爺縱不肯救我每百
　　姓，也看二帝面上，再住一住。

此時岳飛置身歷史與帝統的爭論中：他若敢以「盡忠於二帝」而「抗命於高宗」的
觀念，進兵金邦，迎還聖駕，歷史將如何評判他的是非？這齣戲把此事件的過程寫
得哀怨動人，且富於叛逆性與挑戰性。

　　《如是觀》是作歷史翻案的：岳飛抗命違旨，非但不肯班師，反而連夜進兵，
擊垮兀朮，迎回二帝。這正是《精忠旗》所暗示的假想結局，均在這裡實現完成。
且看作者如何處理這種以假作真的情況。第十八齣有一段田思忠與岳飛的對話：

　　（忠）：自古道，君命召，不俟駕而行，今將軍不奉詔班師，是何意見？
　　（飛）：天使不知其故，前日岳飛奉旨復兩京，迎二聖。今敵人已挫其銳，
　　　　　　目下正欲決一死戰，以定勝負。今忽然有此班師之詔，誠恐其中
　　　　　　有詐……我岳飛以死報國，決心久矣……自古將在外，君命有所
　　　　　　不受。

岳飛不僅懷疑聖旨是假的，且敢於根據這種懷疑而拒絕服從。這段話中，他只用「以
死報國」的決心，便把「忠君」撇落，暗示了這種情況下的正確選擇，應當是：愛
國而忘君。況且，二帝也是君，高宗也是君，後者並不特別值得效忠。因此，他更
有理由抗命進兵。但後來，百姓們卻更強烈的表示：

　　　　如今宋天子聽信奸邪，棄我們於金酋，我們也不願作宋朝的百姓，也
　　不願作金邦的百姓，只願作元帥的百姓罷。

這樣的結果，超出岳飛抗命違旨的限度，將導致叛國的罪名，岳飛只得向他們顯示
背上的「盡忠報國」四字，並且說：「嗐！爾等今日不是來攀留我，卻來陷我為不忠
不孝，無君無父之人也。」經過這層表白，才又使忠君與報國彼此調和，亦經亦權，
不相衝突了。這觀念在《精忠旗》也曾提及：效忠於二帝而抗命於高宗，未必便是
「不忠」，因為，同樣都是效忠於大宋朝廷與天下百姓，何必分彼此？又何必拘拘於
應詔班師，以成全高宗的私心，才算「不虧臣節的純忠之臣」？宋明理學家討論這
個問題時，往往受了現實與「正統」觀念的拘礙，只許岳飛盡忠於高宗，卻不知岳
飛之於二帝，亦是君臣。這種以理限事的心態，反而不如劇作家的即事言理，且隨
順民情了。

　　上述四個戲曲對於「奉詔班師」這件事，分別作了不同形式與觀念的展現，都
在某程度內反映岳飛「忠君」與「報國」的心理衝突。《精忠記》與《精忠旗》遵重
歷史事實，讓岳飛忍痛班師，成就忠臣的形象；《如是觀》則以報國忘君為權變，違

抗高宗的詔命而迎回二聖作為盡忠於君的表白。《地藏王證東窗事犯》則避開這個問題。若從這四個戲曲創作的時代而言，《地藏王證東窗事犯》是元代作品，在異族統治下，「忠君」與「愛國」似乎是兩個矛盾的觀念，故作者不願涉及。《精忠記》作於明成化年間，社會表面雖然穩定，政治體制卻出現危機（荊襄流民的兩次作亂），作者在劇中極力把岳飛寫成「愚忠」的典型，以維護統治者的威嚴，粉飾封建制度的缺點。《精忠旗》與《如是觀》都是明末作品，由於當年的情勢與岳飛的時代類似，且發生熊廷弼與袁崇煥的冤獄；因此，作者特別強化岳飛在忠君與愛國兩方面的衝突，以顯現其性格與現實之悲劇來源，且試圖跳出效忠國君的「愚忠」觀念，從更廣闊的角度來探討「忠」的內涵。

戲曲之外，熊編《演義》卷七「岳飛兵拒黃龍府」亦有類似的情節與觀念：兀朮遣人送蠟書給秦檜，於是有詔命諸將班師。岳飛得詔，原以為朝廷一時不知勝負，而做了錯誤的判斷，但當十二金字牌隨田思忠到來時，情況有了改變，而引起爭執，諸將的反應是：

> 帳前轉出張憲、岳飛，說：「今日兀朮計窮，取東京只在眼前，豈不聞將在軍，君命有所不受？伏望大人暫停數日，待擒了兀朮，修理宮闕，迎取聖駕回京，那時以功贖罪，未為晚矣。」田思忠見岳飛部下不肯回兵，謂岳飛曰：「招討父子，忠孝人也，豈不知君臣禮哉？奈朝廷連召班師，今若弗隨召而回，久後朝廷見罪，恐功過自不相掩，願招討熟思之。」岳飛沈吟半餉，謂岳雲等曰：「我父子與部下盡忠報國，今如抗違君命，反為逆臣矣。況朝廷十二次金牌來到，如何到得不回兵？爾等勿再猶豫，下令各營準備起行。」

這段情節可能承襲《精忠記》而來，故岳飛仍以「愚忠」的形象出現，只求盡忠於君，不可猶豫於詔。

《說岳》吸收了上述戲曲小說的情節。而強化岳飛的「愚忠」，幾至無知迂腐的地步：第五十九回「召回兵矯詔發金牌」云，秦檜得兀朮蠟書指示，矯旨命岳飛回兵，暫於朱仙鎮養馬，待秋收糧足，再議發兵。當時劉、韓諸將都勸岳飛「直抵黃龍府，滅了金邦，迎回二帝，然後歸朝，將功折罪。」岳飛卻毫不遲疑的說：「一生只圖盡忠，既是朝廷聖旨，那管他奸臣弄權，」後來，連續又有十二道金牌遞到，云「和議已成，回京加官」；諸將仍勸岳飛考慮，他則說：「此乃君命，無有商議。」這些話中對君上威權的推崇與畏懼，真乃徹底的愚忠。作臣子的雖明知「奸臣在朝，此去吉凶未定」，卻不敢稍有遲疑延誤，這正是前引清乾隆〈岳飛穆論〉所說：知有君而不知有身，知有君命而不惜己命。《說岳》把忠君與愛國的矛盾與衝突都取消了，

只剩一個唯命是從的臣僕形象。

敘述了戲曲小說中岳飛「奉詔班師」引起的不同表現與爭論之後，歸到癥結上討論為何「忠君」與「報國」兩者，會在岳飛身上形成衝突？大致說來，宋代儒者對於「忠」的內涵，著重的是「事君」，是對於君王個人的效忠。至於對國家民族的忠，則該受「忠君」的引導與約束，因為國君乃國家民族的具體象徵，忠君而後能報國。岳飛固然在很多方面是忠臣，但只因「高宗忌之」，便使他的「忠」有瑕疵。忠君既不可有保留或遲疑，則由「精忠」發展為「愚忠」，也是必然的，岳飛的志行，多數時候是以報國為重，而觸犯了高宗的私心——迎回二帝後，何以處置高宗？就這私人情感而言，岳飛便不能被視為「純忠之臣」。戲曲小說往往不自覺的依照理學家對「精忠」的持論，把岳飛塑造成「愚忠」的典型，以掩飾高宗的不君。然後又把陷害岳飛的罪名，全部推給秦檜；但事實並非如此。岳飛冤死的悲劇，不純然由於他與秦檜的利害衝突，更基本的原因是：他與高宗在「忠」的觀念上不能協調，這是本文下一章要討論的重點。

第四章 冤獄始末與相關人事

　　《說岳》第六十、六十一回寫岳飛冤獄的審理過程及被害至死的結局。在這個主要情節的前後，各安插了一些相關的人事，共同造成這段故事的豐富內容。本文擬就幾個小題，分別探究。

第一節 道悅贈偈

　　第五十九回，岳飛接到金字牌後，帶領王橫及四個家將回京面聖，夜宿瓜州驛，夢見：「兩隻黑犬，對面蹲著講話；又兩個人赤著膊子，立在旁邊。」又見「揚子江中狂風大浪，一個怪物，似龍非龍，望他撲來。」岳飛醒後，往金山寺拜訪道悅長老詳夢，說是：此行有牢獄之災，且有同受其禍；是有「風波」之險，遭奸臣來害也。道悅解析比夢，於現實人事都確有所指。聰明飽學的岳飛，應不難了解其言外之意，並取證於當前的人物事象；但此時岳飛正在事業顛峰，志得意滿之際，故自信的說：「我為國家南征北討，東蕩西除，立了多少大功，朝廷自然封賞，焉得有牢獄之災？」又說：「我岳飛以身許國，志必恢復中原，雖死無恨。」這些話是順常理推論的，使岳飛成為篤實忠厚的君子，只知盡忠盡職，卻不會猜防他人。又關連於神話背景來說，由於宿世冤仇應於此時報應，故岳飛迷了心竅，對秦檜的陰謀，全然無知且不提防。道悅明知冤獄乃無可避免的，臨行前又以詩、偈贈別：

　　　風波亭上水滔滔，千萬留心把舵牢；謹避同舟生惡意，將人推落在波濤。

　　　歲底不足，提防天哭；奉下兩點，將人害毒；老柑騰挪，纏人奈何；切記
　　　切記，提防風波。

這兩首警句最初的應驗是岳飛渡江時，遭遇風浪及「似龍無角，似魚無腮」的怪物，把他的瀝泉神矛攝去。這本是英雄末路的先兆（詳第二篇／第二章／第三節），他卻不知醒悟，又自解云：「原來是這等風波。」直到臨刑當日，臘月二十九日（歲底不

足）、有雨（提防天哭）；於風波亭受刑，他才省悟道悅的話意，但已經遲了。

　　《說岳》這段情節，自有其來源。明傳奇《精忠記》第十四齣「說偈」即敘述類似的故事內容，只文字與人名略有差異：金山寺住持「道月」得伽藍託夢，云有故人岳飛到此相訪，須當迎接，道月為岳飛看相、詳夢，說：「此去必有喪身之禍。」臨行亦有贈偈云：「將軍此去莫心焦，為見金牌禍怎消？滾滾風波須仔細，留心把舵要堅牢。」文句與《說岳》略有不同，意思所指則相近。其後，熊編《演義》卷七「岳飛訪道月長老」又據《精忠記》以增飾，除詳夢、贈偈外，道月曾勸岳飛歸隱：「但恐患難可同，安樂難共，而種鴟夷之慘。不如潛身林野，隱遁江湖，庶可免矣。」但岳飛卻云：「若是神天有眼，必不使忠臣義士陷之於不義也。」由這些資料的對照，可知《說岳》的這段情節大致是根據《精忠記》與熊編《演義》的內容加以潤飾、改動而成的，只增加了一首四言偈及江中怪物攝去神矛的情節。

　　又《說岳》有關道悅長老的故事，還有下文。第六十回，因岳飛臨死時說：「不聽道悅之言，果有風波之險。」秦檜乃命家人何立，往金山寺請道悅來見。何立到彼處時，正值道悅升座說法完畢，突然當眾說偈云：

　　　　吾年三十九，是非終日有，不為自己身，只為多開口；何立自東來，
　　我向西邊走；不是佛力大，豈不落人手？

說完即坐化，何立目睹寺僧將道悅屍身燒化後，準備離去，卻見火焰結成五色蓮花，道悅坐在上面向他說：「冰山不久，夢景無常，你要早尋覺路，休要迷失本來。」這段餘文情節，只熊編《演義》卷八，及《堅瓠集》有載，可能與《說岳》出自同一個來源，或者互相抄襲；但後二書只說道月長老燒化成「幾根白骨」，並無火結蓮花，警勸何立之事。那麼，《說岳》多出的這段警語，可能是作者增補以預告秦檜後事的。

第二節　周三畏掛冠

　　《說岳》第六十回，岳飛入獄後，最初由周三畏審理。此人當年曾贈劍給岳飛（第十一回），又明知此案乃秦檜誣陷，故不肯屈從歹意以對岳飛加刑問供，反而自思：「岳飛做到這樣大官，有這等大功，今日反受這奸臣的陷害，我不過是個大理寺，在奸臣掌握之中，若是屈勘岳飛，良心何在？況且朋惡相濟，萬年千載，被人唾罵。若不從奸賊之謀，必遭其害。」最後則棄官隱遁，全身遠害。第六十二回，岳飛死後，他曾到岳家報信，請作速逃難，免遭毒手。〔註1〕

〔註1〕《說岳》中的周三畏並未出家修道。第七十四回孝宗即位後，他曾出面證實當年冤獄的經過，而蒙恢復原職，推勘奸黨。

　　關於周三畏，正史確有其人，《宋史・岳飛傳》載冤獄初成，命何鑄審理，繼而改命万俟卨，並未提及周三畏。唯《建炎以來繫年要錄》載：紹興十一年十二月癸巳日，初由何鑄與周三畏共同勘問岳飛，但查無罪證，才改由万俟卨與周三畏、李若樸、何彥猷四人會審。當時周三畏職任「大理卿」。又據趙姓《遺史記述》云：

　　　　初，獄成，丞李若樸、何彥猷謂岳飛當徒二年。白於卿周三畏，三畏
　　　遂白於中丞万俟卨，卨不應。三畏曰：「當依法，三畏豈惜大理卿耶！」

這段記載如屬實，則周三畏兩度為岳飛辨冤，乃至於不惜丟官罷職，其正直之行，值得稱述。但史書不言「掛冠」而去的事，唯《繫年要錄》卷一四二載岳飛死後，周三畏與何鑄等人皆因忤秦檜意而得罪貶官。那麼，「掛冠」的傳說從何而起？《夷堅志》甲志卷十五載有周三畏於大理寺旁神祠「宰豬為慶」的夢境，彼豬精即岳飛前身。又《樵書》亦傳云〔註2〕：

　　　　大理寺卿周三畏，不肯勘問岳武穆，掛冠而去，不知所終。明萬曆間，
　　　延安州山間有剪頭仙人，日飲淨水三甌，與人論及宋事，至咸陽冤死，輒
　　　大哭。問其姓，曰：「姓周。」後忽不知其何從去？空中墮名帖二紙，書
　　　「周三畏拜謝」。

此則傳說亦不知出處。但關於周三畏掛冠修仙的故事，大約即是如此內容。明清戲曲小說多有演述此事的：《精忠記》第十六齣「掛冠」云：周三畏勘問岳飛，見其背刺四字，知其無辜，乃自思岳飛功高爵尊，卻受縲絏之苦，自己不能救困扶危，豈可隨奸附惡，屈陷忠良？況且「強敵未滅？二聖未返？無故戮一大將，必失士卒之心，非社稷之計也。」於是他決定「學張子房棄職歸山，作個長生不死之術。」這段情節當即《說岳》所本。但於正史中，見岳飛背字及說「無故而戮大將」的人，應是何鑄，而非周三畏。〔註3〕《精忠記》第三十五齣又有周三畏受封為靈應真人，至陰司作證勘問秦檜的故事。

　　此外，《精忠旗》十九折「公心拒讞」關於奉旨勘問岳飛冤獄的人物，前後有三個：李若樸不肯受秦檜之託，棄官回家；何鑄猶豫甚久，亦推病不出；最後落到万俟卨身上。這其間並無周三畏其人。而熊編《演義》卷七「下岳飛大理寺獄」則先敘周三畏掛冠修道之事，而後何鑄接理，有為岳飛辨冤的言語。

〔註2〕　《夷堅志》有台北明文書局出版者，可以查證。
　　　　《樵書》作者不詳，可能是明、清間作品。（引自《宋人軼事彙編》）
〔註3〕　見《宋史》岳飛傳與何鑄傳。但《二十二史剳記》卷二十三「宋史各傳廻護處」懷
　　　　疑此事的真實性，云：「何鑄附秦檜黨，曾力劾岳飛、王居正、張九成、廖剛等人，
　　　　似不應有為岳飛辨冤之語。」

綜合上述，《說岳》第六十回，周三畏掛冠的故事，可能從《宋史·何鑄傳》、《精忠記》、熊編《演義》改寫而成。但在審理人的次序上，則傾向於《精忠記》，即周三畏之後，改命俟卨，其間並無何鑄或李若樸的介入。

第三節　冤獄始末

這一節可以分從「罪狀」與「審理過程」兩方面探討。首先談的是秦檜黨徒以何罪名指控岳飛，並據以判刑？《說岳》第五十九回，岳飛奉詔回京，被「錦衣衛馮忠、馮孝」打入囚車，解往臨安，下大理等監禁。逮捕的罪名是：「官封顯職，不思發兵掃北以報國恩，反按兵不動，私通外國，坐觀成敗」，「尅減軍糧，縱兵搶奪」。這兩條罪名據說是岳飛部下王俊出首告發的。岳飛對此指控的答辯是：「我一生立志恢復中原，雪國之恥，現在朱仙鎮上，同著張韓劉眾元帥，力掃金兵二百萬，若再寬限幾日，正好進兵燕山，直搗黃龍，迎取二聖還朝……那有按兵不舉之事？」又「十二座營頭，三十多萬人焉，若有尅減軍糧，怎能安然如堵？」岳飛自辯的內容，都是事實，且無破綻。但那兩項罪名，是秦檜與張俊誣擬出來的，查無實證；至於首告人王俊，據說「因吃多了海蜇，脹死了。」又死無對證。由此可知，這項指控，不能成立。

再上溯正史的記載。《宋史·万俟卨傳》，紹興十一年七月，卨誣劾岳飛的罪名是：

1. 爵高祿厚，志得意滿，平昔功名之念，日以頹惰。
2. 正月間兀朮復入寇時，稽違詔旨，不肯出師應敵。
3. 及與諸將按兵淮上，又於軍中散播謠言「山陽不可守」，動搖民心士氣。
   其後不久，何鑄、羅汝楫又交疏論岳飛之罪：
4. 被旨起兵，略至蘄舒而不進；銜命出使，欲棄山陽而不守。以飛平日，不應至是，豈非忠衰於君耶？
5. 自登樞筦，悒悒不樂，日謀引去。嘗對人言：「此官職數年前執政除某而某不願為者。」妄自尊大，略無忌憚。

這五條罪名，歸納起來只有三個重點：「妄自尊大，忠衰於君」、「稽違詔旨，遲援淮西」、「散佈謠言，欲棄山陽」。這些都屬無稽猜測之詞，不能入飛於罪。秦檜黨徒只得另謀途徑，脅誘王貴與王俊，使二人誣告岳雲與張憲陰謀據襄陽為變，營還岳飛兵柄。

這些無端羅致的罪名，都是文士書生伏案虛擬的，在當時已不足取信於人，正

如秦檜自己說的：「其事莫須有。」

再看戲曲小說中述及冤獄的罪狀，大抵同於正史而略有增減。《精忠記》第十一齣：「按兵不舉，虛運糧草，與金國同謀」，《精忠旗》第二十二折：「岳飛常自言，己與太祖，俱三十歲除節度使，這卻是指斥乘輿了。」又「寇犯淮西，前後受御札十七次，不即策應，卻是擁兵逗留了。」又「其子岳雲與張憲私書，營還兵柄。」這裡較特殊的罪狀是所謂的「指斥乘輿」〔註4〕是大不敬之罪。其次，熊編《演義》卷七云：「你在鄂州，朝廷不次宣召你提兵東下，策應淮西，你卻在途遷延不進，一意在窺伺朝廷勝負，兵勝則進，兵敗則反。」這項指控已經涉及叛亂嫌疑了。《說岳》所列舉的諸項罪狀，若與前述《宋史》及戲曲小說所述比較起來，則顯得簡單而空洞，不足以說明岳飛之罪與必死之由。

接著要談的是審理過程與被害經過。

《說岳》第六十回的敘述如下：岳飛入獄後，初由周三畏推勘，後改為万俟卨、羅汝楫會審。岳飛不肯招供，万羅二人乃嚴刑拷打，又弄出一等新刑法，叫「披麻問，剝皮拷」。岳飛受苦不過，索紙筆寫成一張供狀；內容是表明自己從軍近二十年來，只圖盡忠報國、中興宋室，內平盜寇，外禦金人，幾乎成功，卻被奸臣賺回，下獄逼供：「千般拷打，並無抱怨朝廷；萬種嚴刑，豈自出於聖主，飛今死去，閻羅殿下，知我忠心；速報司前，明無反意；天公無私，必誅權臣，以分皂白；地府有靈，定取奸黨，共證是非。」岳飛自知必死，乃復修書召取張憲、岳雲，前來同死，免生叛變。不久，秦檜夫妻果於東窗下計議，連夜將岳飛父子三人縊死於風波亭上。

這段情節的結構與內容主要是承自《精忠記》，而與正史差距甚大。根據《鄂王行實編年》記載：最初是万俟卨、何鑄、羅汝楫三人上疏誣劾岳飛罪狀，但查無實證，紹興十一年九月，張俊又脅迫王貴，並誘賞王俊，共同出首，誣告岳雲致書張憲，圖謀造反，以營還岳飛兵柄，於是逮捕張憲歸案，由張俊鞫問，編造供詞，坐定其罪，下大理寺獄。秦檜乃上奏，乞召岳飛父子入京，其證張憲事，高宗不允。檜竟矯旨詔捕岳飛父子至，依次命何鑄、万俟卨勘問。而坐繫兩月，無有供一詞。最後，万俟卨決定即以「詔命往援淮西，稽遲不進，延誤軍機」一項，坐實其罪。乃先命人簿錄其家，取當時御札，束之左藏南庫，欲以滅迹；又逼迫孫革等人，使證岳飛逗留。種種設計，捏造一分「王俊首狀」與「刑部大理等狀」，論定刑律，上於朝廷，高宗乃於紹興十一年十二月廿九日，賜岳飛死於大理寺獄。其具獄但稱「以

〔註4〕這一項罪狀，大多數史書都未著錄，但《續資治通鑑》卷一二四，第一〇九條則有之。

眾證結案」，而岳飛竟無服辭。〔註5〕

　　另《三朝北盟會編》記載岳飛冤獄始末，與前述《鄂王行實編年》及《宋史‧岳飛傳》略有不同，茲補錄於此：先是張憲與岳飛被誣陷聚兵謀反，而下於獄。其後又召岳飛前來對證，當時，岳飛向不知情，只以爲是上朝面聖，卻被騙往大理寺：

　　　　見張憲、岳雲各人杻械，渾身是血，痛苦呻吟。又見羅振等，將王俊、
　　王貴告侯反狀文前來云：「國家有何負汝三人，都要反？……記得遊天竺
　　日，壁上留題曰：寒門何載富貴乎？……既如此題，豈不是要反？」侯知
　　皆檜門下，不容理訴，長吁一聲曰：「吾方知落秦檜國賊之手，使吾爲國
　　忠心，一旦告休。」道罷，合眼任其拷掠。

將這段史事的過程與《說岳》對照，可有幾個主要的差異：張憲與岳雲的罪名，是張俊編造出來，藉此把岳飛扯進刑責中的，故張憲最先下獄，並受刑逼，其後岳飛父子也入獄。而冤獄成立時，三人乃依不同罪狀而宣判死刑。但《說岳》簡化了冤獄審理的過程，直接逮捕岳飛入獄，嚴刑逼供，又使岳飛修書召取憲、雲前來同死。按《說岳》的敘述，憲、雲是無罪坐死的，只因岳飛怕他倆一時激忿，擁兵謀反，以致弄假成眞，坐實其罪。第六十一回，岳飛父子三人被判死刑時，憲、雲俱說：「我們血戰功勞，反要去我們，我們何不打出去？」岳爺喝道：「胡說！自古忠臣不怕死。大丈夫視死如歸，何足懼哉！且在冥冥之中，看那奸臣受用到幾時。」可以說，憲、雲二人雖有極端的念頭，不肯服從陷害；但他們的死，直接是因爲岳飛的「愚忠」所導致的。這些觀念與情節，是從《精忠記》沿承而來的，第十八齣，岳飛說：

　　　　我岳飛豈不要屈招，爭奈我有兩個孩兒，把軍馬扎在朱仙鎮上，他若
　　知我受此冤屈，必然領兵前來報冤，那時難全父子忠孝之名。

他乃修書把憲、雲召來。又第二十二齣，獄卒奉命行刑時，岳飛恐怕二人不肯服刑，親自動手把他們綁了領死，這均是成全了秦檜的奸謀。〔註6〕

　　最後，還要補述一個與岳飛冤獄相關的尾聲，即所謂「獄卒埋尸」的故事。《宋史‧岳飛傳》對岳飛父子三人行刑的描寫，只云：「即報飛死……雲棄市。」並未註明如何死法。《建炎以來繫年要錄》則云：「詔飛賜死……楊沂中蒞其刑，誅憲、雲於都市。」又《朝野遺記》云：「其（飛）斃於獄也，實請具獄，拉脅而殂。」這些記載說明岳飛與憲、雲三人的死法，各不相同；即按不同罪名而分別行刑。岳飛「拉

〔註5〕關於此案之詳情，請參考李安《岳飛史蹟考》正編第十二章及外編第三章。
〔註6〕這段情節只出現於《說岳》與《精忠記》。其他作品如《精忠旗》、熊編《演義》，都
　　　是按正史審理過程的順序編寫，因此沒有這類「成全父子忠孝之名」的觀念與行動。

脅而俎」，憲、雲二人則「誅於都市」。但熊編《演義》則改爲岳飛「縊死」，憲、雲「棄市」。《精忠記》與《說岳》更簡略的說三人都是「蹦扒弔死」。但上述這些記載都沒提及官方對三人尸首如何處理。這就留下一個懸案，而附帶衍生出「獄卒埋尸」的傳說。按《朝野遺記》云岳飛死後：

> 獄卒隗順，負其尸出，踰城至九曲叢祠中，葬之北山之湄。身素有一
> 玉環，亦葬之腰下，樹雙橘於上識焉。

孝宗即位後，訪求岳飛尸體改葬，隗順之子才出面指點，又《金陀祠事錄》亦云：「隗順爲大理寺獄卒。王薨，棘等寺敕順瘞尸，順負尸潛瘞北山之湄，上置鉛筩，藏符爲記。」這兩則記錄對埋尸者的姓名與埋尸地點都相同，唯所做暗記不同。此外，《三朝北盟會編》云：「埋於臨安菜園中」；《南宋相眼》則說埋在「錢塘門外，當時私號賈宜人墓」；《鄂王事實》更云岳飛死後，秦檜未知其尸，有「士人」簀螺殼以掩其墓，遂成冢，堅如牆壁。〔註7〕

　　所有這些傳聞中，以「隗順埋尸於九曲叢祠」一說，最後爲世傳信。清道光年間，曾於杭州城內眾安橋下螺獅山扁擔嶺（即宋代九曲叢祠原址）創建祠墓，名爲「忠顯廟」，有碑題「宋岳忠武王父子初瘞處」，且廟中設有隗順牌位。明代傳奇《精忠旗》第二十六折「隗順埋環」即根據《朝野遺記》而演述的。熊編《演義》卷八則據《鄂王事實》所載而略加改動：有「提牢獄卒」將岳飛三人尸首皆拖出牢牆外，在九曲偏巷中用螺獅殼埋壓，並解下岳飛腰間「紫絨縧」收著，作爲日後照證。《演義》所述與事實較多不合，不足採信。《說岳》第六十回則改動更多，說是杭州兩個財主「王能、李直」與獄卒「倪完」其謀，暗買三棺木，連夜將岳飛三人尸首從城牆吊出。入棺盛殮，寫下記號，抬出城到西湖邊，埋在石螺獅殼堆內。這段敘述的人物與行動，都與早期傳說的內容大異了。（清朝中葉有石派書《風波亭》更把這段故事演述成「三俠盜尸」的說唱情節，大略說：高宗下命將岳飛三人尸首「摺在監外牆下，任憑鳥啄狗啃，不許埋葬收尸」，而施全、張保與隗順三人暗裡串通，趁黑夜用藥酒迷倒獄卒，然後各揹一具尸首，偷出城外，埋在螺獅堆裡。）

第四節　冤獄之成因

　　岳飛之被誣陷，爲宋代歷史一大悲劇，不僅當時朝野上下皆知其冤，如布衣劉允升、進士智浹，皆曾上書訟其冤；皇族宗正卿士儼且願以百口保飛無罪；韓世忠

〔註7〕以上所引《朝野遺記》、《金陀祠事錄》、《三朝北盟會編》、《南宋相眼》、《鄂王事實》
　　　　諸書材料，皆自李編《年譜》附錄轉引。

亦當面詰問秦檜〔註 8〕；甚至奉承秦檜與高宗旨意以審判該案的法官，如何鑄、周三畏、李若樸、何彥猷等人，都自動與奸黨爭辨其冤。雖然這些正義抗直之士後來都因此得罪而被殺被貶，以致二十年間，無人再敢議論此獄是非〔註 9〕。但事實俱在，不容掩滅；千古奇冤，萬世難平。《宋史‧岳飛傳》即以「嗚呼冤哉！嗚呼冤哉！」為結語；而許多史家論著、文人筆記、戲曲小說，乃至民間傳聞，亦透過各種文字形式，表現他們對此冤獄的看法。

　　至若質問冤獄的成因，則有幾種不同的見解：或重視政治的因素，或強調天命的觀念，或歸咎性格的表現；這些見解又有大有小，有虛有實，有切當合理的，也有偏激任情的；本文綜合幾個代表性的意見，以求得概括性的了解，筆者認為岳飛冤獄的造成，主要由於他在言行、個性的表現，與當時的人事及政治無法協調，而陷於孤立猜忌之中。更詳細的說，岳飛是死於下列幾個原因：

1. 與和議牴觸：岳飛在當時主戰派將領中，最積極且最具實力；又與主和派不肯作任何形式的妥協與讓步，因此得罪許多勢利朝臣。
2. 軍勢太盛，兵權太重；又尊儒愛民，廣得人心，導致朝廷的猜防與文臣的疑懼。
3. 個性忠直不屈，只論是非，不計人情；凡有利於國家民族者，直言極諫，力促其成，不避「武人干政」之嫌。
4. 出身低賤而積極進取，年資最淺而職權甚高，引起同列將領的嫉忌。
5. 只顧中興大計，雪恥復仇，迎回二帝；因而危及高宗「保全帝位、偏安江左」的私心，使高宗認為他兼顧二帝而不專忠於己。

　　這五個原因乃就整體而言，事實例證甚多。但末節的重點在檢討並歸納歷來史家言論對岳飛冤獄成因的看法，再順序探求戲曲小說及《說岳》描寫此獄前後因果，所選取的各種觀點。首先，史論方面，幾乎都環繞在宋高宗、秦檜、張俊、万俟卨等造成冤獄的關鍵人物上，分析每個人的心理情況、政治觀念，及與岳飛的私人恩怨或利害衝突；附帶的說明岳飛性格與人際關係的弱點。這種透過人物心理與交互關係，以了解共同事件的成因與結果的方式，是較具體客觀而可信的，本文即列舉幾段，以說明之。《宋史‧岳飛傳》云：

　　　蓋飛與檜勢不兩立，使飛得志，則金仇可復，宋恥可雪，檜得志，則飛有死而已……。高宗忍自棄中原，故忍殺飛。

這段話暗示由於主和與主戰兩派的政策性對抗，而致秦檜與岳飛不能並存。至於最

〔註 8〕俱見《宋史‧岳飛傳》記錄。
〔註 9〕直到秦檜死後，大學士程宏圖、宋苞，才先後上書，請雪岳飛之冤。

—82—

高決策者高宗，則是支持和議而求偏安的。呂中《大事紀》云：

> 自兀朮有「必殺岳飛而後可和」之言，檜之心與敵合，而張俊之心又
> 與檜合，媒孽橫生，不置之死地不止。

本來，和議只是宋金外交上的協定，與岳飛的生死無關；因為，和議成則兩國休戰，
岳飛無用武之地。兀朮提出這個條件，已經侵犯到宋朝的內政主權，但秦檜奉承金
國旨意，認為岳飛活著，是個和議的障礙，故須藉和議以殺岳飛。張俊則忌妒岳飛
的功高位崇，且想討好秦檜，獨攬兵權，乃附會此事。兩人互相勾結，一文一武，
共謀陷審岳飛，捏造罪證，造成冤獄，掩飾他們政治利益的私心。又張溥《宋史紀
事本末》云：

> 高宗構手書「精忠」字，製旗賜飛；又召入內，委以中興，御札數篋，
> 好語無實，惑於賊檜，不顧墜淵；以人間之至愚，天性之極賤，而飾以浮
> 謫，御以忮忌，亦何所不為也⋯⋯。飛之利高宗構大矣，反其父兄，還其
> 故疆，庸人皆喜，而構反為仇，非仇飛也，直仇親爾。秦檜逆構，構逆二
> 聖，兩逆比而飛死。

這是指斥高宗的險詐仇親，而甘於與秦檜比逆，禍國害賢。高宗並不真誠以待岳飛，
只在維持偏安的需要上，不得不依賴岳飛的武功。他是傾向和議的，只要能在某程
度與期限內保障，他甯可放棄任何武力的方式。因此，岳飛與諸將連續大捷，使兀
朮主動求和時，高宗即下詔停止征進，坐享軍事勝利帶來的和議成果。且又秉承宋
代祖宗對武人猜防的傳統，深恐岳飛兵權太重，無法駕馭，乃復以和議為名，詔令
退兵，一者遏止岳飛的鋒芒，二者強調君權的絕對。又高宗求和議以保偏安的心理，
雖基於長期奔逃而對金人畏懼，附帶的也因為不願迎回二帝而威脅自己的帝位。正
如柯維騏《宋史新論》云：「高宗頓忘父兄之仇，宜其莫恤功臣之冤也。」又胡世甯
〈岳武穆論〉云：

> 蓋高宗甯偏安事虜，而不願父兄之返者，乃其素志也。⋯⋯武穆初
> 起偏校，歷著忠勇之績，高宗固所深契也。及其密疏請建宗室⋯⋯而深
> 忌之矣。故後中興之事，屢請踐約，而莫之許。想當檜賊留身奏事之時，
> 探知此意，建議迎合，以為「祖宗家法，素抑武臣」為社稷計也。況才
> 勇如某，天下無敵者，使其縱兵滅金，得奉淵聖而歸，將置陛下於何地
> 哉？其或遂為劉裕滅秦歸篡之事，陛下亦焉得而制之也⋯⋯就使中原不
> 可得，而偏安江左，亦不失為帝王宗廟血食也。使某而得志，陛下可得
> 安枕而帝江南哉？

這段話點破高宗的私心，也說明高宗對待岳飛態度的反覆無常，乃由於為君者先有

成見，並以此考查臣下的忠誠；故而高宗對岳飛的利用與信任，也有其限度；岳飛又不肯全無保留的滿足高宗的私心，而觸犯了他的忌諱，造成君臣的隔閡。秦檜掌握高宗的猜忌而加以發揮，使岳飛的存在成爲不可饒恕的罪惡，堅定高宗「必殺岳飛」而後可和的決心。因此，決定岳飛必死的乃是高宗的私心與猜疑，秦檜只是提供合理化的藉口，包括祖宗家法、帝位保障及預防簒奪等。在這假設成眞的情況下，岳飛焉得不死？到此爲止，高宗、秦檜、張俊都有了「必殺岳飛」的理由，俞正燮《癸巳存稿》更綜合這些人物的複雜心理，且補入万俟卨：

> 張俊，盜也，就撫立功爲大將，與武穆同事，惡武穆功名出己上……万俟卨，武穆遇之不以禮，自宋以後，文臣疾視武臣，卨亦欲抑武臣、殺武穆以自附於文雅。……檜畏武穆難制，故聽俊、卨，而適符高宗之意……知武穆或俊、卨終不能合，收拾民望，得二而失一，爲無害也……宋高通觀大勢，不可不和……宋高之才，十倍於檜，和議本自主之，欲和議成，不俟殺武穆；所以殺武穆，正以卨、俊言，示逗留之罰與跋扈之誅，殺之有名，可以駕馭諸將，又惡其議迎二帝，不專於己，故殺之，……以宋高之沈鷙，秦檜之姦深，而俱爲万俟卨以輕薄之才而勇任妒賢害能之責；秦檜能知宋高有偏安之材，可藉以取富貴，而誤殺飛。宋高才可兼用秦檜與岳飛，而誤殺飛，至死無以見君父兄妻，棄君臣父子兄弟夫婦四大倫，以負萬世之詬屬也。亦獨何心哉？

俞氏將宋高宗、秦檜、張俊、万俟卨四人「必殺岳飛」的理由，說得十分透闢，則岳飛冤獄的形成，就不足爲怪。這是從政治利害來分析「誤殺飛」的背後陰謀。再就岳飛本人的性格與言行，也暴露太多的缺失，而引致君臣之間的猜忌，造成陷害的動機。王夫之《宋論》卷十云：

> 岳侯之死，天下後世皆爲扼腕……而君子惜之，惜其處功名之際，進無以效勞於國，而退不自保其身。遇秦檜之姦而不免，即不遇秦檜之姦，而抑難乎其免矣。……君非大有爲之君，則材不足以相勝……則恒疑其不足以相統。當世材勇之眾歸其握，歷數戰不折之威，又爲敵憚，則天下且忘臨其上者之有天子，而唯震於其名……而在廷在野，又以恤民下士之大美競相推詡。猶不審，而修儒者之容，以藝文紓其悲壯，於是浮華之士，聞聲而附，詩歌詠歎，洋溢中外，流風所被，里巷亦競起而播爲歌謠，且爲庸主宵人之所側目矣。……軍歸之、民歸之、游士墨客、清流名宿莫不歸之。其定交盛矣，而徒不能定天子之交，其立身卓矣，而不知其身之已危……。

王氏認爲岳飛以忠直的言行爲國爲民，其人格之美，常得正義人士及廣大民眾的敬仰，這固然是實至名歸，無所慚愧。但這種忠直，僅限於個人修養的完成；若要在當代的環境發爲事功，求得當權者的信任與授權，則忠直的個性，反而造成猜忌與誤會。他雖取得君子們的應和嘉許，卻得不到小人們的實際支持，而這些小人們正是決定岳飛事功成敗的關鍵。王氏惋惜岳飛不肯適度的委屈，以與當權者（包括高宗、秦檜等人）週旋定交，先穩固自身的政治地位，再發揮軍事才能與救國抱負。相反的，岳飛汲汲於德行的完成、理想的堅持，而忽略人情的險惡與利害的衝突，乃至於「主忌益深，姦人之娼疾益亟」，高宗與秦檜黨徒群起攻之，必置之死地而後已，岳飛求仁得仁，其人格典型固然映照古今；但也導致了悲劇，不僅身蹈死地，事功瓦解，於國於民都無實利；且因冤獄的造成，而陷高宗君臣於「妒賢害能」的形象，千載罵名。這確是岳飛智所不及的結局。因此，岳飛「精忠」的實質與「權變」的智慧，都有了嚴重的瑕疵，而不能與王氏心目中的「郭子儀」相比，更無論與諸葛武侯並提了。〔註10〕

由上文的引述與論析得知，正史評論對於冤獄成因的尋繹，重在由「和議」、「猜防武人」及「性格缺失」，牽連到其他人事關係，以說明岳飛在當代政治環境中蒙冤致死的理由。這些內在因素的複雜，唯有透過多方面的分析與綜合，才得週全的了解。但傳世的戲曲小說卻簡化了這些因素，把重點擺在岳飛被害的恐懼，原因是：「被

〔註10〕王氏於《宋論》卷十，分析了郭子儀成功的因素之後，云：「岳侯誠有身任天下之志，以奠趙氏之宗祊，而胡不講於此耶？」又關於岳飛與諸葛武侯的比較，可從賜諡上探討：宋孝宗淳熙五年，詔賜岳飛諡曰：「武穆」。詔云：「按諡法，折衝禦侮曰武，布德執義曰穆。公內平群盜，外扞醜虜，宗社再安，遠邇率服，猛虎在山，藜藿不采，可謂折衝禦侮矣，治軍甚嚴，撫下有恩，定亂安民，秋毫無犯，危身奉上，確然不移，可謂布德執義矣。」這是僅以武臣地位看待岳飛，而不敢許以通權達變的「儒將」評價，宋儒對「儒將」的認定，有一定的標準，不輕易許人。而岳飛的英雄作風，即不合儒家屈伸進退的修養。朱熹認爲：「今人率負才，以英雄自待，以至持氣傲物，不能謹嚴，率至於敗而已。」所以不敢以儒將許岳飛。而諸葛武侯正是符合儒將標準的人物，程明道云：「諸葛武侯，有儒者氣象。」（以上論點請參考劉子健〈岳飛〉一文）。此外，岳飛諡「穆」字，與「繆」通，除「布德執義」外，還有「武功不成」、「中情見貌」，的意思（見黃華節《關公的人格與神格》一書考證），用來形容岳飛的人格與生平，甚得其當。且岳飛的「武穆」與關公的「壯繆」，在諡法有部分相同的內容，二人同祀武廟，把岳飛也當作「武神」看待。明神宗萬曆年間，加封關公「三界伏魔大帝」，岳飛「三界靖魔大帝」，更加強了關、岳二人的歷史關聯與人格擬似。可以說，岳飛在歷史上的實際評價最多只能是個武臣或武神，相近於關公，卻不足與儒將諸葛亮相提並論，因此，宋理宗寶慶元年，曾改諡岳飛爲「忠武」以擬比諸葛武侯，但旋即於景定二年又改諡「忠文」。明太祖洪武九年，仍改原諡「武穆」。

害」的過程，比和議、猜防武人，性格弱點等論析，更能具體表達，更能引起同情，且免於觸及政治忌諱。其次，這重點也顯示幾百年來，一般人民對此事件的評價：如果皇帝與權臣甘於忍辱求和，倒也罷了，爲何要昧著良心，陷害忠良？在作者與觀者看來——基於感情的認定——岳飛是絕對無辜，無可指責的〔註11〕，他的冤死，完全是高宗的自私與秦檜的奸險所致，而於複雜的政治因素無直接關係。即是說：他們認爲和議與岳飛之死，不該混爲一談，和議只是奸黨陷害岳飛的藉口，戲曲小說對冤獄的解釋，是片面的、情感的，甚至語焉不詳的。如《精忠記》把罪名全部推給秦檜，說他與金國勾結，在宋朝爲細作，促成兩國和議，使南朝割地稱臣，以報兀朮之恩，第二十四齣，秦檜自道：

> 我在金國，曾盟誓，前日被他阻和議，只謂勢不兩立，陰中吾計，殺
> 死在牢中，方稱吾意。

秦檜雖然假借和議之名以殺岳飛，但這種和議只是秦檜個人賣國求榮的行爲，而非爲宋朝利益著想，並且，高宗毫不知情，万俟卨又只是個唯命是從的奴才。劇作者把冤獄的成因簡化爲秦檜與岳飛的利害衝突。

其次《精忠旗》的重點也放在忠奸對立的情勢，不但把張俊、万俟卨等小人嘴臉寫得極爲不堪（第十七折：群奸構誣，第二十折：万俟造招），又處處揭露主謀者秦檜的奸險心腸：

> 手辣從來不用刀，更兼心計有千條，「精忠」二字偏生惱，殺卻他每
> 方恨消。（第十四折）

> 恨小非君子，無毒不丈夫，毒多無用處，卻也費躊躇。自家秦檜，前
> 在金家，首唱和議，致蒙達懶郎君縱歸……若使天下明知和議是我，必定
> 又來與我爭論，不若將金人利害，恐諕官家，使膽寒於從戰之難，自易協
> 於和議之易。至上意自決，倘或要戰，這便是和官家作對頭……這條計，
> 不但使宋朝倚重，尤能使金國銜恩。（第二十四折）

起初，和議只是秦檜討好撻懶，縱歸本國的計策、他並無一定的辦法與把握可以促成兩國談和，因此，他回國後能做的便只是排陷忠良，阻撓戰事，削弱宋朝的作戰實力與意志，然後又恐諕高宗自動擇出和議的意願。至此，他才以「奉承上意」的身分，替朝廷剷除和議的障礙，岳飛的矢志「精忠」，頑強好戰，都使他難堪，必須首先殺害他，才能略無所忌的逞其奸計，從秦檜的話意，和議只是他「挾外以自重」

〔註11〕此即王夫之所云：「軍歸之、民歸之、游士墨客，清流名宿，莫不歸之。」在戲曲小
　　　　說所代表的民間百姓與士人階層，岳飛的形象是完美無缺的，與政論家的看法自不
　　　　相同。

的手段〔註12〕；即使不主和議，亦容不得岳飛功高位隆而獨佔高宗的信任。

　　熊編《演義》也是詳於冤獄的審理及岳飛的被害，而略於指陳內在的、綜合的成因，但它的敘事順序及內容，較合史事，且甚詳盡。本文只引述它的議論部分，以探討作者對此事件的看法，卷七，秦檜夫妻得兀朮密信，要設計殺害岳飛，先是上書高宗云：「金國欲來議和，送還韋太后，近因朝廷諸將貪功，爭鬥不已，以此和議不成。」次以金牌召飛等班師，奪其兵柄，再「尋個風流罪擬之，將彼父子害了。」還是以和議要脅高宗，並藉故謀殺岳飛。但兀朮並無誠心議和，只是藉此消滅宋朝驍將，瓦解宋朝軍隊而已。《演義》又借周三畏說：「都是此奸賊（秦檜）有意金人，懷異心，陷害忠良，不由天子指揮，任意所為。」這樣說，似乎殺岳飛的事與高宗無關，且不列於和議條款中。但秦檜回答何鑄的質問時說：「此（殺岳飛）出上意也，非吾所得專。」這就顯得矛盾。既然「殺岳飛」是兀朮與秦檜的秘密約定（蠟丸），則不會列入和議明文，而高宗竟是促成秦檜殺岳飛的幕後授意者，則表示岳飛的死，必和議之外，另有原因。到此為止，熊大木暗示了岳飛的死與秦檜、高宗之間的複雜關係，但卷七卻附上一段「綱目斷云」，把這個暗示又取消了：

　　　　金人所忌者惟飛，而秦檜所忌者亦飛，以為不早驅除，終梗和議，是
　　　以必欲害之也。……嗚呼，檜何仇於飛？飛何負於檜？即此，誠天地之大
　　　變，人心所不容。檜之罪，又何得而粉飾之哉？故書「矯詔」，所以著其
　　　「無君」之罪。

這又把「殺岳飛」的理由還原到「阻礙和議」，且高宗並不知情。《演義》於此，自陷矛盾，無法明確看出熊氏本人對此事件的觀點。然而，把殺岳飛的罪過推給秦檜，似是比較方便的作法。卷八，於岳飛死後，又附「論云」：

　　　　飛好賢禮士，覽經史，雅歌投壺，恂恂如書生，每辭官必曰：「將士
　　　效力，飛何功之有。」然功奮激烈，議論持正，不挫於人，卒以此得禍。
　　　　按春秋斷法云：罪之不以其理，故不書「誅」，而書「殺」，只視「秦檜殺」
　　　三字，則知無朝廷而自殺之也。

前段就岳飛的性格論其得禍之因，是合理的，含有「忠直遭忌」的意思；後段則從春秋筆法推定，殺岳飛只是秦檜的專斷獨行，與高宗無涉，還不免有「為尊者諱」的偏失。若依前引胡世甯〈岳武穆論〉，及俞正燮〈岳武謬獄論〉所作的分析，決定殺岳飛的正是高宗，秦檜只是支持其意奉旨行事而已，豈可疏漏高宗而盡誣秦檜？

〔註12〕第二十四折又云「但愁和議不成，便屬諸將用事，那裡用得我老秦著？」可知他是以主持和議來提高他在朝廷的地位，使高宗不得不倚重他。

　　《說岳》對冤獄成因，幾乎完全闕如。只含糊點出高宗偷安、秦檜主和〔註13〕及万俟卨、羅汝楫假公報私，種種不甚相干的因素，這些因素都不足為「必殺岳飛」的理由。故而，最根本充分的原因，仍須扣住第一回的神話以解說之：岳飛與秦檜、方俟卨，原是前世宿仇，當於今生報應。如此已夠，不必添加任何人間因素，也因為是個人的宿世因果，與高宗無牽扯，故高宗無罪。

〔註13〕第五十九回，岳飛云：「方今奸臣弄權，專主和議；朝廷聽信奸言，希圖苟安一隅，無用兵之志……。」

第五章　部將的分類與相關問題

　　在一部以英雄傳奇為主的歷史小說中，除了主要角色的英雄之外，往往還有一批常隨身邊，同甘共苦的伙伴，這些伙伴可稱為「英雄的四肢」，他們的作用，形式上為英雄壯聲色，心理上給英雄作支援，並於行動上彌補英雄的不足；此外，他們在小說中還有某些特殊功能，如參與主情節以製造副情節，對比或烘托主角的人格，假如說英雄是樹幹，這批共患難同生死的伙伴便是樹枝，從英雄主幹延伸出來，各自指向四方，形成力量的輻射，他們是英雄的護衛與眼目，英雄把血液（道德觀念與事業理想）灌注給他們，使他們參與而共同開創新局面。他們是附著於英雄而又獨當一面，但英雄樹幹只是挺直向上，同時舉起這些枝枒；而這些枝枒伸向四方，擴展「蔭蓋」範圍的同時，是以各種「傾斜」的角度生長的，因此，他們的生命雖與英雄共枯榮，卻比英雄多一分「邪氣」。並且，他們是經由樹幹而間接立足於地上，故對於塵世的責任、道德規範，較不直接觸及且受其限制，他們自足於以英雄為中心的團體恩義，聽從英雄的直接指揮，也只向英雄負責。即是說，他們較忽略一般性的社會關係，只對英雄個人依賴、助長、親近、效忠；分享其榮耀，分擔其悲苦，若不發生於英雄切身的利害，他們常袖手不管。這些伙伴是英雄不可缺少的，也經常是惹禍的來源。他們一向受到英雄的支持，遂與社會疏遠，為了維持小團體的尊嚴，他們往往對外界敵視，不能容忍英雄對他人（政府及文臣）的卑屈與服從。他們心目中的英雄是最偉大的，不許再有更高的個人或團體來抑制他、迫害他。

第一節　部將的分類

　　《說岳》的主要英雄當然是岳飛，而環繞他週遭的伙伴，大路可分成幾個類型：

一、早期伙伴

　　包括從小與岳飛一起成長，或在岳飛初出道便相交伴隨，而後來又與岳飛最親

密，相處最久的老伙伴。如王貴、張顯、湯懷三人，從小與岳飛比鄰而居，且一起與周侗讀書、學武；後來又聽從周侗遺命，結拜為兄弟。此外，牛皋於周侗死後，前來投奔，被岳飛收留，教他識字習武。這四個人陪伴岳飛度過幼年與少年期，直到岳飛完婚歸故里，槍挑小梁王，始終不離左右。比這稍晚的還有施全、趙雲、周青、梁興、吉青五位，原是紅羅山賊，後與岳飛結拜而放棄山寨，跟隨岳飛回湯陰故居同住（見第十五回）。

這九個兄弟與岳飛訂交最早，有較多同甘共苦的經驗，並且矢忠不二。他們在高宗即位前已出場。岳飛被重用而逐步實踐其報國事業時，他們成為岳飛最基本、最得力的助手。但在岳飛家居期間（即《說岳》第十五回到第二十一回之間），這九個兄弟與岳飛有段「劃地絕交情」的插曲。〔註 1〕這段插曲在對比下顯示岳飛品格的高尚與操守的堅定；兄弟們雖修養較差，行為苟且，對岳飛均是忠誠不二，講究義氣的。

在這九位早期伙伴之外，當岳飛得到高宗任命而封官後，由其名氣與功業的感召，陸續又有加入岳飛軍隊的某些武力集團，也都成為岳飛的基本部屬。這些後期伙伴依其來源性質可分為：

二、自動投靠者

包括四小類。第一，一般山賊：岳眞、呼天保、呼天慶、徐慶、金彪（臥牛山）；諸葛英、公孫郎、劉國紳、陳君佑（猿鶴山）；董先、陶進、賈俊、王信、王義（九宮山）。第二，梁山後代：阮良（阮小二）、關鈴（關勝）。第三，王官後裔：張立、張用（張叔夜）；張憲（張所）、狄雷（狄青）、鄭懷（汝南王）、張奎（東正王）、高寵（開平王）。第四，其他：張保、王橫、耿明達、耿明初、孟邦傑。

這部分人物的來頭比較複雜，有些本是佔山為王的草寇，有些本是耕讀漁樵的良民，有些則是沒落無聊的貴族；但他們都共同有著愛國報國的決心，並且武藝出眾；而這兩個特點也是岳飛本身具備而使人敬服的。他們慕名而來，被岳飛收容後，都放棄本行、官爵與習性，而伴隨岳飛左右，效命於其事業理想。《說岳》只簡單的介紹他們的來歷，卻沒有屬於他們個人的傳說事蹟，他們直接附屬於岳飛的事業；

〔註 1〕這段插曲的來源，可能是從《奪秋魁》傳奇第五、六、七齣改寫而成的，但內容頗有差異。故事大略說：北宋滅亡後，中原混亂，遍地盜賊，又兼瘟疫橫行，旱荒米貴。這些兄弟們「只為飢寒二字難忍」，便出去打劫搶掠，岳飛屢勸不聽，乃以槍尖劃地說：「眾兄弟，為兄的從此與你們劃地斷義，各自努力罷了。」這些兄弟們竟回說：「也顧不得這許多，且圖目下，再做道理。」果眞離開岳飛，落草為寇去了。高宗即位金陵，岳飛被荐起用，卻遭張邦昌陷害，定罪問斬。牛皋兄弟們率兵前來搭救，高宗查明實情，赦免岳飛之罪，且令招撫這些兄弟，俱得陛見封官。

在收編爲正規軍，得朝廷封職後，只依個人派定的職務，配合著大規模軍事行動的整體計劃，此外便很少有獨立的表現，唯少數幾位有特殊戰功（如張憲、岳雲）及特殊職分（如張保、王橫）的人物，曾多次被提及，其餘者幾乎都被忽略了；他們似乎變成一份在每場戰役中被隨意調動，排列任務的名單而已。

三、招降的流寇

　　這些人原與岳飛立場敵對（與朝廷爲敵），不肯相讓，後被岳飛擊敗而投降，在岳飛護持下，帶罪立功，輔助岳飛完成剿寇禦侮的事業。這些原都擁有重兵，雄霸一方；甚至僭號稱帝，與宋朝敵體相抗；降靠岳飛後，於軍事方面的才能，有較優異的表現，而爲岳飛倚重，如楊虎（太湖）、余化龍（鄱陽湖）、何元慶（棲梧山）、楊再興（九龍山）、戚方、羅綱、郝先（太湖）、王佐、嚴奇、羅延慶、楊欽、花普方、伍尚志（洞庭湖）等。南北宋之際，由於朝廷正規軍不堪驅使，岳飛又非宿將出身，這些基本部屬及土匪流寇的收編運用，對岳飛定亂禦侮的功業，有著決定性作用；並且，這些人物的出身來歷，與正史記載有很多相應之處，如潰軍、保聚、流寇的「招安」政策；而他們的姓名、事蹟，有許多是取材於正史的，以下即論列之。

　　據李編《年譜》，岳飛於宣和四年從軍後，曾依次隸屬於劉韐、劉浩、張所、宗澤、杜充；建炎三年十一月間，杜充棄建康降金，岳飛獨以所部兵馬與金人轉戰於建康附近。其後，屢以戰功陞遷。建炎四年，其部隊人數已有七萬餘人。其後，討曹成、李成，及光復襄陽、信陽諸郡，所用部隊，都是從這七萬人精選改編的。紹興五年平楊么，收其降卒，而致水陸部隊增至十萬左右，此後，每視情況需要，略有縮減或擴編。紹興十年，奉准北伐，除本部軍馬，更於敵後成立「忠義軍」，紹興十一年冤歿時，所部官兵總數十萬零九百人。至於所屬部將的編制員額，在紹興五年八月以後，爲三十人，其後又增入兩河豪傑趙雲、王進等八人，共計可三十八人。〔註2〕從這些記錄分析，岳飛所統軍隊與部將的來源，可分三種：一是朝廷撥付的正規部隊與軍官，如牛皋、徐慶、王貴、董先等；二是於國內各地剿寇時收編的降卒降將，如潰卒及湖寇張用、楊再興、楊欽等；三是自動與官軍聯繫或來歸的敵後忠義軍，如李寶、梁興、趙雲、李進等。在《說岳》的敘述，岳飛所有部將，幾乎全是他個人從山賊、巨寇裡招降結拜的，未提及任何朝廷指派的正規軍；並且，岳飛的軍隊，除最初由張所撥付的八百人（第二十二回）外，其餘多是自動歸附的山賊與降卒。雖然他於牛頭山保駕時，曾得高宗拜封「統屬文武兵部尚書都督大元帥」，

〔註2〕以上統計數字詳見李安《岳飛史蹟考》正編第十六章。

授權節制天下各路軍馬（第三十七回），但這些勤王軍隊均不歸他直接統屬。這是不合史實的，但《說岳》爲何強調岳飛軍將的來源多是賊寇？它必然與南宋初期的特殊現象有關，也就是所謂「潰卒」、「盜寇」、「忠義軍」等問題。據孫述宇的研究，岳飛與南宋初年這三類民間武裝，有著深切的淵源。〔註3〕綜合言之，這三類民間武裝在南宋初年，曾發展出極盛的勢力，而朝廷對他們採取的政策也不一致，有遠見的相臣將帥多主張與忠義軍密切聯繫，對潰兵軍賊則視情況而剿撫並用，對國內盜賊則全力征討並遣散其徒眾。南宋初，由於傳統編制的正規軍不堪使用，必須另謀軍源，但朝廷對於是否收編潰兵及倚重民軍，在態度上多有不同：如汪伯彥、黃潛善等，力主和議，且對民軍深懷戒心，因此反對收編；又如李綱、宗澤、張所、張浚等，雖贊成利用民間武裝，卻因士大夫出身而不信任這些下層民眾。只有岳飛，既堅決主戰，且善能招撫這些民間組織，給予充分的汰選改編，作爲有效的兵源，這是因爲他出身的階層與潰兵、民軍相同，他的生活習慣及思想感情與他們沒有根本上的差異；並且，他從軍的初期，也經歷了爲求糧而流竄，爲求存而保聚。事實上，岳家軍的組成，主要就是軍賊與忠義民兵。〔註4〕從他的部將的來歷分析，可明顯的看出：由朝廷撥付的正規將士，大約只有吳全、吳錫、李山、趙秉淵、顏孝恭、崔邦弼、任士安幾位。餘如張憲、王貴、徐慶、牛皋、董先、李寶、傅慶、姚政、龐榮、王萬、王別、楊再興、郝晸、傅選、翟琮、李橫、李道、張玘、蘇堅、邵隆、李興等人，都曾經是軍賊或保聚的首領。後來又有梁興、趙雲、董榮、李進、張峪、孟邦傑、喬握堅、趙俊等人，也是忠義軍來歸的；而張用、黃佐、楊欽、李宏等，本是軍賊或盜賊來降的。

其次，據正史，在岳飛的復國方略中，自知僅憑麾下十萬正規軍，要直搗黃龍，是不可能的，他把希望寄托在淪陷區的武裝民眾，因此，積極的佈署敵後忠義軍的策應工作，曾派遣梁興、李寶到兩河與山東聯絡忠義部隊，且據說岳飛在對這些民間武裝曉以民族大義之餘，也會送去一些物質獎勵，如金帛、糧食、武器，及委任的官誥等，而岳飛向北方進軍的三次行動，曾得到忠義民兵的幫助。〔註5〕

從上述論析，可見岳飛與這類民間武裝組織的關係，再回來看《說岳》中岳飛部將的成分。前列的名單中，於史有徵的共十四位，其中《宋史》有傳的爲牛皋、

〔註3〕見《水滸傳的來歷、心態、與藝術》台北時報出版社70年9月初版。

〔註4〕王夫之《宋論》嘗論紹興諸帥收群盜以爲用，乃是大利大害之司也。而岳家軍的成分多是收編後之盜賊，而卒以此抗金建功，不能不歸功於他對招撫群盜的技巧與原則。

〔註5〕以上敘述，詳見註3，孫先生之言。

張憲、楊再興三人，餘爲王貴、施全、趙雲、梁興、徐慶、董先、張用、孟邦傑、王佐、楊欽、戚方。以下就這十四人分析其正史記錄及小說的轉型。

1、梁興、趙雲、孟邦傑

　　這三位在史書中都是「忠義人」，較著名的是梁興，他與李寶分別從太行山及山東來歸，又分別被遣回敵後工作，聯絡淪陷區的忠義武裝。李寶於《宋史》有傳（列傳卷一二九）、《三朝北盟會編》卷二〇〇、二〇四、二〇六也有幾段完整的談到他的出身、投奔岳飛的經過，以及在岳家軍的活動。梁興在史書中只有零碎片斷的記載，且語焉不詳。但孫述宇先生曾考證出有關梁興的小名「梁小哥」及一些抗金事蹟，他對宋朝的功勞甚多，均被史書忽略了，可能是他一直留在淪陷區，不曾在宋朝任官。〔註6〕李寶則於紹興十年，隨岳飛班師，撤退到河南境內；紹興三十一年，參加抵抗完顏亮南侵的戰役，在膠西海面大捷，保存了宋祚，官拜節度使，另外，趙雲也是跟隨梁興來歸的，〔註7〕紹興十年曾與梁興合力攻打金人。孟邦傑也是忠義軍統制，紹興十年，受命與王貴、牛皋、楊再興分布經略兩京諸郡。

　　以上是有關梁興等三位忠義人的正史記錄。後代的戲曲小說唯熊編《演義》卷二「岳飛計劃河北策」提及，建炎元年八月，岳飛歸屬張河部下時，基本部屬十七位，已有梁興、趙雲、孟邦傑在內；且後來岳飛出征時，此三人亦曾分別出現在戰陣裡。這是不符史實的，因爲此三人投奔岳飛的時間，較可能在紹興以後。熊編《演義》敘述岳飛部將，多不據史書，且未說明其出身及來歸，總是無端出現，又隨即消失。至於《說岳》對這三人的描述，也頗離譜：第十五回說梁興、趙雲本是紅羅山強盜，而岳飛結拜後跟隨出征立功，第六十三回岳飛冤死後，他們逃入太行山爲盜；第七十八回孝宗即位，岳飛沈冤昭雪，他們接受朝廷招安，與第二代小英雄往征金國，卻死在妖僧普風的黑風珠下。這裡雖未提及「忠義人」的字眼，但第六十三回所說他們在「太行山」落草與招安，可看作是保聚抗金的暗示。其次，孟邦傑

〔註6〕孫先生云——梁興於紹興五年多或六年春，領百餘騎從太行山強渡黃河，到湖北的岳飛軍中。他勇敢善戰，曾聚集數千忠義，在太行山打敗金人，岳飛大概給了他財帛器甲，又遣他回黃河北岸工作。紹興八年，曾與金將徐文作戰；紹興九年，組織十萬義軍攻打完顏昂的東平府；紹興十年，岳飛大舉進兵，他參與此役，立下許多戰功。他行動的範圍廣及京西、河東、河北三路。岳飛受詔班師，他沒有跟著撤退，留在河北繼續抗金，岳飛死後，紹興十二年，還有奏章送到朝廷。宋金和議成立，便沒有他的消息，但兩河及山東的遺民始終記得這位岳少保的名將。

〔註7〕《建炎以來繫年要錄》紹興四年十一月云：初，河東忠義軍將趙雲，嘗出軍與敵戰。至是，敵執其父福及母張氏以招之，且許雲平陽府路副總管，雲不願，遂殺福，囚張氏於絳州。久之，雲間道奔武穆軍中。既武穆遣雲渡河，雲因擊坦曲縣，復取其母。武穆以爲小將。

在《說岳》裡是山東人，在劉豫降金封官後的轄區內，第三十三回，劉豫次子劉猊打死孟太公，孟邦傑報仇不成，亡命在外，與臥牛山賊岳真等結拜後，同去投奔岳飛。第三十五回說他與湯懷押送軍糧經過樊家莊，被招為女婿。此後，便無下文。這些敘述文字中，可與正史所謂「敵後忠義人」發生聯想的只有：祖籍山東，與劉豫有仇、曾與山賊聚義等。

2、黃佐、楊欽

這兩位都是洞庭湖寇楊么的部屬，被岳飛勸降投順。《鄂王行實編年》及《宋史‧岳飛傳》對他倆的來降事蹟，亦有載錄。〔註8〕後代戲曲如《奪秋魁》傳奇第十八齣，楊麼（么）點將時，有楊欽、楊佐二位，但無降黃順岳飛之事。熊編《演義》卷五，描述岳飛招降黃佐的情節，已頗曲折：先是岳飛遣人招諭湖寇，黃佐乃領數人來見，甚得禮遇且隨即授官。次日，岳飛自帶一、二人親到黃佐寨中回慰，以表對降寇的誠意，黃佐感佩，率眾羅拜帳下，又置酒款待。岳飛將醉時，撫黃佐的背說：「君知逆順禍福，若能扶持江山，救濟民苦，他日富貴當共之……我欲煩足下親入湖去，勸其可招者，說與利害，以牓招之，引他來降；有不從招者，察其可乘之機，就擒而殺之。」接下去便是黃佐勸降楊欽、襲周倫寨等事，與正史同。

關於黃佐的傳說，還有一段「斷臂假降金」的故事。在清乾隆以前的一本《十二金錢彈詞》中被記錄下來，內容大略是說岳飛與兀朮的大軍在朱仙鎮對壘，金營裡突然來了個陸文龍，驍勇異常，連斬岳家軍數位偏將；岳營又派出嚴成方、何元慶、張憲、岳雲、余化龍五人聯手，採車輪戰法，仍敵不過，最後，王佐想出一個苦肉計，自斷左臂，到金營詐降，被兀朮收留，封為「苦人兒」，准他在營中任意行走。王佐設法找到陸文龍，用「越馬歸南」的典故，道破陸文龍的身世，原來他是河間節度使陸登的兒子，從小被兀朮養大。王佐勸動他反正歸宗。其後，金營預備以「鐵浮陀」轟炸宋軍，幸得王、陸二人箭書通知，岳家軍才得逃過此難。

《說岳》裡關於王佐與楊欽的故事，比前述正史及戲曲更複雜曲折。第二十二回，二帝北狩，中原無主，盜賊橫生，岳飛在家鄉等待時機。有洞庭湖通聖大王楊么，遣部下王佐以金珠、戰袍、玉帶來招聘岳飛入夥，岳飛不知底細，與王佐結拜，

〔註8〕《鄂王行實編年》云：紹興五年四月，岳飛遣人持檄招諭湖寇，黃佐向部下說：「吾聞岳節使嚴令如山，不可玩也。若與之敵，我曹萬無生全理。不若速往就降。岳節使誠人也，必善遇哉。」乃率部來降。岳飛即奏聞朝廷，封賜官職，又遣回湖中招擒其他賊寇。果然多有湖酋陸續來降，黃佐又偷襲周倫寨而大破之；六月初，又招降楊欽。岳飛甚喜，私語左右曰：「黃佐可任也。楊欽驍悍之尤者，欽今乃降，賊之腹心潰矣。」又《宋史‧岳飛傳》所載內容，大抵類此。

而後王佐說明身分及來意，被岳飛嚴厲訓斥：「我岳飛雖不才，生長在宋朝，況曾受承信郎之職，焉肯背國投賊？」到第四十八回，岳飛奉旨討楊么，重提結拜往事，以招降王佐，於是演出「王佐計設金蘭宴」謀刺岳飛的情節，幸得牛皋與諸將的護救，逃過一劫。〔註9〕第五十回，楊么的軍師又佈置一個「火燒金山」的圈套，利用王佐招騙岳飛，但此計仍被識破。岳飛兩次受騙，並不責怪王佐，王佐感念這種寬容與義氣，乃私下邀嚴奇投奔宋營。又第五十五回、第五十七回，即演述王佐斷臂假降金，說陸文龍歸降、箭書密告鐵浮陀等故事。其內容與前述《十二金錢彈詞》完全相同，只不知孰先孰後，而沿襲的痕迹甚明顯。

至於楊欽，《說岳》第四十九回說他是楊么族弟，是個柔弱的文人。「因逆兄不知天命，妄行叛逆」，他為了「保全祖宗血食」，便向岳飛獻出一冊洞庭湖的軍事地圖，暗助宋軍破了楊么水寨。這樣的描寫，遠離正史中楊欽的形象，甚至遮蓋了他的湖寇身分。

3、張用、楊再興、戚方

這三位在身分上應屬於「軍賊」，而他們與岳飛的關係也較曲折。據史載，張用與岳飛同是相州湯陰人，曾為宋朝弓手，利用民間警報而招聚民眾，又與曹成、李宏、馬友結義，互相支援。其後，接受宗澤招撫時，已擁有部眾數萬人，分成六軍。宗澤死後，杜充繼任留守，於建炎三年正月，派桑仲、李寶、岳飛、馬皋會兵突襲張用，張用聯合王善反擊，爆發了「南薰門之戰」。結果是張、王獲勝，但張用隨即引兵西去，在京西接地千里，號為「張莽蕩」。又常為軍隊糧餉問題，接受朝廷招安，屢降屢叛，後來在淮西受閭勍撫招，娶「一丈青」為妻。建炎三年七月，曾於「鐵路步」為岳飛所敗。紹興元年五月，以五萬人馬寇江西，岳飛前往招降，他對妻子說：「飛果吾父也，敢不降？」乃解甲歸降。

其次，楊再興於《宋史》有傳（列傳卷127），他曾為軍賊曹成部下，紹興三年閏四月，岳飛大破曹成於莫邪關，楊再興領兵抵抗，被逼躍入澗中，受縛往見岳飛，岳飛奇其貌，勉以忠義報國而放之。此後便在岳家軍中效命，多有功勞。紹興十年七月，岳飛大敗兀朮於郾城及五里店，楊再興以三百騎追擊金人，與兀朮大軍遇於小商橋，遭亂箭射死。據說他死後，焚其屍，得箭鏃兩升。後人即於小商橋北立廟紀念。明代王祖嫡並撰一篇〈宋楊將軍祠碑記〉以誌之。〔註10〕

〔註9〕這段情節可能是從熊編《演義》卷五，岳飛親赴黃佐營寨回謝並飲酒的故事，又參照《三國演義》裡襄陽會及單刀會的佈局模式，重新編寫而成的。

〔註10〕碑文云：「再興以三百騎當十二萬之眾，雖力屈而死，而英氣神勇，固足以讋櫝裘之魄矣……再興故從群盜，為岳偏裨……乃甘受萬鏃，不憚一死，至於感忠義報國之

再則是戚方，據云他原爲軍賊孔彥舟部下，後來殺上司，投杜充。杜充降金，他首叛爲盜，併扈成的軍隊。建炎四年，岳飛奉詔往討，逼其走頭無路，乃降張俊。張俊爲之置酒求赦，岳飛云：「飛與方同在建康，方遽叛去，固嘗遣人以順逆喻之，不聽，屠掠生靈，騷動郡縣，又誘殺扈將而屠其家屬。拒命不降，比諸凶爲甚，此安可貸。」張俊再請，岳飛乃赦之。又據《鄂王行實編年》云：建炎三年十一月，岳飛於廣德與金人戰，戚方曾以手弩射岳飛中鞍，飛藏此箭，云：「他日擒此賊，必令折之以就戮。」但後來還是赦免其死，降宋後，他憑著爲盜掠奪的金銀，交結臣僚內侍，官運亨通。紹興三十一年，完顏亮南侵，他以大將軍身分駐守溽陽。次年且會合淮北忠義，收復壽春。〔註11〕

後代戲曲小說如熊編《演義》曾提及此三人，唯內容與史載略有出入。卷四「岳飛用計破曹成」云：生擒賊將赦通、楊再興，收爲首將，卷六「小商橋射死楊再興」云：再興縱馬上小商橋，前後受敵，乃大叫「今日當以報岳將軍也！」縱騎衝突，爲亂箭射死，又卷四「劉子羽分兵拒敵」云：飛致書張用招降，張用妻云：「我與君本躲避金兵，被人逼迫至此，豈肯冒盜賊之名哉？既岳統制有書來勸，正當返邪歸正，衛國立功，豈不爲美？」張用曰：「岳統制果是我再生父母也，敢不服從？」又卷三「岳統制楚州解圍」云：岳飛奉詔征剿叛將戚方，戚方棄眾歸降張俊，張俊置酒爲他求情，岳飛怒云：「此賊處心不忠，難以別賊比，昔或在廣德與虜對敵之際，他暗射吾，即令不令人知，藏之囊中，待彼有逆意，必令斬之。今日果然。」乃出示暗箭，張俊對戚方云：「汝既叛主將，復爲盜賊，罪不容逭矣。」即令斬之。

熊編《演義》保留了此三人的軍賊身分，且於張用、楊再興事蹟的描述，大致符合史實，唯於戚方，則多捏造，如云戚方曾爲岳飛部下，及走降張俊後仍然被殺。〔註12〕這些捏造的情節，可能是一種文字懲罰，不肯令叛賊安享天年。這種民間式的報復心理在《如是觀》傳奇裡，表現得更徹底。第二十二齣，把戚方說成是秦檜府中豢養的刺客，受命往宋營刺殺岳飛，第二十四齣，戚方自述其身分云：「我自小弓馬熟嫻，臂力過人，流落錢塘，剪徑爲活，被官兵獲住。幸秦丞相……收爲家將，十分抬舉。……近爲岳飛不遵和議，差我前來行刺……。」第二十五齣，他暗射岳飛一箭，往投兀朮。岳飛乃詐稱中箭死亡，設計大破金兵，捕捉戚方回朝與秦檜對

一言，辛能蹈之，生爲烈士，歿爲忠臣……。」

〔註11〕以上史料，皆自李編《年譜》及孫先生《水滸傳的來歷心態與藝術》轉引。

〔註12〕但《三朝北盟會編》有一則記載，說岳飛的母舅曾因銜恨而暗射岳飛一箭，中其馬鞍，岳飛即回馬將他「破心碎割」。岳飛對自己母舅如此有仇必報，則小說附會他斬首叛將戚方的情節，可能即是由此轉借的。

質，勘明其叛國刑責，從這段情節看，戚方的形象已甚惡劣了，變成秦檜的刺客。

這三個人的故事，在《說岳》裡衍化改動得更無稽，除姓名之外，其他形象細節與正史多不相關。第十七回說張用、張立二人都是河間節度使張叔夜的兒子〔註13〕，因為懷疑其父降金而相約離家出走。第三十四回則說他兄弟二人被金兵沖散，直到岳飛駐紮藕塘關時，張立才來投奔，而張用卻在曹成部下任茶陵關總兵，向岳飛獻關投降，其次，關於楊再興，《說岳》第十回說他是山後楊令公的後代〔註14〕，曾與羅延慶私搶武狀元，均被岳飛打敗。楊再興乃到九龍山落草為寇。第四十八回，岳飛往剿，楊景夢授「殺手鐧」剋制「楊家鎗」，楊再興敗陣請降，與岳飛結拜。第五十三回，領隊追擊兀朮敗兵於朱仙鎮，誤落小商河，陷入淤泥裡，被亂箭射死。這裡的楊再興，顯然因為驍勇善戰而死得悲壯，才被附會為楊家將的後人。再來談到戚方，《說岳》第四十八回說他是太湖水寇，兵敗後被岳飛擒降並結拜。第五十二回，隨軍往剿洞庭湖寇，因誤殺王佐的兒子，被軍令重責三十大棍，懷恨在心，曾兩次暗箭射岳飛，事敗，岳飛要他改投張俊軍隊，另謀出路，卻被牛皋一鐧打死。《說岳》對戚方的描述，除解釋他放暗箭的理由外，其他情節都不如熊編《演義》所述的曲折豐富。作者似乎原諒了他的惡行。

4、王貴、牛皋、施全、董先、張憲、徐慶

在正史裡，這幾個人物改隸岳飛部下時，都已是朝廷的正規軍官；且後代岳廟中配享岳飛的六位將軍中〔註15〕，這裡即佔了五個。徐慶是最早跟從岳飛的部將，但有關他的出身事蹟的記錄卻最少，正史只說他曾與王萬共擒賊黨姚達、饒青等十數人，又曾捕滅亡將李宗亮，並跟從攻打固石洞，勘定隨州等。死後追封「昌文侯」。

董先，原為翟興部下，曾叛降偽齊，後受招反正，任鎮撫使，歸岳飛節制，於收復唐州、鄧州等，多有戰功。尤其漢上之役，他與牛皋奉命迎戰，以擊鼓誘敵之計，出奇兵大破虜騎，得馬三千匹，岳家軍勢大壯，岳飛下獄時，他曾受秦檜誘迫，作不利於岳飛的證詞，〔註16〕後更屈從張俊而取得軍職高階，死後封「煥文侯」。

〔註13〕據《宋史・張叔夜傳》記載他的兩個兒子是伯奮、仲熊。靖康元年，金人南下，張叔夜父子三人曾血戰保駕。又據紹興八年十月岳飛「申省收到統制等官狀」文內，有「借承信郎張立」一名，則張立原是偽齊劉豫屬下，後來歸正宋朝的。因此，《說岳》裡的張用、張立，與正史記載的人物，毫不相干，只是借用其姓名而已。

〔註14〕他的真正身世如何，《宋史》也不敢確定。薛季宣《浪語集》說他是獠人，或者說是楊邦乂的兒子，都無確證。

〔註15〕配享的六位是：烈文侯張憲、昌文侯徐慶、煥文侯董先、輔文侯牛皋、尚文侯王貴、崇文侯李寶。

〔註16〕即誣賴岳飛曾向人說他與太祖都是三十歲為節度使，證成「指斥乘輿」的罪名。

　　王貴，建炎元年曾聚眾萬餘人，往來河上為盜，後降於宗澤，隸屬岳飛，據說他勇力絕倫，相隨岳飛，攻伐甚多；擒劉忠、張聚；擊張威、破郭開；擒姚達、饒青；於收復唐、鄧二州，亦有戰功。又與牛皋等共定河西諸郡，又與岳雲等破兀朮於潁昌。岳飛冤獄初起，秦檜與張俊誘迫王貴執捕張憲以告發岳飛。〔註17〕他原不肯附會，反而說：「相公（飛）為大將，寧免以賞罰用人，苟以為怨，將不勝其怨矣。」張俊又以私事脅迫他，他恐懼而聽命。岳飛死後，王貴因此事而升職，歿後追封「尚文侯」。

　　張憲於《宋史》有傳，他是岳飛的愛將，相從甚早，戰功甚多，如破曹成、平楊幺、復隨鄧二州、戰潁昌陳州臨潁等。岳飛入獄後，張俊使人誣告憲與岳雲謀據襄陽叛變，以營還岳飛兵柄，乃執之，由張俊親自拷問，備受刑拷而不肯屈招，張俊乃自作供詞，下之大理寺。後岳飛以「眾證具獄」而賜死，憲亦坐罪斬首，家屬流徙。紹興三十二年，冤獄平反，追贈官職。後又追封「烈文侯」，由於張憲與岳飛的關係特別深刻，有人訛傳他是岳飛之婿。〔註18〕但不可否認的是，岳飛的確愛其才而屢加提拔，在岳家軍的地位也最高，岳飛不在軍中時，每代領指揮之責。紹興年間，民間將他與岳雲合祀，稱為「資福廟」，傳說二人冤魂屢次顯聖。

　　施全與岳飛生平並無直接關係，但他曾經行刺秦檜，而為時人欽重，乃有說他曾為岳飛部下將校者。〔註19〕《老學庵筆記》云：「秦檜之當國，有殿前司軍人施全者，伺其入朝，持斬馬刀邀於望仙橋下砍之，斷橋一柱，而不能傷，斬全於市，觀者甚眾，有一人朗言曰：此不了事漢，不斬何為？」又《避暑漫抄》云：「秦檜之十客……施全以刺刃為刺客。」秦檜遇刺乃紹興二十年正月之事，施全於受刑時說：「舉國與金為仇，爾獨欲事金，我所以欲殺汝也。」後來據說秦檜每次出門，必定要列五十兵持長梃以自衛〔註20〕。這個暗殺事件雖沒成功，但對當時社會人心，曾造成很大的衝擊。朱熹云：「舉世無忠義氣，忽自施某發之。」〔註21〕杭州有施全廟，民間私謚他為「義烈將軍」。據明神宗萬曆年間，張應登〈謚義烈將軍施公碑〉云：「夫謚法：為國除害曰義，安民有功曰烈……檜主和市國，推刃忠良，使薄海臣民，敢怒而不敢言者，幾許年所矣。自全一舉，天下始曉然知其罪狀，為人間世所

〔註17〕《鄂王行實編年》云：王貴嘗以潁昌怯戰之故，為岳雲所折……岳飛猶怒不止，欲斬之……又因民居火，貴帳下卒盜取民蘆筏以蔽其家，武穆偶見之，即斬以徇，杖貴一百。」（見李編《年譜》轉引），張俊即以此脅迫王貴。
〔註18〕詳見李安《岳飛史蹟考》外編第十五章的辨正。
〔註19〕見李編《年譜》附錄／遺蹟考。
〔註20〕見《宋史・秦檜傳》
〔註21〕見李編《年譜》附錄轉引。

勿容，其戛戛焉鳴其為賊，迄於今無所蓋藏……是欲除一時之害，因以除萬世之害……。」這正是把他的奮身擊賊，比諸張良的博浪沙之錐，雖不成功，而使士民奮起，其正氣之流形，原不可以成敗論也。清王曾祥〈眾安橋施將軍廟碑〉亦云：「行不必軌乎道，而合乎人心之同；事不必成於時，而傳為後世所快。此發於意氣之正，不牽於利害計較，故感激里兒巷婦，歷久不沒，而儒生之責備有所不得施……是則將軍之刺檜，克亦磔，不克亦磔……將軍何為者？或曰：岳忠武之死，將軍痛焉，為之復仇爾。按將軍刺檜，距忠武死且十載，將軍與忠武尊卑異分，內外殊地，必無生平握手之雅……。」這段話正面的意思是表揚施全刺檜，為發於大公至正的意氣，而無私人恩怨的摻雜。但另一層則說當時有人把此事與岳飛的遇害，結合來看，而說施全是岳飛部下軍校，他的刺檜是為岳飛報仇。後者說法並無正史根據，卻代表大多數民眾的共同看法，他們認為秦檜生平最大罪惡乃主持和議，及藉此殺岳飛，而施全捨生刺檜所表現的義烈，堪與岳飛殺身報國的精忠比擬。自從岳飛父子冤死後，士民胸中積抑了十年的憤氣，才得由施全的奮身一刺而發洩。若說施全刺檜是為古今人心報復岳飛冤死之仇，並無不可，後代的戲曲小說多採取這個看法，甚至把施全列入岳飛部將。

　　以上略述正史有關徐慶、董先、王貴、張憲、施全五人的傳略。〔註22〕再來看戲曲小說對這五個人物的描述。《精忠記》於岳飛部將只提及「兩個孩兒岳雲、張憲」及「前部鋒王貴、牛皋」。按戲文的意思，張憲似是岳飛的養子，且年紀比岳雲稍小。〔註23〕雲、憲二人後來被岳飛騙到獄中領死，因為岳飛怕這兩個孩兒「知我受此冤屈，必然領兵前來報冤，那時難全父子忠孝之名。」（第十八齣）三人死後即蒙玉帝封授為雷部都元帥及總管（第三十二齣）。至於王貴、牛皋在劇中似僅作為點綴，除提及姓名外，並無其他事蹟可述。倒是施全，連續在兩齣節目（二十九、三十）中詳述他行刺秦檜的經過：劇中說他是「岳少保帳下副將」，其行刺的決心是：「奸臣施巧計，酷意害忠良，我今行刺去，便死有何妨……一則報主人大恩，二則替天下人雪忿，乃吾之願也。」正符合了大多民眾的設想，但正史記載他行刺的地點是「望仙橋」，彼時秦檜正要路過上朝。《精忠記》則說施全躲在「眾安橋」下，〔註24〕欲趁秦檜往靈隱寺設齋途中突擊，但因秦檜座馬「遇刺客不行」而致施全未曾下手便

〔註22〕另關於牛皋，由於他在《說岳》的人物角色中有特殊意義與作用，另立專章討論。
〔註23〕見第廿二齣有「岳家父子三人」之句。又張憲見岳雲被執，云：「怎麼把哥哥縛了？」
〔註24〕前引王曾祥〈眾安橋施將軍廟碑〉對行刺地點有如下考證：「余考潛說及臨安志，載將軍刺檜，伏望仙橋下，蓋橋之側近檜一德格天閣及家廟在焉，且又檜趨朝必經之地。俗言眾安橋，傳聞之誤也。」

被擒處死。這段情節，較諸史書記載，有更週全的發揮。

其次，《精忠旗》第二折提到「牙將張憲、王貴，俱有兼人之勇」，張憲且曾為岳侯湟背刺字，王貴則因部下盜民蘆筏而受杖責。第十七折，張憲被誣「謀據襄陽，營還岳飛兵柄」，因而下獄；王貴則被脅迫出首張憲之罪，他本不肯從賊，但張俊以「也串入張憲一黨，先將他敲死」為恐嚇，他只得服從，又第三十一折敘述施全行刺的故事，施全自道：「近喜新援功例，充了個殿司小校，無奈忠良滅迹，奸佞橫行，岳家爺為著一片報國丹心，反惹下三字誣天黑獄……人事至此，天道可知，眼見得這江山，都成朔漠了。我施全不曾講過忠君愛國的套數，只有眼裡看不得，肚內撇不下。」這段話刻劃出施全的心直性烈，至於行刺乃是臨時起意的：「罷罷，我施全要這條命何用？就拚一死，也替天下除個禍害。」結局當然是行刺不成，反為所害。

熊編《演義》卷二「岳飛計劃河北策」云：建炎元年岳飛隸屬張所時，帳下部將即有張憲、王貴、董先、牛皋等人；卷四「岳飛兩戰破李成」載紹興四年，有徐慶姓名。但這些人只在戰陣出現，並無個人事蹟。唯卷五「岳飛定計破楊么」一則，敘述王貴作戰不力，被岳飛責打一百大棍，伏下後文被張俊脅迫誣告張憲的前因。直到卷七「岳飛上表辭官爵」一則，王貴果然因張俊採到他幾條違法私事，要拿他問罪，並全家流徙，他經不起苦逼，才附從奸黨，誣陷岳飛父子，這些故事都不背史實。又卷八「東陽市施全死義」完整的敘述施全行刺的經過，比正史及前述戲曲更加詳盡：岳飛死，和議成後，秦檜加恩橫行，民眾畏懼；「後軍施全」心懷不平，雖與岳飛並非同僚親族，但感念岳侯父子報國全宋的功勞，深恨秦檜的濫施冤戮，乃決意行刺：「一為蒼生除害，二為岳侯報冤。事不成，亦做個奇男子也。」於是埋伏路側，以利刃刺入秦檜轎中，但為轎幔所阻，束手就縛。秦檜拷問誰為主使，施全說：「汝乃罔君敗國之賊，天下人皆欲殺汝，豈獨我乎？」乃從容就義。這段情節在不違正史的範圍內，充分刻劃施全的義烈形象。並於後文補述此事的影響：自此，秦檜出入，每用五十餘人持刀隨行；又「自斬施全後，自覺神思疲倦，舊疾復作，竟不知所以也。」從這裡導致病重身死，就這結局而言，施全的行刺是成功的。

較後出《如是觀》、《奪秋魁》兩本傳奇，於岳飛部將只提及王貴、牛皋二人，且以付、淨，或末、丑的角色出場，所述事蹟多不正經，大抵重在牛皋的塑造，王貴則居於陪襯地位。對《說岳》的王貴與牛皋造型比較有影響的是《奪秋魁》傳奇第二、五齣，說到此二人原是綠林小賊，後與岳飛結拜，改邪歸正。曾因籌湊上京趕考的旅費而於小路打劫，被岳飛識破並作弄一番。

《說岳》對這幾個人物的描寫，有其獨特的作意及傳說淵源，譬如王貴，由於附從張俊而誣陷岳飛父子，故正史及《精忠旗》、熊編《演義》，都敘述他這個人格

污點，並對他的相從岳飛而不能善始全終，深致惋惜。但比較屬於民間傳說系統的《精忠記》、《如是觀》、《奪秋魁》等戲曲，則完全排除這部分的不良記錄，而讓他與牛皋並列，成爲岳飛部將的代表，《說岳》也沿承這個系統，重新捏造王貴的形象：第二回說他的父親拯救收留岳飛母子，因而托福生下他。這關係已非尋常，而後他們又一起唸書學武，並結爲兄弟。這王貴的脾性極爲粗暴，第十三回因爲貪吃酒食又飲冷茶而病倒在牀，但聽說兄弟們要去殺賊，便獸性大發而痊癒，他把殺人當作「吃大補藥」，不過，他的武藝平常，性格又不鮮明，在《說岳》人物角色裡，居於次要地位。〔註25〕因此，第十五回以後便很少再出場，或僅屬於附從的身分，反不如後期投靠岳飛的伙伴們重要。這或可解釋爲緩和的貶抑法：雖不取正史以指斥他的不義，卻也不給他太多出頭的機會。第六十三回，岳飛死後，部將死散將盡，他與其他兄弟共八人到太行山落草。到第七十回，施全行刺不成而被戮，王貴竟因此哀傷過度而病逝。這總算給讀者一個全始全終的印象了。

　　其餘次要人物如徐慶本是臥牛山賊，被孟邦傑勸往降順岳飛（第三十三回），後在朱仙鎮被曹甯殺死（第五十六回）。董先原在九宮山落草，有「奪宋朝」的企圖，曾搶劫岳家軍糧草，但聽從張憲勸告，同往岳飛帳下效命（第三十五回），後於朱仙鎮被連環甲馬踩死（第五十七回）。施全曾是紅羅山賊首，自動投奔岳飛（第十五囘），岳飛死後，他與殘存的兄弟們在太行山落草，卻挨不住報仇心切，私行下山刺殺秦檜，《說岳》解釋他行刺不成的原因是：「岳元帥陰靈不肯教他刺死了奸臣，壞了他一生的忠名，所以陰中扯住他的兩臂，提不起手來，任他們拿住，以成全施全之義名也。」（第七十回），至於張憲，據說是張所的兒子，〔註26〕投在岳飛帳下幹功名（第三十五問），曾於牛頭山單騎救駕，獨闖金營（第四十一回），岳飛奉詔班師前，吩咐他與岳雲回湯陰等候消息，冤獄成，他倆卻被召來同死（第六十一回），《說岳》是把張憲看成岳雲同輩，且岳飛稱他爲「我的孩兒」，大約是繼承戲曲傳說，把他當作岳飛養子的。

　　上述岳飛十四位部將，與正史有或多或少的淵源，並且在《說岳》中佔有較顯著的地位。也許因爲他們是眞實存在的人物，史書中已留下某些可供流傳的事蹟，

〔註25〕多數時候，他是被用來襯托牛皋的部分性格特質──獸性。前述民間系統的戲曲，都把王貴與牛皋並提，但敘事筆墨偏在牛皋身上。《說岳》也曾把他倆同列，一個紅臉，一個黑臉，都是殺人如麻，若再加上岳飛的白臉，則有如「桃園三結義」。

〔註26〕據《宋史》，張所的兒子乃張宗本。又據《鄂王行實編年》載：武穆重節誼，謹施報，死猶不忘。張所以謗謫，行至長沙……竟遇害。其子宗本尚幼，武穆訪求鞠養，教以儒業，飲食起居，使處諸子右。紹興七年，遇明堂恩，捨其子而補宗本。《說岳》把張憲附會爲張所的兒子，又由此而變成岳飛的養子，頗爲曲折。

又隨著岳飛故事的演化，經過歷代戲曲小說及民間藝人的轉述與改造，而致其形象越來越民間化而確定，最後甚至脫離正史原貌，完全成為另一個人物。如張憲、王貴、牛皋、徐慶、董先、張用等人，在《說岳》中，幾乎找不出任何正史痕迹。

此外，《說岳》中另一部分岳飛部將，其姓名、事蹟，僅在戲曲小說中出現，而為正史所無。他們在《說岳》中多半居於次要地位，有的只出場一次，點過名後便消失了，如那些自動投靠的一般山賊〔註27〕，因為本事較差，出身與性格又無特殊顯眼之處，在投順岳飛帳下後，便淹沒於下層軍官裡。這類人物在小說中的作用，只為了顯示岳飛的英名遠播，豪傑歸心；以及岳飛的擅於招撫群盜，收編流民而已。其次是那些梁山後代及王官後裔〔註28〕，則可能暗示《說岳》與其他宋代名將如狄青、楊家將、開國英雄等故事，及《水滸傳》等書的關係〔註29〕，或竟是承繼這些英雄故事的風格而發展。在效果上使讀者對岳家軍的實力有信心，因為從北宋開國以來所有英雄好漢的後人，幾乎都聚集到岳飛軍中。同樣的，那些戰敗投降的匪寇內，也有幾位是特別驍勇善戰的〔註30〕，他們原都是雄霸一方的強人，歸降後把武藝與智謀轉移到抗金事業，其勇猛精進必非其他部將所能及。因此，他們雖然出場較晚，卻有較密集的篇幅，並且，岳飛後期的抗金功業幾乎都靠這些招降的寇首來完成。〔註31〕

由此看來，這批虛構的人物在《說岳》中仍具有特殊而必要的作用，甚至因為某種情節上的特殊需要，他們有幾位被刻意塑造成「類型人物」，因而在小說中的價值，遠超過「於史有徵」的其他真實或半真實的人物。以下我們即探討兩位代表性的虛構人物，即張保與王橫。此二人的姓名事蹟雖於正史無可考，卻是《說岳》裡特殊的角色，是岳飛的貼身侍從。較早的資料僅《精忠記》曾提及「馬頭張保」，第十四、二十一、二十四齣裡說到岳飛奉詔班師時，張保特准隨侍到臨安，岳飛下獄後，他曾到牢房送飯並探問消息。他說：「主人，你有什麼門路，可說與張保知道，張保與主人出力。」岳飛卻說：「我的兒，待死而已，有甚門路？」張保只得放棄營

〔註27〕如周青、吉青、岳真、呼天保、呼天慶、金彪、諸葛英、公孫郎、劉國紳、陳君佑、陶進、賈俊和、王信、王義等人。
〔註28〕如張國祥、董芳、阮良、關鈴；狄雷、鄭懷、張奎、高寵、羅延慶等。
〔註29〕孫述宇先生說《說岳》在某種程度上可說是《水滸傳》的續集，如果仔細分析比較，可以發現某些相似。但這兩書卻各有獨特的趣味，不必一定當作是正集與續集的連接。
〔註30〕如楊虎、余化龍、羅延慶、伍尚志等人。
〔註31〕即以朱仙鎮之役為例，第五十三回，岳飛派往支援朱仙鎮的七隊先行軍，有六隊是由楊再興、何元慶、嚴成方、余化龍、羅延慶、伍尚志等六位新近招降的寇首帶領的，足見岳飛對他們的倚重。

救的希望，回去請岳飛妻女前來收屍。這裡的張保，尚無特徵，且未有配對。到《說岳》裡，便把張保的角色複雜化了。第十七回說他原是李綱家人，一向在外作生意，「能走長路，挑得五、六百斤東西」。後來跟隨李綱到黃河邊抵抗金兵，趁夜獨進金營，把造船廠燒了。第二十四回，李綱保荐他去服侍岳飛，他初不肯去，後聽說岳飛每餐吃素，且飯前必先遙祭二帝，便感動而投效。第二十五回，岳飛帶張保回京，於揚子江渡口收伏劫賊王橫，這王橫據說「挑了三四百斤的擔子，一日還走得三四百里路」，岳飛要他倆徒步賽跑，結果張保領先十來步，岳飛乃封他倆為「馬前張保，馬後王橫」。以後的故事還有岳飛被張邦昌陷害問斬，張保背李綱往救，又散發傳單，引來牛皋兄弟們的救兵。第四十九回，岳飛往赴王佐金蘭宴，張保隨身護衛，免於中計。第五十九回，岳飛奉詔班師，遣張保就任濠梁總兵，要他「盡心保國」；第六十回，王橫隨岳飛回京，被秦檜所派錦衣衛砍死。岳飛下獄後，張保棄官至臨安探監，因岳飛不肯私逃而致張保悲憤自殺。

　　《說岳》對張保、王橫二人的描述，自有感人之處，他們的身分被定義為「義僕」〔註32〕，以配合岳飛「忠孝節義」的倫理需要，作者以詩讚許他二人：「忠臣義僕氣相通，馬後王橫志向雄」、「拚將一死報東君，忠義原來似憲雲」；把張、王的死義與岳飛的死忠，張憲、岳雲的死孝相比擬，甚至在岳飛心目中，張、王二人的地位是高過於那些結拜兄弟的，因為他倆的行為符合了傳統士大夫「忠義節義」的觀念，而岳飛本人對於社會契約式的「義氣」關係，反較不重視。

　　附帶提到的是，張保與王橫雖是虛構人物〔註33〕，但湯陰精忠廟從祀岳飛的名單中，竟有他二位，且杭州更有他倆的墓，題為「宋背嵬軍統制張公保墓」及「宋本司中軍後營統制王公橫墓」。據李編《年譜》考證，這兩個墓所題官銜，並不符合宋代官制與史實，可能是清代以後，就是《說岳》一書流行於世後，才附會而成的，也可見小說的影響於民間，自有其信仰者，不必一定史有其人。

第二節　結拜的觀念

　　其次要討論的是：《說岳》中，岳飛如何接納並組織這些人物？在何種條件下，

〔註32〕　此「義」與兄弟間的「義氣」不同。此「義」乃縱的關係，是下對上的忠誠。《說岳》中安排來表現「忠孝節義」的人物，都與岳飛有血親的關係，或至少有生活上的親密關係：岳飛盡忠，岳雲盡孝，李氏守節，張保王橫守義。

〔註33〕　虛構的用意，可能因為「關公」身旁有「關平」捧印、「周倉」提刀的形象。並且，傳說周倉也是「隻身步行，跟隨將軍，萬里不辭也。」

岳飛使原本複雜紛亂的化外之民，於短期內變成爲國效命，服從軍令的基本部屬？
依前文的分析，這些人物原都是分散四方，各有生涯的；甚至多有聚眾稱霸，與朝
廷相抗的僭逆集團，他們的個人武功足以制服良民，集團武力也夠橫行鄉里或竊據
州縣；他們是屬於民間性的武裝勢力，對朝廷與地方官吏都不肯服從，爲何後來都
放棄本行，解散組織，而俯首聽命於岳飛號令，爲宋朝政府效命疆場？這必然因爲
岳飛個人有特殊的才能與人格，可以涵蓋、攝服他們。《說岳》的解釋，即在於作者
極力爲岳飛塑造完成的「民間與民族」的英雄形象。第十二回，岳飛槍挑小梁王，
盛名遠播，成爲天下武士仰慕的對象。這些人私下都有與岳飛訂交以共創事業的心
願，但因時局混亂而岳飛又被奸人埋沒，故而他們暫時以各種方式——包括攔路打
劫或依附僭逆——謀生容身，等待時機。及至岳飛被起用，他們往往又任性負氣，
不肯向岳飛所代表的朝廷低頭，必須等岳飛本人在武藝方面折伏他們，又繼之以國
家大義爲號召，他們才肯服輸降順。但即使降順之後，岳飛又如何保障他們重新作
人的資格，以及施展才學的機會呢？即是說，岳飛如何獲得他們的信賴，且互勉於
竭誠報國？那便是「結拜」的行爲與觀念。《說岳》裡有許多結拜場面的描述：

　　△　周侗見岳飛家道貧寒，就叫他四人結爲兄弟（第四回）。
　　△　揀個吉日，叫牛皋與小兄弟們也結拜做兄弟（第六回）。
　　△　施全等忙等眾位上山，擺了香案，一齊結爲兄弟（第十五回）。
　　△　又叫阮良與張國祥、董芳，亦拜爲義友（第二十八回）。
　　△　二人就撮土爲香，對天立誓，岳元帥年長爲兄，余化龍爲弟（第三十一回）。
　　△　又與那四人（諸葛英等）拜了朋友（第三十四回）。
　　△　又備辦酒席，與何元慶結爲兄弟（第三十六回）。
　　△　就在地下對拜了八拜，（與楊再興）結爲兄弟（第四十八回）。
　　△　三人（咸方等）只得依允，同元帥結拜過了（第四十八回）。

這些是直接與岳飛結拜的描寫，並且，通常是岳飛主動提議的，第四十八回岳飛說：
「凡我帳下諸將，多是結拜弟兄。」結拜似乎成爲一種經常舉行，且有特殊意義的
儀式。此外，部將之間亦有彼此結拜的情形。如諸葛英四人（第三十四回），董先五
人（第三十五回）、施全五人（第十五回）、岳眞五人（第三十三回）；這些人原先就
已結拜落草，後來又都成爲岳飛的弟兄或義友；又牛皋與鄭懷、張奎、高寵結拜，
領他們到岳飛營裡效用（第三十八回）；岳雲亦分別與關鈴、韓彥直、嚴成方、黑蠻
龍結拜（第四十、四十三、五十二、五十八回）；這些結拜的描述，在《說岳》裡成
爲一種風氣。甚至，岳飛死後，又有以岳雷、岳霆、岳霖、岳震四人爲主的「掃北
平金二十位結拜小英雄」（第七十回）。

　　據初步的研究，《說岳》的結拜觀念，有其獨特的內涵，不同於《三國演義》、《水滸傳》、《隋唐演義》等，乃至於更後的《七俠五義》之類小說。主要的差異是：《說岳》慣用「結拜」一詞，而不說「結義」；並且它不強調單純屬於兄弟間「橫的對待」的義氣，而摻雜了其他倫理觀念與利害關係，甚至是以後二者為重點。因此，這種特殊的「結拜兄弟」或「義友」的觀念，如要勉強以「義」稱之，也必定屬於「忠孝節義」的士大夫形態，而非俠義小說所謂「濟危扶困，仗義疏財」、「路見不平，拔刀相助」、「團結自保，猜防外界」的平民式江湖義氣，以下即比較論之。

　　中國傳統對於「義」、「義氣」的觀念，其確定的意義與範圍究竟如何，至今仍無定論。這裡僅就某些學者的意見加以探討。《中國小說史》第五章第三節云〔註34〕：

> 在封建社會裡，不同的階層對「義」這一道德觀念，有不同的理解：地主階層所講的「義」是指有利於鞏固封建統治秩序的行為準則；而一般的民間百姓與下層市民所講的「義」，則是指彼此之間建立一種團結友愛、互相幫助的關係……但他們都是個體小生產者，他們有散漫、保守與狹隘的一面，因此，他們的「義」往往建立在私人關係的基礎上，局限性很大，甚至易於被……所利用。

這是粗略的把兩種階層對於「義」的不同觀念，區分出來。在民間文學及小說中，「結義」的觀念是不同（或無關）於正統高級學術中的「義」的道德理解。一般而言，「結義」的歷史淵源，或許可以推到宋元時代，被壓迫的人民常用結義的方式保全自己，甚至組織團體紀律，以發動反抗「趙宋王朝」與「金元異族侵略者」的武裝戰爭。因此，宋元的民間文學常反映「結義」的故事，如《大宋宣和遺事》及《三國志平話》；宋元以後，把結義內涵發揮得最徹底，甚至形成模式的，也是根據這兩書而衍化成的《三國演義》與《水滸傳》。

　　《三國演義》中，對義氣的體現，以關公為代表，作者曾借曹操之口稱讚關公：「真義士也，事主不忘本，乃王下之義士也！」（第二十五回）黃華節分析關公在《三國演義》裡所體現的義氣觀念，是一種「交友之道」，是屬於「人為關係的道德律」，其粗略的定義是「對得起朋友」。桃園結義的內容是：

> 萍水相逢的三個人，相談之下，意氣相投，抱負同一，便締結起親逾骨肉的兄弟之誼，不求同年同月同日生，但願同年同月同日死；……是真真正正的實行出來，後來還當真實踐結義的誓詞：「同心協力，救困扶危，上報國家，下安黎庶。」……〔註35〕

〔註34〕北京大學中文系編印（1978年）。東海大學圖書館古籍室藏。
〔註35〕見《關公的人格與神格》，台灣商務印書館。

這種結義的性質是莊嚴誠懇且富於人間關懷的理想。它雖然是一種「交友之道」，但所施的對象，卻又不限於朋友，而可推展擴充為完整的社會倫理，舉其顯著的特徵是：

> 光明磊落，慷慨大度，既富於互助意識，又豐於仁俠精神，濟弱扶傾，恤危救困，這是對泛泛者的奇行。……對朋友則親如手足，休戚相關，協力同心，禍福與共，肝膽相照，絕對忠誠，貴賤不相忘，生死不相負，急朋友之事，見色而不貪淫。……對社會群眾，則急公好義，行俠疏財，嫉惡鋤奸，獎忠掖孝，大之則安邦定國，小之則安撫良民……〔註36〕

就這些特徵而言，《三國演義》所揭示的「義」的觀念，所涵容的意義與行為，極其廣泛，關公個人的表現，也都符合這些要求。

至於《水滸傳》，則把義氣的觀念約縮到以「對朋友」一項為重點，甚至為了弟兄間共同的利益，而會對社會民眾、國家朝廷採取欺壓及敵視。孫述宇先生論及《水滸傳》裡的義氣〔註37〕，認為那只是同道中人的互相撐腰而已，水滸人物講義氣時，不問是非而只求顧全互相的情誼。結拜叫做「結義」，是因為這儀式把大家變成了「義兄弟」，而梁山英雄結義之風，乃是承接五代藩鎮「義兒軍」的傳統，彼此在出生入死的環境中締結「義」的關係，以求互相保護。因此，「義」的本質，乃指一種「忠誠」，是對待朋友乃至下人的節操。梁山泊重視「義」，主要目的在於團結互助，而結拜時強調的也是「朋輩間的忠誠」。並且，由「結義」而「聚義」，是把義兄弟們聚在一起做事：犯法不義的事。可以說《水滸傳》所遵行的義氣是一種「匪黨道德」，孫先生說：

> 它命漢需要團結求生存，他們就結為兄弟，並從「義兄弟」一群中抽出「義」字，利用它與「正義」之意的聯想，作為團結的象徵。他們叫結拜為「結義」，叫合作危險勾當做「聚義」，他們要求互相忠誠對待，就稱之為「義氣」……同道還須有通財之義，好漢互助應有經濟的一面，他們催促通財，便美之為「仗義」。

由這些引述可知《水滸傳》中義氣的觀念及結義的行為，與《三國演義》在心理狀態上並不完全相同，或至少在事業的理想與關懷的層面，已變得陰暗狹隘了。因此，不能把《三國演義》與《水滸傳》所體現的「義氣」觀念，混為一談，而須把它們所代表的不同類型區分出來。

《說岳》中有關「結拜」的事件雖然層出不窮，但對結拜後朋輩間「義氣」相

〔註36〕同註35。
〔註37〕見《水滸傳的來歷心態與藝術》第三部。

與的實況，並無突出的描繪。此書並不強調小集團互助互惠的「義氣」，反而重視的是：一切以國家民族的利益為重，個人與集團的生命及感情為次。結拜是以岳飛為兄長而唯命是從，但岳飛終身服膺的理想是「盡忠報國」，且身入軍籍，得高宗重用，他不僅抑制個人的私欲，也要兄弟們超越集團利害而效忠於朝廷，即移「義」作「忠」。因此，岳飛與兄弟們自始即非「義氣相投」而已，更摻雜有「忠君愛國」的理想與「立功揚名」的觀念，甚至是以後二者為結拜的目的，如：

　　△　周侗死前曾暗示張顯、王貴、楊懷三人：「若要成名，須離不得鵬舉。」（第六回）

　　△　岳飛勸諸葛英等人說：「我想綠林生涯，終無了局。目今正在用人之際，何不歸降朝廷，共扶社稷？」（第三十四回）

　　△　岳飛對何元慶說：「賢臣擇主而仕，大丈夫正在立功之秋，請將軍同保宋室江山，迎還二聖，名垂竹帛也。」（第三十六回）

　　△　岳飛對楊再興說：「將軍若肯同扶宋室江山，願與將軍結為兄弟。」（第四十八回）

　　△　楊再興對羅延慶說：「我與岳元帥結為兄弟，蒙他十分義氣相待。兄弟何不棄邪歸正，投順宋朝，日後立功，決不失封侯之位也。」（第五十二回）

從這些話裡可以看出，兄弟們投奔或降順岳飛，並與之結拜，乃因他「是個忠臣」，且結拜後可依附在他部隊裡「共扶社稷、建功立名、封妻蔭子、榮宗耀祖、揚名後世」；岳飛收留他們結拜的條件則是：「歸降朝廷，同保宋室江山，迎回二聖」；則彼此的心意是很明顯的，岳飛是「為國求才」，這些兄弟們雖多是打家劫舍的草賊，或抗命僭逆的巨寇，只要他們本事高，武藝強，肯歸降反正，能為國效命，岳飛便以「結拜」作保證，許諾他們洗心革面，重新作人的機會，並為他們爭取朝廷的諒解與封職，使他們轉移實力於抗敵禦侮。據此分析，則「結拜」一事，在《說岳》裡，只是一種接納的儀式，是岳飛藉以堅定那批「投誠待罪」的兄弟們的信心，以便有效利用他們的才能武藝於報國行動。

　　具體的說，這種性質的「義氣」是被涵蓋在「忠」的原則內，並受其指導的，不能獨立為一項操守，岳飛也不要求對「義氣」嚴格的實踐與遵從〔註38〕；或者說，在「盡忠報國」這個光明無私的理念下，那種帶有恩怨內外的局限性操守，就微不足道而不必提倡了。簡化的說：兄弟們是仰慕岳飛的忠貞愛國、前程遠大；岳飛則

──────────────────

〔註38〕倒是兄弟們有為了感恩圖報而自動表現義氣行為的，如：王佐斷臂假降金，及楊再興戰死小商橋等。相反的，戚方曾因私怨而兩次暗箭傷人，但岳飛只是當面訴說他，再把他驅往張俊部隊裡另謀出路，但未以江湖義氣來制裁他。

看重兄弟們的本事高強，可堪造就；兄弟們為自己求出身之路，岳飛則為國家求有用之才，「結拜」乃是他們之間的默契與保證，彼此在「盡忠報國」的大理想前結合，而相對的降低朋輩間（不論是非的）忠誠互助的責成。因此，《說岳》並未渲染這種義氣在兄弟間的重要性，也不曾過度描寫兄弟義氣的表現〔註39〕，只有在相關於「忠」的事件裡，才兼及「義」的可貴，「義」是「忠」的輔助，如第二十六回，岳飛被張邦昌冤陷，牛皋率領弟兄們前往圍城搭救，而高宗查明真象後免除岳飛的罪，並讚歎這批弟兄說：「真乃義士也。」高宗許以「義士」之名，乃因他們「不是存心反叛」。又第六十回，岳飛入獄後，張保化名去探監，有意促成岳飛越獄私逃，岳飛卻訓以：「若要我出去，須得朝廷聖旨」；張保激憤而撞牆自盡。岳飛反而說：「他今日一死，豈不是忠孝節義四字俱全了？」〔註40〕這段話更可說明「義」必須配合「忠」以及其他德目，才能成立。尤有甚者，第六十三回，岳飛死後，牛皋與弟兄們起兵，要殺進臨安報仇，這原是符合義氣的，岳飛陰魂卻及時顯現，阻止兄弟們的行動，逼致余化龍、何元慶、牛皋等人懷忿自殺。作者以詩讚曰：

　　　　死生天賦忠貞性，不讓田橫五百人。〔註41〕

這些例子都在強調「義」與「忠」的依存關係：忠為主，義為從。岳飛生平只圖盡忠，平時雖也重視兄弟恩義，但必要時不惜犧牲義氣以成全忠名。若說《水滸傳》是標榜為義氣而不辨是非，則《說岳》便可說是為愚忠而不論情義了。

　　總而言之，岳飛平生行事，密切關聯於國家存亡的大計，故一切利害以國家為前提，也都回向國家為終局。這個大原則影響及於兄弟間的結拜，所體現的「義」的型態，也不同於《三國演義》與《水滸傳》。若說民間社會及傳統小說裡有關「結義」的行為與觀念，主要從《三國演義》裡關公的表現以及神格化後的關帝教門所發展出來的〔註42〕，則《說岳》裡的結拜內涵必然有別於彼，因為明代以後的武聖廟裡兼祀關公與岳飛，兩人的地位與德範，應是不相上下：關公諡「壯謬」，岳飛諡「武穆」；關公封為「三界伏魔大帝」，岳飛封為「三界靖魔大帝」；武廟的對聯「精忠貫日月，義氣薄乾坤」，前者指岳飛，後者讚關公。這些異同的比較，關岳兩人各

〔註39〕只有在描寫牛皋的情節中，才強調義氣而貶低忠（忠君）的地位。
〔註40〕這段情節可能是從《如是觀》第二十齣改寫而來。李綱決定拚死以救岳飛，而他的妻子僕人也都願意殉死，於是造成「老爺死忠、夫人死節、公子死孝、蒼頭死義；忠孝節義，聚於一門。」
〔註41〕岳飛以「義」許給張保、王橫，卻不許給為他自盡的兄弟，足見他的觀念裡，「義」是下對上的關係，是義僕；而非平行的關係，即非義兄弟。
〔註42〕詳見《關公的人格與神格》一書，關公後來成為各階層人物結拜時的監察神，這種成就，使《水滸傳》的結義型態被忽略了，或至少是混入關帝教門而無法區別。

有其信徒，各行其道，關公為「義氣之神」，岳飛則是「精忠之雄」。因此，《說岳》裡雖有類似桃園結義的結拜事件，卻不必仿同於《三國演義》及關帝教門，而可就岳飛所體現的人格典範，把「精忠」之德貫注於「結拜」的形式裡，塑造成獨特的交友模式：即以「忠君愛國」為理想，以「朋輩義氣」為輔助；以簡單的「撮土為香，對天立誓」為儀式，但不記錄誓文內容，或甚至以毒誓及報復來強制兄弟們就範；並且，在完成私定的結拜名分後，隨即加上朝廷封賜的職銜，將兄弟轉成部屬，從此以後，敘事的重點即擺在同心協力、報國殺敵的情節，而擺脫兄弟相處的私情描繪。

第三節　丑角牛皋

上一節討論《說岳》所述岳飛部將，當依其來歷與性質作成分類，並就「正史確有其人」及「純屬虛構人物」兩部分，抽取十餘位分別探討，說明他們在《說岳》裡的地位與作用。他們分別代表岳飛生平幾個階段所招聚的伙伴。但他們都是武人，僅與一連串的戰爭情節密切相關，離開了戰爭，其性格便不明顯。《說岳》裡只有一個人物與岳飛同樣得到獨立的性格描繪：牛皋。此書的正派角色中，岳飛的「生」與牛皋的「丑」，在性格與造型方面，成為兩個極端的對比。

「丑」是戲曲的角色名稱，徐渭《南詞敘錄》云：「以墨粉塗面，其形甚醜，今省文為丑。」又《堅瓠集》云：「優伶有生、旦、淨、丑之名。樂記注謂：俳優雜戲，如獼猴之狀，乃知生，狌也；旦，狚也；淨，猙也；丑，狃也。」狃的意思是：押也，犬與人親熱也，即熟習而狎戲也。應用到小說中，則如傅述先說：「在小說的結構中，丑角最接近作者與讀者，也最能洞察情節的神秘運轉。」〔註43〕丑角可說是作者與讀者共同創造、共同需要的人物，他以低俗而滑稽的形象取悅人們的官感，並把嚴肅的人生意念融化成親切的氣氛；他具有一種復活與再生的力量，可以沖淡現實的逼迫而暫時隱遁到餘裕的笑意裡；他能化腐朽為神奇，也能降高尚為粗俗。在一部以英雄傳奇為主的歷史小說裡，這種丑角的功用是：消融成敗的執著，平視生死的流轉，並作為人性的提示者，對小說中無處不有的戰爭，他並不狂熱的參與，亦非撒手不管，而只是以遊戲的心態來面對血腥與哀傷的場面。就《說岳》的牛皋而言，這種丑角至少被賦予三種性格特徵：嗜殺、福運、滑稽。它們都有深一層的涵意，且由於天命觀念的渲染，發生在他身上的一切現象，都成為必然的，且超越

〔註43〕見《竹軒時語》第57頁，台北水芙蓉出版社。民國65年12月初版。

人間道德與因果的雙重評價。他以配角的身分輔成岳飛的事業，同時也補償了岳飛的性格悲劇。他是《說岳》書中，從頭到尾都在場的人物，他的個性野蠻，參與感較不迫切，是唯一來去自如而不爲道德與法律所束縛的人物。由於這分洒脫，他清楚的發現：所有看似熱鬧擾嚷的場面，原不過一連串的遊戲，只要順著本性做去，便沒有特別值得激動與固執的，他始終以逗笑的形象出現故事中，從容不迫的跳進跳出：得意時大酒大肉的快活，顧不得岳飛每餐吃豆腐與哭二帝；興來時打幾場莫名其妙的仗，不計較誰勝誰敗與影響如何；若是看不慣，便皇帝老子也罵下座來；偶爾被斥責，就嘀咕著出家當道士去了。保持著這分天真的心態，他才得以隨心所欲的遊戲人間，讓福星照臨。他是岳飛的另一個身影，是英雄潛在的欲望與本能。他監視全書結構情節的演變，看著善惡的消長，生死的輪迴，成敗的交替；看著一切都是有趣而虛妄，從個性裡流出源源不絕的笑意，沖淡生存競爭的緊張，讓讀者從悲劇的情感解脫，而轉由蒼涼的觀照中，解悟人生的真相。

這裡先來探討從《宋史》本傳到《說岳》的書寫過程中，牛皋形象的轉變。《宋史列傳》卷一二七云：牛皋字伯遠，汝州魯山人，初爲「射士」；金人入侵，皋聚眾與戰，屢勝。後得翟興、杜充、上官悞等人保舉，官至「蔡唐州信陽軍鎮撫使」兼「知蔡州」。紹興三年十二月，改隸岳飛軍。曾受命斬王嵩，復隨州；破李成，復襄陽；淮西之役，皋於廬州遙謂金將曰：「牛皋在此，爾輩胡爲見犯？」眾皆愕然，不戰而潰，從平洞庭湖寇，皋投水擒楊么，金人渝盟，飛命皋出師戰汴許間，以功最，累遷高職。紹興十七年上巳日，都統制田師中大會諸將，皋遇毒疽歸，語所親曰：「皋年六十，官至侍從，幸不竇足，所恨南江通和，不以馬革裹屍，顧死牖下耳。」明日卒。或言秦檜使師中毒皋云。理宗景定二年追封「輔文侯」。

據《宋史》所載，牛皋是個真實人物，其生平除了勇謀膽識爲人景仰外，並無其他特徵可引起小說家的注意，何況，《宋史》未曾顯示任何使他成爲丑角的性格。也許因爲他功高被害的悲劇，與岳飛「莫須有」的罪名，同樣令人憾恨，故而戲曲小說企圖以英雄傳奇的手法，爲他們作辨冤的補償。《精忠記》於岳飛的部將，只提及王貴、牛皋；可知在明代，牛皋在岳飛故事裡，已佔有相當的地位。《如是觀》也只談到王貴、牛皋二人，且牛皋的角色已指名爲「丑」，第十八齣，牛皋奉命把守朱仙鎮，捉住奸細田思忠，揭發秦檜通敵的陰謀。此時，他的形象便是粗豪暴躁、好戰嗜殺的。這兩本明代傳奇顯示牛皋在岳家部將的代表性，其造型也全然脫離正史而改頭換面；但並未敘述他的出身與個人事實。直到明末清初的《續精忠》及《奪秋魁》，在這方面才有較多的發揮。《奪秋魁》裡，牛皋的角色是「淨」，而「淨」的性質與「丑」相似，都是塗灰抹土，插科打諢。此劇說明他原是綠林出身，投靠岳

飛後，曾為籌措旅費而打劫行人；又激惱岳飛打死梁王柴貴，而致岳飛入獄，他流落為丐，為崔蓮姑收留。後來冤獄平反，他隨岳飛往剿洞庭湖寇楊么，成功回朝，封職完婚。劇中概括他的性格特徵是：「有恩必報，有德不忘」（第十七齣）、「粗直無偽，正是英雄之本色」（第二十二齣），又說話衝撞、行為魯莽、好酒貪杯等。至於《續精忠》所述雖是岳飛死後，第二代英雄復仇衛國的故事，但牛皋在劇中卻佔有特殊地位。第三齣說他是「山東兗州府東河縣人」，幼年無賴，落魄江湖，於亂草崗聚眾劫掠，後與岳飛結拜，隨征二十餘人，建立許多大功。岳飛冤死，他棄職歸家，不顧妻兒，只想為岳飛報仇，卻抱病汝州，被抱朴子勸說出家學道。兀朮入侵，朝廷降旨訪求岳飛舊部起用，牛皋不肯應詔，佔據嶺南做「草頭皇帝」，但得岳飛陰靈托夢，責以君臣大義，牛皋驚恐，乃與岳雷兄弟歸順朝廷，率兵勤王，擊退金兵，問罪秦檜，而秦熺又聚兵謀反，自立為紹興王，朝廷仍遣牛皋等往剿，卻被他的兒子牛通打敗。後來牛通知道自己的身世，父子相認，設計破賊，回朝完聚。此劇中，牛皋所表現的性格是忠誠、暴烈、單純、無畏，且隱含一股悲憤之氣，使他的形象顯得比較嚴肅。他的角色是「外」，即「老生」，似乎不能顯現他傳統的丑角特徵；但在第二代英雄裡扮演丑角的，卻是他的兒子牛通，可說是父子相傳的性格。

　　比較而言，《續精忠》與《奪秋魁》所寫牛皋的身世與事蹟，多屬民間傳說，但他作為丑角的特質，卻在這二本傳奇裡才豐富而確定，使後來《說岳》演述牛皋的故事時，有所沿承、發揮而終於定型。《說岳》對牛皋的塑造與刻劃，可能也參考了其他小說裡的丑角，如張飛、李逵、程咬金、焦贊等人的性格特徵，而予以類型化，但對於他個人的重要事蹟與精神面貌，仍是奠基於上述幾本明清傳奇，又加上作者的創意而增潤的。由於小說能容納較多的情節與文字。因此，《說岳》對牛皋的刻劃，最為細膩詳盡，可說他的丑角造型，在此書才充分完成。以下即細論之：

　　先就牛皋與岳飛的關係而言，他倆在角色上既是鮮明的對比，在性格上更是微妙的互補。《宋史》的牛皋是個鐵錚錚的愛國英雄，卻死於奸臣毒手，一腔忠義化作萬古沈冤，小說作者把他改造成李逵之流的草莽好漢，雖效忠於岳飛，卻無視於朝廷，極盡謾罵與嘲諷。如果作者對南北宋間的人物與史事有所批判，則其任務便大部分付託於牛皋身上。雖則正史中牛皋之死，乃因他曾為岳飛部將，而連帶的受秦檜迫害，但《說岳》不便讓岳飛本人對這些奸賊提出抗議，因為岳飛畢竟是個民族偶像，是後世的典範，即使受了極大的冤屈，也必須維持逆來順受，沈默知命的儒將風度。《說岳》只能許以死後的神格加封，使他在天命與因果裡報復秦檜及其黨羽。至於牛皋，則是隸屬於岳飛，連坐受害者，其個人榮辱都依附於岳飛的功過，他只是英雄整體的延伸，可施予改造而不影響岳飛人格的完美與崇高。因此，《說岳》作者把他從正史

抽出，而沿承前代戲曲的丑角形象，加以變型發揮，塑造有獨特個性的牛皋：他以冷眼旁觀、從容自主的姿態，不再拘牽於「忠君」、「自制」而容忍非理的陷害；他以超然的地位過著適性的生活，敢於對人間的是非發出正面的批判；他完全解除榮辱的枷鎖，而以天賦的福運自衛，並扶持正義；他從率直的角度傾洩岳家軍因道德體面而強忍的怨怒；最後，他更渲洩了所有人類在社會禁制下的非理性衝動。就所謂小說中的現實而言，他是以復仇雪恥的方式，為已死的英雄討回等量的公道。這些正是作者與讀者共同夢想的結局，他不僅代表人類對於正義制裁的渴求，也完成他在正史裡馬革裹尸的欲望。〔註44〕夏志清總論戰爭小說中丑角的特色是：

> 在這些陪從的英雄中，最可愛的是綠林出身的滑稽英雄：粗魯、耿直、而且極為浮躁。雖然他常以丑角的姿態出現，他渲洩了對一位忘恩負義的皇帝的不滿、反叛的情緒……那目無政府，叛逆性的英雄，常因說書的小說家怕政府的檢查和逼害，而必須故意用滑稽的手法來處理……只要主要的英雄宣誓對皇室完全盡忠，那滑稽英雄對皇帝和政府直言不諱的批評，就比較不會惹禍……。〔註45〕

這種丑角英雄在小說中有其特殊作用，不僅要使讀者發笑，且要達成兩種任務：一是以野蠻的方式伸張正義，對抗昏君與奸臣，使天下人心獲得平衡的補償；二是以表面的滑稽來隱藏背後的不滿。這樣的角色必然是小說作者所塑造最曲折跳脫的人物形象；其藝術成就也可能最高，因為他多半是憑著想像而按情節需要，虛構而成的；較諸主要英雄，他所能根據的歷史材料甚少，或甚至沒有。但幾乎所有戲曲與小說中都少不得這種丑角，他滑稽的本能與天賦的機智，常在若不經意的行為裡揭發了某些預告與啟示。

再來談到《說岳》的牛皋所體現的丑角特徵：

一、嗜　殺

牛皋在《說岳》出場是第六回：「亂草崗牛皋剪徑」。作者描述他的相貌是：「面如黑漆、身軀長大，頭帶一頂鑌鐵盔，身上穿著一副鑌鐵鎖子連環甲，內襯一件皂羅袍，緊束著勒甲絛，騎著一匹烏騅馬，手提著兩條四楞鑌鐵鐧。」他的形象特色是「黑」，在平劇圖譜裡，黑臉代表忠義、勇猛、粗魯、坦率，譬如李逵與張飛。而牛皋本是上界趙公明座下黑虎轉世〔註46〕，落了人形也還是本色黑皮。岳飛早期伙

〔註44〕《宋史》本傳說他死前但恨「不以馬革裹尸，顧死牖下耳」。《說岳》第七十九回則讓他在最後的決戰裡，死於兀朮的身上。
〔註45〕見〈戰爭小說初論〉。
〔註46〕《封神演義》第四十六目，有趙公明收伏猛虎為座騎的故事，牛皋的來歷可能是據

伴四人，各有一種顏色爲表徵：湯懷的白、王貴的紅、張顯的綠、牛皋的黑。〔註47〕
這些顏色可附會於五行的內容，亦可隱喻其人格性向：如牛皋的黑屬水，而兀朮的
赤屬火，依五行相剋的原理，朱皋終於剋死兀朮。其次，牛皋服裝的主要質料是「鑌
鐵」〔註48〕，其全副按掛若拿去典賣，必夠供給短期生活所需與備辦進見周侗的禮
物，但他卻穿著它來搶劫路人，這只能說他對強盜生涯有著特殊的興趣，也許是他
最適配的職業〔註49〕，正如他是黑虎轉世，是天生的掠食者，而掠食者是不容許獵
物反撲的，因此，當他行劫而被岳飛打敗時，羞憤得要自殺。就動物的本性而言，
被獵物打倒，不僅是出醜而已，更是本能的挫折，因爲他的活命條件，完全寄託在
銳利的爪牙與狩獵的本事上，他必須不斷的殺伐掠食，「嗜殺」於是成爲他最深沈的
天性，更可怕的是，黑虎轉爲人身後，嗜殺的動機由謀生而變成娛樂，這便註定他
所適合的生存環境，不是綠林，便是戰場；前者是犯法的，後者則是榮譽的。牛皋
平生出入這兩種生涯，其關鍵都在岳飛。

　　前引明清傳奇，多把牛皋與王貴並提，作爲岳飛部將的代表；《說岳》也特意安
排在牛皋與王貴配對，共同表現嗜殺的習性，如第八回，兩人不聽岳飛的調度，爭
著追殺強盜，最後又放火把尸首連破廟一起燒毀，因此，兄弟們都說牛皋「殺人放
火，是道地的本領」。第十四回，王、牛二人又搶著殺賊，一個說：「等我先上去吃
兩帖補藥，補補精神！」另一個說：「等我先上去燥燥脾胃！」於是兩人爭相上陣，
一個狠似玄壇再世，一個猛如關帝臨凡，殺得發瘋。第三十九回，岳飛命他倆去番
營各搶一口豬、羊祭帥旗，他兩卻抓番兵充當祭品。從這些情節看，牛皋並未賦有
對人命的惻隱之心，因爲他是黑虎，對獵物憐憫只會削弱實力而危及自身。何況，
在戰場上面對敵人時，這種嗜殺的本能是被鼓勵的。

　　由丑角所現的嗜殺，幾百年來爲中國讀者接受，並視爲當然，不但不以血腥的
描述爲可怖，甚至大呼痛快，這種心理反應，必有其人性根據，或許可擴大且普遍
爲所有人類潛存的動物性本能，及狩獵時代遺留的生活經驗，若用生物行爲學，可
名爲「攻擊衝動」，這種衝動是從早期祖先遺傳而來，帶有強烈的侵略性；祖先們可
以藉由狩獵來發洩這種衝動，但隨著族群相處的經驗所產生的契約與禁制，使人們
喪失了這種衝動的權力；即是說，隨著文明的發展演進，制定了道德與法律的約束，

　　此附會的。
〔註47〕詳見第五回所述此四人的相貌與衣著。
〔註48〕據《辭海》，這種金屬產自西番，面上有旋螺花紋，或芝麻雪花紋，其價值勝過白銀。
〔註49〕即使投靠岳飛之後，此種習性依然不改，曾兩度與兄弟們在太行山落草爲盜（見第
　　　　二十五回、六十三回），他且自封「公道大王」，要「替天行道」。

把這衝動轉化或壓抑下來，以保障強者與弱者間的相安共處，但這衝動並未完全消失，往往會突破障礙與禁制而潰決為殘酷的攻擊行為，尤其在未受教育的粗人身上，或在約束力較弱的地區與時期內，它總是發洩得更徹底〔註50〕，就小說的丑角而言，它表現為嗜殺的習性，這習性若遭到抑制，常使他們變得易怒、與神經衰弱，且對任何事提不起興趣。正如《說岳》第十四回，王貴說：

> ……只因我那日在教場中不曾殺得一個人，故此生出病來……，如今太行山強盜去搶掠京城，必然人多在那裡……，我和你隨後趕去……殺他一個痛快，只當是我病後吃一帖補藥，自然全好了。

攻擊衝動只能藉攻擊行為來發洩。王貴與牛皋較少教育的感化以及理性的自制，就變得嗜殺成性，他們殺人不須動機，且見獵心喜，不肯罷休；又久不殺人，便覺生活乏味。因此，「殺」不僅是嗜好，也是生存條件。也許可用下面的話來註解：

> 大部分被今日責為邪惡與致命的罪行，在原始人看來只是與自然傾向相符合的，它只是一種純粹的適應，而且毫無害處。〔註51〕

牛皋既是黑虎轉世，其心性亦可比擬於原始人，則這種嗜殺的習性與行為，並不構成邪惡或罪行，他順性而為，且投身軍旅，「嗜殺」只可說是他的特徵，未必有害於社會與人性。何況，他在小說裡免於（法律與良心）制裁的快意砍殺，也令讀者暗地喝采，而替代的宣洩了久被壓抑的攻擊衝動。

但是，牛皋的嗜殺並非停留在野蠻階段，他接受岳飛的教化後，嗜殺的習性與對象有了合理的改進，身為潛在的黑虎，他雖披著人形，靈魂卻屬於畜牲。因此，他享有殺人的快感以及免於懲罰的自尊，在沒有遇到岳飛之前，他獨來獨往，不惜攻擊無辜的同胞以奪取生活物質，這在動物的族群禁忌裡是不被允許的，但他似乎無法辨認自己是否與人類同族（他殺人說是「取你的狗命」，又曾把人當作豬羊來祭旗），起初他只知自己比別人強，而攻擊掠奪的行為是有利的。直到第六回，他被岳飛打敗，自殺不成而被收留後，開始學習武藝、文字及做人的道理，逐漸歸化到人類的文明社會裡：一則疏導了嗜殺的習性並規定其攻擊的時機與範圍；一則學得辨別善與惡、朋友與敵人的基本常識。這是個「人文化」的轉機，從此，他的身命有所歸屬，意志有所定向，往昔因為焦慮與衝動而任意攻擊他人的情況也解除了，他有許多凶悍的鄰居（盜賊與金兵）讓他發洩攻擊衝動，而只有少數值得信賴的朋友使他去愛；他的道德責任不會負擔過重，也不致於在突發的怒氣下，用尖銳的武器

〔註50〕這些理論請參考《攻擊與人性》一書，Konrad Lorenz 原著，王守珍、吳月嬌合譯，台北遠景出版社 64 年 2 月初版。

〔註51〕同見註 50 所引書。

攻擊同伴。這種局面確定後，牛皋對於入侵的金兵以及叛逆的盜匪，仍是殘酷嗜殺的；但對於兄弟與下屬卻是忠誠而懇切的，如第三十九回，高寵挑華車而遭輾死，牛皋獨踹金營，奪回屍首，且「大哭不止，連暈幾次」，他終於從內心體會到集團互賴的深情，他已逐漸剝落獸性而充實著人性，其嗜殺也由盲目的發洩而變成有選擇的敵對，並反顯出對同體的關愛，可以說，「嗜殺」的特徵在這過程裡，慢慢消去凶性而趨向「替天行道」的意義了。

其次，由嗜殺衍生的，還有「嗜酒」的習性，酒對於牛皋這樣的丑角，原是麻醉人性，引發獸性的，兼亦表現對人間嚴肅與清明的嘲諷。丑角依附於正義凜然的英雄，意識上不免有所顧忌與抑制，為了暫時免除這種不適性的自我壓抑，丑角常會飲下大量的酒精，以酒醉為藉口，放膽從事非理性的勾當。嗜殺與嗜酒在本質上是相通的；上陣則嗜殺，閑居則嗜酒；否則丑角無法在文明社會裡生存；而即使是借酒殺人，丑角亦有較多不受責難的自由，他享有道德豁免權。多數時候，喝酒上陣，砍人頭、剖人心，能使豪興轉強，快感加倍，且免除血腥的作嘔。主要英雄雖亦能喝善飲，但不至於醉，為全力應付嚴肅的事業，他不敢放縱自己於這種享樂。〔註52〕丑角則貪杯好飲，必醉方休，且常因酒誤事。《說岳》有多處提到牛皋的嗜酒：第八回云：「只有牛皋獨自拿個大碗，將那酒不住的吃」；第九回云：「只剩牛皋一個，獨拿著大碗，尚吃個不住」；第二十八回、三十二回，他領兵出征，每到一個地方，便要縣官拿酒來喝。牛皋嗜酒的理由是：「喝了十分酒，方有十分氣力」（第三十二回）。而他的許多事業戰功，確多是酒後作出的，如第二十八回，酒後行船巡湖，被湖寇俘獲，卻意外的救得岳飛性命；第三十二回，醉後出陣，把穢物嘔在番將腹上而殺敵致勝；第三十九回，隻身到金營下戰書，大醉而歸；最妙的是第五十回，他因為想擅飲秦檜夫妻下毒的三百罐御酒，而識破毒計，挽救全營戰士的性命。總括的說，牛皋的嗜酒，非但不誤事，反而是成事的條件，因此，岳飛不曾禁他喝酒。〔註53〕《宋史・牛皋傳》說他是被田師中的藥酒毒死；《說岳》卻讓他識破秦檜的毒酒。這是作者故意翻案。

二、福　運

戲曲小說中的丑角，多半於心智或外貌有所缺陷，如愚魯、醜陋之類；但作

〔註52〕據《鄂王行實編年》與《三朝北盟會編》云岳飛少時能飲，數斗不亂：但曾於洪州醉酒，毆擊趙秉淵幾死。紹興三年九月入覲，高宗當面替他戒酒，說：「卿異時到河朔，方可飲酒。」從此，絕口不飲。

〔註53〕相反的，吉青也好酒，岳飛曾替他戒酒，但他還是因為貪杯誤事，而致黃河失守。見第二十六回。

者爲了充分發揮丑角在作品中的功能，常給予適當的補償，最普遍的是：福運。
其具體表現爲「逢凶化吉」、「化險爲夷」的神秘機轉，以及無疾而終的長命壽考。
最顯著的例子爲《說唐全傳》的程咬金，終身順性而行，有驚無險，活到一百廿
歲才笑死。《說岳》的牛皋也是這類福將，跟隨岳飛轉戰各地的廿餘年，有許多非
關人力的奇蹟，使他能「不須計較與安排，領取而今現在」的完成大部分功業；
並且岳飛下獄冤死，諸將喪亡殆盡後，他還挨到領導第二代英雄繼起作戰的老耄
年紀，才笑死在兀朮的身上。這類丑角往往是天命的寵兒，不必祈福禳災即得福
壽。他們比較缺乏抗衡天命的叛逆意識，甚至人爲的意志亦不發達，這使他們總
能在服從本能的渾然狀態下，從容自在的歸依命運的指引；他沒有天人的衝突，
始終保持渾厚的赤子之性，不思善不思惡，過去的很少掛懷，未來的懶得操心；
唯一他曉得的只是享受當前的快話，而沒有「茫茫前路，不知何所底上」的憂患
情懷。這種安於現狀而甚少野心的人物，上天似乎樂於給他較多的方便，讓他幸
運的遊戲於人世間。同時，由於較少受文明的污染，他的形象與言行裡保留許多
造物原始的粗迹，類似野生動物的品質：堅韌、自由、狂野，以及日月風雨的滋
潤；所謂「福運」，應即是這種來去自如，獨與天地同呼吸的生命特徵；但對文明
人而言，福運被視爲上天行使於某些人物身上的奇蹟與優惠。若就傳統小說裡的
主要英雄與丑角比較，前者由於須具備超群傑出的智慧與才幹，而導致精明傷和
氣，孤傲少生機，易遭天妒人忌的挫折，他的悲劇往往源自「天將降大任於斯人
也」的長期磨難；後者則由於質樸無文而被人們忽視，反而減少前進的阻力，雖
然他並不能獨自完成重大的事業，卻圓滑的閃過了英雄的某些難關，而迂迴的彌
補了英雄的缺憾。他的福運乃由於先天才智的匱乏而得到的補償，因此，福運便
成爲丑角生存的重要條件。就牛皋而言，他本是黑虎轉世，先天與後天兩種因素
的摻雜，使他雖不執著於人情世故，卻也不能完全清淨免俗。第五十回，他因爲
打破三百罐御酒而被岳飛驅逐出營，隨鮑方老祖到碧雲山出家學道，老祖要他戒
酒、除葷、忘情；他受不住山中冷清而到處閒蕩，殺牛而食，犯戒背道，於是被
老祖又逐回岳營幹功名。這說明牛皋在《說岳》的特殊地位，一則資質不足而須
仰賴福運，二則仙緣未到，不得撒手人寰。他的福運並無神秘的意義，只能看作
一種補償，一種以禽獸之質介入人文世界的保護網，同時也成爲輔助岳飛成事的
必要條件。福運既是他的保障，也是特權。在《說岳》裡，他是一員福將，從頭
到尾都是福星高照，逢凶化吉，歷險不傷。從較高的意境上說，他的轉世下凡是
替整個故事做「畢竟成空」、「英雄何在」的見證，他不像岳飛、兀朮、秦檜等人，
隨其天命與因果而落劫，卻又惹出許多額外功過，以致死後還要受審判。他單純

的從黑虎降生為人，胡鬧一場而死，死後「仍著趙公明收回」；劈空而來，破空而去，乾淨俐落，於本來面目無增無減，亦無滯無礙。在福運的護持下，他的人生可說是白走一道，遊戲招搖而已。他以配角的身分作為主要英雄的背影，並無獨立的意義，若英雄面臨難關，丑角便能具備各種福運，以彌補英雄因為道德修養而忍受的迫害與自制。可以說，他便是福運的化身，他所支持歸附的團體，也就是天命所歸；他個人的武藝才能也許對岳飛的功業無多用處，但他所攜帶的福運卻庇佑了岳家軍的功名成就。岳飛也深知這個利害，便由他掛先鋒印，出使危險任務；如第三十回。征剿鄱陽湖水寇，湯懷云：「大哥常說，他（牛皋）大難不死，是員福將，故此每教他充頭陣。」這是大家都承認的，福運既屬天賦，便自有威風，不是他人可得爭執。牛皋便憑這分天賦來顯示他的重要性，並給與夥伴們一股永遠的生機與信賴。第三十二回，他帶酒上陣，因為嘔吐而意外的殺死金將，旁人看了說：「他倒是一員福將，吃得大醉，反打敗十萬番兵。」〔註54〕類似這種僥倖，是其他英雄們不敢仰賴的，卻再三的出現於牛皋的事蹟裡，不得不委之於福運。尤有甚者，第三十三回，他出恭時，都可意外的捉獲金營奸細。這也許渲染得過分，但作者刻意造成這種福星高照、無往不利的印象，使讀者為這樣的人物鼓掌。牛皋除了毛躁的勇氣外，渾身都是致命的破綻，但福運為他編織了一襲天衣，護住命根；又隨時有修道人出面為他指點迷津，或者勇士趕來解危教困：如第二十九回的花普芳，第三十八回的高寵，第五十回的鮑方老祖，第七十七回的楊繼周等人，他們是牛皋的福運感召而來的。並且，這福運也經由牛皋而惠及其他兄弟們：如第三十二回，因為金節強將妻妹許配給牛皋，而使岳飛革去「臨陣招親」的禁令，成就了後來幾件搶親姻緣；第五十回，牛皋意外識破秦檜的毒酒，而挽救全營軍士的性命〔註55〕；第五十一回，鮑方老祖贈寶給牛皋，破解楊么的火牛陣，並兩次解救岳飛與牛通的傷病；最有意義的是：岳飛慘死後，諸將雲散，獨有牛皋未死，而活到領導年輕一代的英雄抗金，且為恢復岳家應有的榮譽說項。他憑著福運裡的「長壽」，繼續岳飛未完的使命，在最後的殘局中，與兀朮同歸於盡，延長南宋偏安的國祚，當時岳家軍中年輕一代的將領出陣交鋒時，總認為：「只消牛老將軍壓陣，萬無一失。」（第七十六回）牛皋一生的福運，的確免除了岳家軍的後顧之憂，且總能在平凡的生活裡創造奇蹟，維持人間一股長

〔註54〕同樣的場面，吉青卻因為沒有福運，帶酒上陣，卻被番將追殺，誤失黃河（見第二十六回）。

〔註55〕《說岳》以詞說明牛皋的福運：「御酒犒軍前，鴆毒藥，有誰參？幸虧福將有仙緣，打破醇罐，暫避茅庵。」

春的生機。

三、滑　稽

　　「丑」在戲曲腳色有兩個主要特徵：扮相是搽灰土，其形醜陋；表演則插科打諢，其狀滑稽。關於造形的醜陋，上一節已經分析過，由於前世遺留的「黑虎」形質使牛皋的相貌黑粗，令人覺得武勇可怖，與嗜殺的習性相連；另形狀的滑稽，則是本節要探討的。《說岳》對牛皋的滑稽言行，有出色的描繪。由於是黑虎轉世，保持人獸之間的活潑洒脫，對人世的道德與功業，既不熱衷參與，亦非全然忘懷，只看作酒足飯飽後的事，他最迫切的需要是：到處有美酒美食供他醉飽；一群忠誠可敬的兄弟與他作伴，一些昏君奸臣給他辱罵，一批盜賊任他砍殺，這便夠了，在岳家軍中，這些條件都具備，因此，牛皋得其所哉。當主要英雄與歹人憂心勞形、患得患失的為道德名利互爭長短時，牛皋卻無思無慮，笑口常開。「笑」是丑角的本色，是心靈的餘裕所放射的新鮮開敞的空氣。他所表現的散誕不經的言行，在嚴肅緊張的衝突與戰爭場面裡，便顯得滑稽、不調和，令讀者感到親切與荒謬。他沒有對理想的持久熱誠，也不堅持人為的抽象理念（如忠孝節義之類），不守規矩法度，不顧習俗世故，只憑至性真情的自然流露，且不避諱「酒食」與「殺人」的嗜好，他儼然是個自得其樂的土霸王。這種對於禮教規矩的叛逆性與天生的快樂主義，使讀者暗中喝采，羨慕他的敢於公然自由，以及沒有原則的彈性人格。第五十回，他被岳飛逐出軍營，在碧雲山遇到鮑方老祖，便想：「我與大哥立下許多功勞，昏君反要將藥酒來害我們，不如在此出家，無拘無束也罷了。」正是這種敢作敢為、隨遇而安的性格，使他保持永遠的新鮮爽朗，以及無限生機。對他而言，所謂精神、思想、理念，都是虛幻不實，也懶得去培養、關注，更不會以身殉之；唯一他能感受到生命存在的，是直接訴諸官能的滿足與感情的需求，也就是活生生的現實問題。這種只求保命與快活的人生態度，便是他滑稽言行的根源。第二十回，牛皋與兄弟們準備去打劫，岳飛出面勸阻，牛皋說：「只為飢寒二字難忍。」岳飛乃與他們劃地絕交，牛皋等人也不留戀，只說：「也顧不得這許多，且圖目下，再作道理。」這說明牛皋順俗情的生活觀念：沒有前程的預期，活在流動冒險的生涯裡，不勉強自己放棄當前的享樂而堅持長期的修養。但在《說岳》裡，他卻比岳飛更吸引讀者，因為他洒脫中帶有三分譏諷。由於缺乏慎謀遠慮的能耐，而使其遭遇與回應，充滿了刺激，他對付外界的挑戰時，表現出大量的滑稽與奇絕，能使讀者耳目一新。他似乎自願成為可笑的人物，以不斷更新的丑角姿態來重現人類的野性與童真。最顯著的例子是那毫無節制的胃口：他總是讓自己「吃得撐不住了」，才肯罷休，他把自己完全開

放給美酒美食之類的官能滿足，而絕不效法岳飛的每天吃素以感念二帝（第二十四回），或愛吃豆腐以不忘出身（第三十二回）；他有酒先嚐而不論尊卑（第五十回），有食盡吃而不顧他人（第十一回），更絕的是他儘管暴飲暴食，卻不致如王貴的傷脾染病（第十三回）；如此優異的消化系統使他充滿活力，並蘊育出朗暢的個性，對他而言，這便是幸福的根源，他給讀者的印象是：一付可信賴的胃腸，終日打呃到處閒走，遊戲人世如掌心的飯碗與酒壺。

　　丑角的滑稽表現，即所謂「插科打諢」，對小說主題也許沒有正面的作用，卻能透過隱含的情致而曲折的闡釋與批評，使主題更深化、活化；表面上，它似乎只作陪襯與消遣而已。李漁《閒情偶寄》詞曲部云：

　　　　插科打諢，填詞之末技也。然欲雅俗同歡，智愚共賞，則當在此處留
　　神。文字佳、情節佳，而科諢不佳，非特俗人怕看，即雅人韻士，亦有瞌
　　睡之時……科諢乃看戲人之參湯也，養精益神，使人不倦。

又「科諢之設，只在發笑」；「科諢之妙，在於近俗」。在一本教忠教孝的小說裡，科諢的安插得當，能增加其可讀性與趣味性。所謂「雅俗同歡、智愚共賞」，即在於科諢的效果乃撤除知識程度的隔閡，而挖掘人事共通的經驗，這種形式是淺俗的，直接打動人們的情緒，抒解人們的神經。發笑的原因則由於丑角所表現的不對稱、不規矩、不合理等醜中之美，這種美，不會引起厭惡與逃避；這樣的笑，是源於同情與諒解。但它與高雅正直的幽默，亦不相似，它是近俗的，是如諺語民謠般的平白流利，能普入每個人原始粗糙的情懷，喚起親切的回響。雖近俗而真誠，不做作不勉強；它並不掩飾世間的醜陋與情欲，而以寬容的心情去看待。

　　且看牛皋如何滑稽：第九回，兄弟們喝酒行令，以「英雄典故」為題，別人說的都是如關雲長單刀赴會、劉季子醉後斬蛇、霸王鴻門宴之類文雅的辭令，只有牛皋說：「我不曉得這些古董，只是我吃了幾碗，不縐眉頭，就算我是個英雄吧！」正因為他缺乏歷史知識，也不會迂迴的想像，所以能跳出制約性的格套，一切取諸己、還諸身，形成一個圓滿自足的輪迴，他的滑稽在於與別人不協調，卻能別開生面，隨時更新，給人驚喜之感。第十回他酒後私行，竟向楊再興與羅延慶挑戰，要「搶了狀元來送大哥」，他既不自量力，且無視於武考的法定程序，只是任性而為，都無顧忌，結果是被人取笑作樂，反要岳飛來搭救。他在正規的戰陣上雖是常敗將軍，卻不會嫉妒爭功，「好勝」乃性格使然，但不致於逞強枉死；這種富於伸縮性的姿態，流露出滑稽的坦率，第三十回，他請先鋒印，領兵到康郎山與余化龍對陣，被敗落逃，其部卒發箭逼退追兵，牛皋竟說：「妙啊，倘然我老爺下次弄了敗仗，你們照舊就是了。」惹得軍士們哭笑不得。嚴格說，他的本事平常，但行動魯莽，總是給自

己惹上危險與麻煩，但憑其天賦的福運，且深得將士敬心，他才能逢凶化吉，只留下許多笑料。他的蠻橫淘氣，使他敢於玩忽國法、頂撞軍法，而同伴們多庇護他免受制裁，而更養成他自以爲是的作風。第三十七回，岳飛官拜大元帥，掛出軍榜，共十四條斬罪，其中「笑語喧嘩」與「酗酒入營」二項，犯著牛皋的毛病，他不服氣，故意以身試法：「看他怎樣斬我」；岳飛明知牛皋有意爲難，便找個差事把他調開了，這種不識好歹的霸氣，也是滑稽的根源。他對所有法律教條都不信任，只講究人情義氣，教人啼笑皆非，沒奈他何。第四十二回，岳雲犯法當斬，牛皋出面保釋，准他出陣克敵，暗裡卻教岳雲：「若得勝了不必說，倘若輸了，你竟打出番營，逃回家去見太太，自然無事。」他的言行總是這樣潑辣狂妄，違背常理，卻讓人覺得他是赤誠無辜的。他的荒唐滑稽，應被欣賞，而非斥責，因爲他沒有惡意，只是不服從教化，不能受拘束，有時他受委屈或被欺瞞，便與人嘔氣，而表現出赤子的心態，醜陋粗壯的成年人卻有著兒童式的言行，確是不協調的。如第十三回，岳飛槍挑小梁王後逃離武場，軍馬在後面追趕，牛皋提議說：「殺回京城，奪了帝位」，岳飛痛斥他這種叛逆的言語，他氣忿的說：「就不閉口，等他們兵馬趕來時，手也不要動，伸長了頸脖子，等他砍了就是。」牛皋對事情的反應是直接而激烈的，只知當下，不計後果，並且，憑其血氣之勇，對外來的侵害，總是徹底反擊的。因此，他對岳飛的多所顧慮與百般忍耐，極爲不滿。而他的嘔氣，亦非全然無理，只是情態可掬。第三十一回，岳飛綑打楊虎，使用苦肉計，要他混入鄱陽湖爲內間。牛皋不知實情，卻急於出面保釋，減輕杖責。後來破賊而真相大白，牛皋便嘔氣說：「這樣的事，也不通知我一聲，只拿我做獃子，下回打死，我也不管你閒事了。」由於被瞞騙而氣忿，他又把個人的霉運，歸咎給楊虎說：「我以前每次出兵，俱打勝仗，自被他的賊元帥花普芳在水中淹了這一遭，出門就打敗仗。」這種沒根據的聯想，只有牛皋的霸氣才說得出，令人竊笑。

此外，他也有一股膽大心細的氣質，在《說岳》裡雖只表現一、二次，卻是描述其滑稽特徵最成功的地方。第三十八回：「下戰書福將進金營」，岳飛要派人到兀朮營中下書約戰，牛皋說：「除了我，再沒人敢去的。」眾兄弟於是含淚爲他送行，囑咐他言行謹慎，免得觸怒對方，牛皋說：「教的言語不會說，有錢難買自主張。大丈夫隨機應變，著什麼忙？」換了文官打扮，獨往金營，果然伶牙利齒，說得兀朮以平輩禮節招待，臨行還酒飯款待，吃得牛皋大醉而歸，這段情節與對話的描述，寫活了牛皋的機智與滑稽：一身文士服飾、一臉莊嚴神色、一席得體辭令，把這段冒險任務做得不卑不亢，有如出門訪友，行禮如儀，最後是盡歡而散。在這個事件的過程裡的牛皋，除了滑稽醜陋依然如昔，竟找不出其他魯莽、毛躁、任性等氣質。

　　最後還要談到丑角牛皋在《說岳》的特殊作用。即上述三個特徵對整部小說的主題、情節及人物的決定性意義，包括作者對傳統人事的嘲諷、對岳飛受冤致死的不平。「嗜殺」是對文明與罪惡的攻訐；「福運」是免於無理迫害的特權；「滑稽」則掩飾了某些反動的言論。這三個特徵使牛皋與岳飛的人格典型成對此，而又諧和的映照。在《說岳》裡，岳飛是做為忠臣孝子型的儒家英雄，渾身的「自負與自縛，」常犧牲個人的才智與國家的遠景，只為成全他的道德要求，這使他到處受牽制而忍氣吞聲，甚至以死表白。「以身殉名」在儒家是被許可的〔註56〕，人們甯可崇拜一個死得冤枉而清白的忠藎之臣，也不要那種為求成功立業而苟活的抗命之將。岳飛自從被母親刺下「盡忠報國」四字，及受高宗御賜「精忠旗」後，便注定殉名死忠的命運。第五十九回，奉詔班師時說：「一生只圖盡忠，既是朝廷聖旨，那管他奸臣弄權？」第六十回又說：「此乃朝廷旨意，你怎敢囉唣，陷我不忠之名？罷罷，不如自刎了以表我之心迹吧。」這種種冤屈、死難、忍辱，都為了成就個人的「一世忠名」，甚至可對「滅強虜、迎二帝」的家國大業，置於不顧；而對於「害忠良、通敵國」的險惡奸臣，也只能說：「且在冥冥之中，看他受用到幾時。」這些消極的心態，使岳飛成為愚忠的典型。

　　至於牛皋，則除掉官能享受與情緒需要之類的現實問題，便幾乎沒有任何支持他活著或殉身的所謂「理想」，甚至最基本的是非判斷與原則，他亦缺乏。他是順從本能而獨立的存在，週遭的人群與事物，都於他無恆久的意義；他參與抗金救國，服從岳飛領導，並非為著個人抱負的實踐，只是遊戲而已。同樣的，他也殺人劫財，落草為寇，也不必為政治因素而與朝廷為敵。事實上，他所做任何事，都不需正當理由，但隨興所至，來去自如，建設與破壞等值，無可論定其功過。徽宗與兀朮，岳飛與秦檜等人物的天命相剋、因果報應，這段複雜的關係，本與牛皋無涉，但他似乎被派定為監察者或見證人，而須耐煩的旁觀他們之間的爭執、迫害與受苦，卻沒有插手餘地；一切事件按照預定的次序發生並進行，他無法扭轉或中止。但後來因為岳飛死了，而兀朮尚未降伏，只得由牛皋暫時撐持局面，等待第二代英雄繼起，完成後半段的事業。《說岳》結場詩云：「因將武穆終身恨，一半牛皋奏大功。」這應是附帶的成就，夏志清認為：戰爭小說裡的朝廷，都是昏君與奸臣，他們共謀佈置一個陷阱，誘使忠貞正義的英雄，長年流落在外，與敵人做無休止的戰爭，且因為得不到政府的後援而兩面受制，凸顯出英雄的孤立卓絕。昏君或許無罪，卻不夠

〔註56〕岳飛本人亦有這種感覺，據李編《年譜》引《金陀粹編》有云：「武穆嘗受節制於諸
　　　　將，事多牽掣。語其下曰：使某得進退稟命於朝廷，何功不立？一死烏足道哉！要
　　　　使後世書冊中，知有岳某之名，與關、張輩加烈相彷彿耳。」

機警，或由於軟弱，以致於消極的縱容（通敵的）奸臣，而處處令英雄爲難。而英雄本性又是刻苦耐勞，不敢把精神上的壓迫與現實上的匱乏，上達於天子，只有默默承受內憂外患的職責，謹守被掣肘的崗位，把所有精力與悲苦全部發洩在抗敵禦侮的行動。〔註57〕由於其責任總是超過有限的授權，又加上道德修養的自制，遂扼殺了英雄的勇猛與豪氣，成爲抑鬱冤苦的形象。並且，既不能寄望於朝廷的支援，又放不下對天子的忠貞，他只得與其小集團相依爲命，設法獨力抗敵。小說作者以這種模式塑造英雄，卻恐讀者不能充分體會英雄的困境與冤屈；且作者也有指斥與批判的衝動，卻怕政府當局的檢查；於是採取委婉的方式，創造丑角型人物，透過他粗魯滑稽的言行，而賦與他指責奸臣、謾罵朝廷，以及爲英雄申冤雪恥的特權。作者處心積慮的把這個人物安插在英雄集團的次要地位，並使他成爲半瘋半傻的造型，以便發揮他的特殊作用。由於依附於主要英雄，可以名正言順的代表英雄發言；又由於神智較低，說話即使激烈忤逆，也易被原諒。就《說岳》而言，牛皋的叛逆意識極露骨。第十三回，岳飛槍挑小梁王，與眾武舉反了校場逃出京城，追兵前來，牛皋說：

> 眾哥哥們不要慌，我們都轉去，殺進城去，先把奸臣殺了，奪了汴京，岳大哥就做了皇帝，我們四個都作了大將軍，豈不是好？還要受他們什麼鳥氣？還要考什麼武狀元？

在集團相依的意識下，岳飛是他心目中唯一的英雄，論才情、智慧、膽識、德行，都夠資格做皇帝的。他並不明白朝廷正統與倫常尊卑的不可僭越，也沒有由效忠皇室以達成國家統一的觀念。他是認定「勝者王，敗則寇」的道理，一切事情都可以武力解決。在他認爲，皇帝也只是個人，甚至是個平凡庸懦的人，由這種人與奸臣所組成的政府，何必向它表示臣伏，忍受其迫害與羞辱？爲何不能取而代之？當時岳飛的反應是：「你敢是瘋了麼？快閉了嘴。」岳飛並不曾體會牛皋話裡的事實，他認定皇室所象徵的政統與主權，而感到牛皋話意的叛逆性與危險性。第十四回，牛皋與岳飛擊破王善的賊兵後說：「雖不得功名，也給我殺得爽快，有日把那朝內奸臣，也是這樣殺才好。」這次，岳飛只說：「休得胡說！」奸臣該殺，確爲事實，即使付諸行動，亦可借「清君側」之名，而不致有前番那種「弒君篡國」的罪惡。以岳飛的忠直謹慎，雖在政治與軍事方面忍受太多不公平、不合理的對待，卻不敢有任何「指斥乘輿」的言論，而只能把皇帝的昏昧，歸咎於奸臣的蒙蔽而已。第三十回岳飛向楊虎說：「天下英雄，皆爲奸臣當道，失身甚多，本

〔註57〕詳見〈戰爭小說初論〉一文。

帥當年在武場，每曾受屈辱……當今天子敬賢愛才……。」這是岳飛初得高宗重用時的言論：雖說奸臣當道，還喜皇帝聖明，前途仍有可為；但第五十九回，奉詔班師時，他卻要承認，只憑皇帝個人的才德，並不足以抵拒滿朝奸佞，他說：「方今奸臣弄權，專主和議，朝廷聽信謊言，希圖苟安一隅，無用兵之志，不知將來如何？」他已知勢不可為，卻仍堅持個人「效忠朝廷」的信誓，不敢對高宗有不滿的情緒。因此，他可以承認牛皋的話有部分是對的，但他又有責任制止牛皋大逆不道的言論，就《說岳》的人物設計而言，牛皋代表多數人情感上對昏君佞臣的指斥，岳飛則代表理性的顧忌與掩護的面具。

牛皋的謾罵，在某些方面刺中專制帝王的自私與不仁，如第四十六回，他說：「我家元帥立了多少大功，殺退金兵，那康王全無封賞，反將他黜退閒居；那些無功之人，反在朝中大俸大祿的快活。」第四十七回又說：「那個瘟皇帝，太平無事，不用我們；動起刀兵來，就來尋著我們，替他去廝殺，他卻在宮裡快活。」國君對將帥的關係，淪落到只利用而不信任的地步，當然會遭到相對的不滿。但岳飛仍堅持說：「君要臣死，不敢不死。」牛皋不能諒解岳飛這種愚忠，何況其結局只是換取一連串的迫害。第五十回，牛皋識破毒酒，咬定是高宗指使下毒的，於是把三百罐御酒全部打碎，還要殺欽差，上京質問。第六十四回，岳飛下獄死，牛皋發誓殺入臨安報仇，卻被岳飛陰魂阻撓，忿而投水自盡，卻淹不死，只得仍往太行山落草。直到第七十四回，孝宗即位，遣使臣招安，牛皋說：「大凡做了皇帝，盡是無情無義的，我牛皋不受皇帝的騙，不受招安。」這些話強烈的說出牛皋對專制政府的不滿，也足以代表政治史中醜陋的真相：皇帝的賞譽，多是騙局，是對臣下的奴役；崇德純忠之臣猶可於千辛萬苦中以綱常自慰；但那些講求現實，性烈如火的豪傑之士，則無法容忍這個事實，因此，他們若非絕意仕進，全身而退，便是滿腹牢騷、反目成仇，而牛皋替他們說出心裡話。

最後，本節關於丑角牛皋的探討，有個小結論：從上面對這個人物在《宋史》列傳的忠勇形象，到戲曲小說的丑角造型，淵源流變的分析，及在《說岳》裡作為岳飛背影所表現的三個性格特徵，可了解這類型人物在英雄小說中的特殊作用；也可與其他小說的同類人物如李逵、程咬金、焦贊、焦廷貴等，作類比的研究，以便於全面性的了解。但本文只能就《說岳》的牛皋，作個案的處理。

李厚基於〈讀說岳全傳〉文中〔註58〕，也曾論及牛皋的性格特色，可作為本節的參攷結論：牛皋是個封建性賦稀薄，而又有較完整性格的人物，作者對於他，沒

有抽象的誇張，反而使他顯得自然可愛。他是個魯莽的漢子，心直口快，純樸忠厚，是非觀念強，講義氣；遇見不合理的時候，敢罵敢反抗，這樣具有叛逆性格的人物，能跟岳飛東征西討，一則是出於他對祖國的熱愛，一則由於兄弟間的義氣，他無視於封建禮法與皇帝的聖旨，他充滿自由的氣息，不願與虛偽做作的統治者打交道。在戰鬥中，他樂觀、機智、勇敢；平時行為也很詼諧、幽默；有時還悄悄出些壞主意。這都使他在小說裡有血有肉，格外可親可愛，他是《說岳》裡刻劃得較成功，而應被肯定的人物。

第六章　昏君與奸賊——英雄的悲劇

　　《說岳》裡，由岳飛及其兄弟部將們組成的軍事集團，即所謂「岳家軍」，當然是全書人物的主體；由這個主體牽引出的次要人物，則可依其對岳家軍的支持或陷害，而分為兩個集團，形成所謂「忠奸對立」：前者如李綱、宗澤、劉光世、張所、韓世忠，都是忠於國家，勤於王事，且曾提拔岳飛為將帶兵，或於政治及軍事方面支持岳飛的決策。後者如張邦昌、王鐸、張俊、劉豫、秦檜，及万俟卨、羅汝楫等，都是禍國殃民、私通敵人，並想盡辦法抑制岳飛出頭，或陰謀阻撓岳飛報國立功，最後更設計冤殺岳飛父子。在這兩派對立、互為消長的夾層裡，扮演關鍵人物的是：宋高宗趙構，他本是超然於兩個集團之上的最高統御者，不該涉入雙方勢力的傾軋，但南北宋之際，內亂外患頻仍，國本動搖不安，他的帝座江山，全靠朝臣與邊將的維持，他個人又畏葸無能，苟且偷安；對敵寇的入侵，不能堅定或和或戰的原則，對盜匪的內亂，也把不定或剿或撫的策略。為保全個人的利益，他不惜放棄至尊的超然而擺動於兩個集團之間，苟容求存；誰能保證其安全，專重其權位，他便假以權柄，言聽計從；否則，便反目成仇，貶逐賜死，罔顧功勞。由於這種懦弱自私的性格與多疑猜忌的心術，使他成為「昏君」的典型。並且，就《說岳》的記述，他是使宗澤氣死、李綱病死、岳飛冤死的幕後殺手；而南渡偏安、辱國失土、罷斥忠良、信用奸佞，諸般罪行，他也難辭其咎。總論其人格評價，竟是乏善可陳的。

　　區別「忠奸對立」及「昏君」的名義後，以下即以「昏君趙構」及「奸賊群象」為題，分析《說岳》對這些人物的描寫。

第一節　昏君趙構

　　歷史中的宋高宗，由於向金人稱臣求和，棄中原於不顧，且與秦檜共謀殺岳飛，

於是爲後世史家所痛貶，口誅筆伐，無所不至。《宋史·本紀》評曰：

> 高宗恭儉仁厚，以之繼體守文則有餘，以之撥亂反正則非其才也。況
> 時危勢逼，兵弱財匱，而事事難處……君子於此，蓋亦有憫高宗之心，而
> 重傷其所遭之不幸也，然當其初立，因四方勤王之師，內相李綱，外任宗
> 澤，天下之事，宜無不可爲者。顧乃播遷窮僻，重以首劉群盜之亂，權宜
> 立國，確乎難哉！其始惑於汪黃，其終制於姦檜。恬墮猥懦，坐失事機。
> 甚而趙鼎、張浚，相繼竄斥，岳飛父子竟死於大功垂成之秋，一時有志之
> 士，爲之扼腕切齒；帝方偷安忍恥，匿怨忘親，卒不免來世之誚。悲夫。

這段話仍有替高宗惋惜迴護之意，認爲他才識不足，且在「所遭之不幸」、「確乎難
哉」的危局下繼位，乃造成南宋初年許多使人慨歎憤恨的事件。高宗本人於建炎三
年二月初次奔抵杭州時，曾下詔罪己，曰：「一曰昧經邦之大略，二曰昧勘難之遠圖，
三曰無綏人之德，四曰失馭臣之柄」，這是他的自知之明。但罪己之後，並無悔意，
仍一錯再錯，至死不改，才弄得國事無望，二帝不返，後世史家，便不肯同情他的
處境，都嚴厲的諷刺誅伐，如《宋史紀事本末》卷五十九評曰：

> 康王構，徽宗第九子，史言其生東京大內，赤光照室。又云：朗悟強
> 記，誦書千餘言，挽弓石五斗。帝王之姿，或有天命，然觀其出使金軍，
> 應對無聞，爲虜所輕。承詔開府，逍遙自全，京城坐陷。以彼庸才，豈但
> 中人以下乎？……構獨擁兵居外，乘危履尊……。

張溥這段評論，對《宋史·本紀》所載高宗的某些優異秉賦，並不以爲然，他甚至
認爲，如果當年由信王榛繼位，必定能恢復中原，或至少也比康王構更合乎撥亂反
正的條件，因爲，趙構是個「中人以下」的庸才，且志氣卑弱，無所作爲。王夫之
《宋論》卷十也說：

> 然則高宗忘父兄之怨，忍宗社之羞，屈膝稱臣於驕虜而無愧怍之色；
> 虐殺功臣，遂其猜防，而無不忍之心；倚任奸人，盡逐患難之親臣，而無
> 寬假之度，孱弱以偷一隅之安，幸存以享湖山之樂，沾滯殘疆，恥辱不恤。
> 如此其甚者，求一念超出於利害而不可得……竄李綱、斬陳東、殺岳飛、
> 死李光、趙鼎於瘴鄉，其爲跖之徒也，奚辭。

王氏把高宗比擬爲自私自利的「盜跖之徒」，這是最嚴厲的批評，而文中所舉的罪行，
也確是公認的高宗的人格污點。從這些評論看來，高宗的歷史形象與評價，乏善可
陳，雖然，從史書看，高宗與當時名相李綱、趙鼎、張浚、及名將岳飛、韓世忠等
人的談話，他頗有識見，深明大體，但做起來，尤其是抗金復國的事業，則顯得猶
豫退縮，不能實踐，這便令人覺得他對名相的委任，只是敷衍利用而已。他是一位

有深沈機心而無陽剛氣魄的人君，僅能建立偏安之局。

　　歷史的宋高宗，有如此多缺點為人所詬病。而他與岳飛十餘年的君臣關係，在心態上亦不穩定。即位之初，屢為金人與叛臣所逼，流蕩無定，於是對忠誠善戰的岳飛，重用委任，召見賜旗，大有知遇相得之感；而定都臨安後，金兵受阻，群盜勦平，國力逐漸恢復，人事制度也建立完成，他便倦於談兵，轉而謀求和議，稱臣於金，對待岳飛諸將也漸有猜防牽制之心，最後甚至因為求和而授意秦檜殺害岳飛。這個陰謀的過程與詳情，在本文第二、三、四章已經探討過，以下要評析後世戲曲小說中，對高宗形象的描寫。

　　總括的說，元明清三代戲曲演述岳飛故事時，多不曾正面提及高宗的為人，高宗並不成為特定角色而出場，讀者對這個最大影響力的人物，多是透過其他角色的口述而聯貫成形的。《地藏王證東窗事犯》曾批評高宗躲在臨安，不肯抵抗金人；而第三折表明岳飛對高宗仍是寄以希望的，要求高宗為他洗雪沈冤，報復深仇。《宋大將岳飛精忠》對高宗不但沒有批評，甚至加以頌揚，因為他能曉明忠奸，讓岳飛掛帥，擊潰兀朮大軍。《精忠記》第十二齣，曾藉岳飛說出：「聖上竟不念二聖蒙塵何日返？全信著誤國奸臣，怎做得臥薪嚐？」第十四齣，道月和尚也曾暗示岳飛：「干戈擾攘，卻用你承當，太平誰許你為卿相？」這兩段話指斥高宗的忘父兄之仇，飄搖無壯志，以及對將臣的利用與猜忌。但岳飛對他還是徹底愚忠，只認為高宗是被奸臣秦檜蒙蔽作弄。《精忠旗》雖曾突出「高宗與二帝都是皇上」的觀念，對高宗作出諷刺與批判，但仍把主和誤國，陷害岳飛等罪狀，都歸咎於秦檜，而不曾進一步描寫高宗的性格，及其與奸黨的陰謀關係。《如是觀》則藉著百姓擁戴岳飛、鄙棄朝廷的心理，以貶斥高宗。但由於岳飛堅持不奉偽詔班師，反敗為勝，迎回二帝，並勘明秦檜夫婦的罪刑，皆大歡喜的結局，挽回高宗的聲望。

　　上列戲曲的演述重點，多擺置於岳飛報國的事蹟，以及秦檜的通敵奸謀，自此表現民族戰爭中，忠奸的對立與衝突，而高宗居於無能或無知的次要地位，作者較少提到他。

　　又熊編《演義》所述高宗事實，大抵本於《資治通鑑》與《宋史》，多有實據。唯故事之次序，略有誤差。卷一「宋康王泥馬渡江」的內容，於史無徵，可能採自民間傳說。全書直接論及高宗為人的有：

　　　　卷一：「康王本慈仁柔懦無決斷者。」
　　　　卷三：「建炎初，汪、黃二人，專持國柄，嫉忠良……中外切齒恨之，惟
　　　　　　　有高宗不覺……。」又胡寅上疏諫高宗曰：「陛下以親王介弟，受
　　　　　　　淵聖皇帝命，出師河北，二帝既遷，則當糾合義師，北向迎請：

> 而乃亟歸尊位，偷安歲月，略無捍禦；及虜騎乘虛，匹馬南渡，
> 一向畏縮，惟務遠逃，軍民懷怨，恐非自全之計也。」

卷四：「高宗為人，柔懦有餘而剛果不足。」

卷八：高宗對韋太后曰：「寡人以太后之故，屈恥求和，不吝中國所有從
之，今得見慈顏，則心志滿矣。」韋太后卻訓之曰：「王以吾車駕
南還，遂言滿其心志，其如父兄之恥辱何？……今專憑講和，分天
下為南北，權各有歸，又不知久後，孰為君孰為臣。使中原士民，
無所專主，禮樂征伐，不統於一人，失先帝創立之洪基，忘其不共
戴天之仇，豈英明剛斷之主哉？」

這幾段話，代表熊大木對高宗為人的評斷，大抵是：柔懦、昏惑、偷安、畏縮、短
志等。這樣的國君，足令小說家憾恨而筆下痛貶。熊編《演義》另有關於高宗與岳
飛在君臣關係方面的情節，留待下文《說岳》中一併探討。

《說岳》對高宗形象的描繪，最為詳盡，它包括許多荒誕不經的傳說。第十九
回，康王入質於金，被兀朮收為義子。後得二帝血詔，命他逃歸中原即位，於是有
「金營神鳥引真主，夾江泥馬渡康王」的故事，寫得神奇而宿命，但這則故事的來
源甚早，非屬憑空杜撰。按《宋史‧本紀》及《三朝北盟會編》載有其大略，而宋
元筆記如《南渡錄》及《大宋宣和遺事》等，亦有神異事蹟的傳說。〔註1〕因此，
關於「泥馬渡康王」的故事，至少在宋元之際，即已流傳。至於這故事的產生及流
傳的原因，可能由於高宗的即位並非得自父兄傳授，而乃「乘危履奪」，由張邦昌及

〔註1〕《宋史‧本紀》載：「靖康元年正月，斡離不進圍京師，欽宗遣康王為質以求成。而
金人疑康王非親王，乃換肅王入質。十一月，復質康王，行至磁州，為宗澤及百姓
所留勿行，改往相州避難。十二月，得秦仔等人持蠟詔至，拜為兵馬大元帥，聚兵
至大名、東平、濟州等處駐兵，逍遙自全，不肯入援汴京。靖康二年二月，二帝北
狩，張邦昌僭立。五月，得元祐太后手書，於金陵即帝位。」這段史事，可取《三
朝北盟會編》加以補充云：「初，虜人講和，要一親王為質，上召諸王，康王越次而
進請行。……既行，副使張邦昌垂涕，康王慨然曰：『此男子事，相公不可如此……。』」
關於康王從金營逃歸的神話，則如《南渡錄》云：「康王質於金，與金太子同射，三
矢俱中。以為此必揀選宗室之長於武藝者，冒名為此，留之無益，遣還，換真太子
來。高宗得逸，奔竄疲困，假寐於崔府君廟，夢神人曰：金人追及，速去，已備馬
於門首。康王驚覺，馬已在側；既渡河，馬不復動，視之，則泥馬也。」又《大宋
宣和遺事》貞集，亦載此事，並有餘文，說康王渡江後，步行至一村莊，某老嫗以
酒飯留之，臨行又贈金銀，此嫗乃李若水之母也。又康王到相州後，召兵勤王，夜
夢欽宗脫御袍賜之。次日，即得蠟書拜為大元帥，領兵渡河時，密禱於天地河神，
河面結冰而得渡。至濟州，有曹勉自河北歸，持二帝御札來見，云：「便可即真，來
救父母。」康王於是即位南京。由這些材料的引證，可知《說岳》中有關康王泥馬
渡江即位的情節，是遠源於此的。

元祐太后迎取，群臣勸進。最為史家詬病的是他開元帥府於相州後，並未領兵入援汴京，致使二帝被俘北去；且事後又置之不顧，反即帝位而代之。即位後，更不曾以國土及二君為重，力圖恢復，卻數次南遷退避，終致與金人劃河為界。這些經歷，都使後世史家歎恨高宗的為人。論才識膽略，他不及後來逃歸河北五馬山寨的信王榛，但他卻久佔帝位，以庸才而任用奸邪，柔懦主和，坐失復國良機，為後世唾罵。正由於他的性格與作為，望之不似人君，所以上述傳說及小說作者，才假借泥馬渡江、夢授御袍、及二帝血詔等情節，以附會高宗是天命所歸〔註2〕，合於法理的。

　　《說岳》所錄此段情節，與諸書記載，在承傳過程中，略有異動，且夾雜對高宗的諷刺，如第十九回，康王入質金營，兀朮要收他為義子，條件是：「我若得了江山，還你為帝。」他竟答應了。其次，若非崔孝傳詔、神鳥引路，有遺命與神蹟的保證，他或許就此軟在金營，坐待兀朮贈與江山帝位。再則第二十四回，高宗收納張邦昌所獻義女荷香，竟為女色所迷，幾乎誤殺岳飛。第三十六回，宗澤請高宗駐驆汴京，以號令四方，抵抗兀朮入侵，而高宗不從，因此急死宗澤。作者以詩句責備高宗，且預示宗澤之死，為後來岳飛冤死的先例，其關鍵都因高宗柔懦主和，聽信奸邪。從這幾回事件，已漸看出高宗對分辨忠奸的無能，而致後來諸多欺騙、逼誘的情節，使讀者對這位「中興之主」痛恨扼腕。第三十六回到第四十五回，描述杜充父子引金兵殺進都城，高宗與李綱等君臣七人落荒而逃，被困牛頭山，其間許多曲折的情節，顯出高宗臨難無助的可憐相，人君威嚴都無作用，反被綠林好漢取笑，並遭叛臣陷害。幸而他是真命天子，有神靈護佑、義士相助，始能倖免。這段情節於正史有所影射〔註3〕，其詳細過程，於熊編《演義》卷三亦有完整的描述。《說岳》雖取其故事大綱做為結構，但所述人物與事蹟，則多與史不符，乃作者藉此說明高宗初即帝位的苦難，伏下後來遷都臨安，畏戰求和的因緣。第四十五回，牛頭山解危，高宗聽從苗傅、劉正彥的建議，決定遷都避敵，李綱諫阻不從，解官退隱，作者云：「高宗本是個庸主，巴不得他要去，省得耳根前聒噪。」岳飛亦相繼諫阻，

〔註2〕據《錢唐遺事》及《賓退錄》，都曾說到高宗是錢惟演轉世，向宋朝討還原吳越國的山河，故高宗不但應即帝位，且應斷送大半江山。又《揮塵後錄》則說徽宗曾親見高宗酒後現金龍丈餘，而曰：「此天命也。」又《張氏可書》及《鐵圍山叢談》且云「靖康」二字拆開成句，乃是「後十二月，康王立」。又《宣和遺事》貞集敘二帝北狩，夜宿平水鎮，聞僧人對話，云康王命該即位六十四年。（以上筆記材料，俱見丁傳靖《宋人軼事彙編》轉引）。

〔註3〕據《宋史》及《資治通鑑》載錄：建炎三年二月，金兵陷天長軍，高宗與近臣倉皇出奔。輾轉經鎮江、杭州、建康、越州、明州、溫州等地避難，金兵窮追不捨，逼高宗乘舟入海，幾乎捕獲。直到建炎四年五月，黃天蕩及牛頭山二役，阻過金兵進路，兀朮乃奔淮西。

高宗曰：「今幸兀朮敗去，孤家欲遣使講和，稍息民力，再圖恢復。」岳飛便也告假還鄉，一時忠良盡去。第四十六回，秦檜逃歸，封爲禮部尙書，作者以詩寄意云：「高宗素志在偷安，奸佞紛紛序列班，從此山河成破綻，蒙塵二帝不能還。」此詩可看作《說岳》對高宗爲政的總評，就事實言，高宗最大的罪咎即在於「遷都臨安以避敵」及「重用秦檜以求和」兩件事，作者由此說明忠奸勢力在朝廷的消長，並依此判斷高宗的賢愚。第四十七回又藉楊再興說出：「無奈當今皇帝，只圖偏安一隅，全無大志，不聽忠言，信任奸邪，將一座錦繡江山，弄得粉碎，豈是有爲之君？」楊再興對高宗的評價是「昏君」，後來的牛皋、黑蠻龍等人也都如此稱呼（第五十、七十二回）。第五十九回，岳飛也有怨言：「朝廷聽信奸言，希圖苟安一隅，全無用兵之志，不知將來如何？」第六十回，岳飛下獄的供狀更指斥高宗「不思二帝埋沒於沙漠，乃縱倖臣弄權於廟廊。」這些意思相近的話語，重複出現於書中，把高宗的形象貶到極爲卑劣。雖然正史與小說裡的高宗，都不曾直接對岳飛施壓，或參與迫害，但間接因爲他的柔懦無能，畏懼金人，導致遷都南僻，使中興復土的行動，倍加困難；且又委曲求和，縱容奸臣與金合謀，阻撓軍機，陷害功臣良將，這些影響，成爲岳飛報國事業的致命傷。《說岳》爲岳飛抱屈，而刻意暴露高宗的昏懦。第七十四回，更假造情節，讓岳飛陰魂憑附羅汝楫身上，把高宗嚇死，算是變相的報復。

　　《說岳》書中，高宗據有極特殊的地位，可說是同類小說的人物類型裡，一個重要的角色——「昏君」。但其他類型人物如「英雄」岳飛、「奸臣」秦檜、「丑角」牛皋、「敵將」兀朮，都有個人的神話來歷，且關於他們的行爲意義，最後被綜合在本書的神話架構裡，成爲一個縝密的關係網。唯「昏君」高宗卻沒有這種設定。《說岳》曾附會徽宗爲「上界長眉大仙」（第一回）、孝宗爲「紫微星君」（第七十八回）；且云徽宗無道，北宋當亡；孝宗有德，南宋當興；而處於其間承上啓下以及存亡續絕的高宗，卻沒有上應天象的來歷，除「泥馬渡康王」的插曲保證他是眞命天子外，別無特異表現，且與貫串全書的神話架構，無甚關係。他算是「局外人」，所以被刻劃爲無所作爲的「昏君」形象，聽任兀朮、岳飛、秦檜等人物互相殘害，以完滿其宿世因果，而高宗卻不能干預，只作個旁觀生滅的無情傀儡而已。夏志清認爲：類似這種意志弱，耳朵軟的昏君，是最可惱恨的，因爲他對英雄的態度，隨喜怒而變，他經常忘記英雄過去的功勞，而聽信朝中奸臣的挑唆，動輒懲罰他們。這種皇帝是用來加強讀者欣賞英雄的「忠貞不移」的。但這種模式的產生，且被讀者接受，即等於對專制君主作了嚴厲的批評。也暗示一個事實：在逸樂的生活及諂媚的人們包圍下，即使善意的君王，也不能分辨忠奸，識別是非。並且，「昏君」處於有道無道之間，常問心無愧的統治下去，而不受公開的攻訐，他的殘酷與無常，英雄只能儘

量忍耐〔註4〕。這段評論，可作爲高宗的寫照。

第二節　奸臣群像

　　在《說岳》及同類小說中，主要英雄通常有兩種敵人：一是正面（軍事上）的敵人，即入侵或爲患的外族；一是背面（政治上）的敵人，即掌權當道的奸臣及其黨徒。這兩種敵人常因某些共同的利益而互相勾結，使英雄陷於腹背受敵的困境。奸臣想獨佔朝廷權柄，便須挾持天子，排除異己，且要私通敵國，作爲靠山；因而，在兩國交戰的局勢裡，奸臣經常處於觀戰的立場，適時給予本國英雄軍事上的牽制及形象上的陰損。一則討好敵國，藉此獻功；一則抑遏英雄勢力的成長與壯大。即以《說岳》爲例，這兩種敵人對英雄的意義是不同的：敵將兀朮乃基於天命而與岳飛爲敵，奸臣秦檜則緣於宿仇而與岳飛作對，前者以武力戰鬥來激揚岳飛的豪氣，並成就他的功業；後者則以政治陰謀來挫折岳飛的銳志，並阻撓他的行動。由於敵將本身也屬於英雄型人物，其心態與行爲比較光明磊落，願意以面對面的決戰來定勝負，而奸臣則多是書生型文臣，無法憑武力與英雄相抗，轉而訴諸陰謀，他們懂得如何博取皇帝的寵信，利用各種特權，不擇手段的向英雄背後攻擊。但英雄基於武士的榮譽感，雖居於挨打的地位而不能向「不肯公開」的奸臣反擊。因此，英雄的武藝與謀略足以在戰場上打敗敵人，卻無法在朝廷上抵抗政客，這便形成「螳螂補蟬，黃雀在後」的悲劇。岳飛擊潰兀朮，而秦檜扳倒岳飛。

　　《說岳》裡扮演著主謀迫害岳飛的奸臣角色，前後有二人：張邦昌與秦檜。他二人共同的特徵是媚主專權，通敵賣國；但迫害岳飛的動機，則有不同：張邦昌乃因岳飛槍挑小梁王，破壞他勾結巨寇以傾覆宋朝的陰謀，故而記恨報復；秦檜則源於前世深仇，加上今生爲促成和議而必須剷除岳飛。這兩個奸臣在《說岳》故事裡，前後輝映，使岳飛及其他愛國臣民，吃盡苦頭。比較起來，秦檜的陰狠更甚於張邦昌，因爲秦檜的迫害岳飛，是有正史根據的；而張邦昌實際上並不曾與岳飛發生任何關係，更不可能有仇隙與陷害的事件。

　　《說岳》第十二回，全國武舉考試，有三位主考官被小梁王行賄收買，「丞相張邦昌」便是其中之一。據《宋史》張邦昌於徽、欽二帝被俘後，雖曾受金人冊命，僭立爲帝，但他的行爲矜慎，每事不敢有僭意，頗似逼於金國而權宜攝政。他給金人的印象是「和柔謹媚」，僭位期間亦無禍國作爲〔註5〕，但《說岳》作者卻編撰許

〔註4〕見〈戰爭小說初論〉一文。
〔註5〕靖康元年，張邦昌副從康王入質於金；靖康三年三月，受金人冊立爲「楚帝」，前後

多情節，把他描寫成挾「朝廷權位」與「金人威勢」以迫害忠良的大奸賊，先是受賄行私，導致眾武舉鬧反，岳飛潛逃；第十七回，又奏遣李綱與宗澤往黃河抵抗兀朮寇軍，欲陷他倆於死地。第十八回，金兵入城，又主張送禮求和，三次搜刮宮廷與民間財物美女以獻敵，並親到金營請功云：「張邦昌特來獻上江山，今已耗費宋國財帛。」兀朮知他乃「宋朝第一個奸臣」，於是賜封「楚王」，要他設計奪取趙宋天下，他提議：「必須先絕了他的後代」，乃騙取趙王、康王、徽欽二帝、及「五代先王牌位」，入金營為質；然後請兀朮帶兵回國，丟下殘破無主的汴京，由他留守。第二十四回，又從元祐太后騙得「傳國玉璽」到金陵進獻高宗，受封右丞相，又遣送婢女荷香入宮，迷惑高宗：「只要誘他荒淫酒色，不理朝政，便可將天下送與四狼主（兀朮）了。」第二十五回，他假傳聖旨，召岳飛回朝，誣以「進宮行刺」的罪名，請旨處斬。幸得李綱、牛皋營救，才得審明冤情，識破奸計。張邦昌於是被削職逐出。第三十七回，高宗君臣出奔避敵，夜宿張邦昌府中，被出賣給金兵，幾乎遭擒，幸得張妻私放脫險。他的陰謀不成，反為金兵抄家並擄走。第三十九回，牛頭山決戰前夕，兀朮把張邦昌代替「豬」為供品，殺了祭旗，這才應驗了他在第十一回所立的毒誓：「若有欺君賣法，受賄遺賢，今生就在外國為豬，死於刀下。」根據上述引證，《說岳》裡張邦昌的兩大惡行是：出賣宋朝，迫害岳飛。第二十四回，作者以詩評他：「欺君賣國無雙士，嚇鬼瞞神第一流。」他的罪惡不可輕饒，作者讓他死於自己的毒誓，且行刑的正是他極力討好的金人，作者諷刺說兀朮從開始便厭惡這種賣國求榮的奸臣，但因「目今正要用著奸臣的時候，須要將養他；且待得了天下，再殺他也不遲。」（第十八回）類似張邦昌這種奸臣，必無好下場，不論在本國或敵國，都被看作「禽獸不如」，而應宰殺以謝天下的。

張邦昌死後，接替的是秦檜，《說岳》第四十回到四十五回，牛頭山決戰，宋軍全勝，高宗遷都臨安，兀朮因為軍事慘敗，乃決定用「以漢制漢」的計謀，派遣秦檜回宋朝作奸細，從此，岳飛步步踏入冤冤相報的厄運。《說岳》安排秦檜出場的時間，緊接在張邦昌死後，以作成二人的比較：他倆雖同為奸臣，且都通敵賣國：但張邦昌只為個人利害而企圖在南、北宋的混亂裡混水摸魚，其技倆並不高明，既得

僭位三十三天，由於人心未附，他便率百官上表迎請康王回京嗣統。建炎三年，因群臣彈劾，被高宗賜死潭州。他的最大罪狀即是：受金國偽命而僭帝位，如李綱云：「張邦昌為國大臣，不能臨難死節，而挾金人之勢，易姓改號，宜正典刑，垂戒萬世。」但其罪行若比起劉豫的僭為「齊帝」八年，作金人傀儡，招叛納亡，與宋為敵，侵寇宋疆，則似又微不足道。並且，據說他僭位後：「不御正殿，不受常朝，不山呼及稱聖旨；與執政侍從坐議，必自稱名；遇金人至，則遽易服；禁中諸門悉緘鎖，題以：臣邦昌謹封。易詔曰：手書。」

罪宋朝，又惹厭金邦，落得死於非命。秦檜則陰毒知機，無往不利。第十八回，張邦昌自請作奸臣，要斷絕趙宋後代；秦檜卻表現出忠臣的擔當，自願保趙王質於金營。第四十六回，兀朮戰敗，改變策略，恩養秦檜，派他回宋朝為內應，因此，他終身的作為乃是：以忠臣的身分，作奸臣的事業，效命金邦，蠶食宋朝，奉承金人意旨而誘導宋君達成和議，並從中取利。他的手段高明陰險，不但取得高宗的絕對信任，且還得滿朝文武敢怒不敢言，所以他能長期享有富貴與權勢。

《宋史·奸臣傳》論云：

> 檜兩據相位，凡十九年，劫制君父，包藏禍心，倡和誤國，忘讎斁倫。一時忠臣良將，誅鋤略盡。其頑鈍無恥者，率為檜用，爭以誣陷善類為功。……開門受賄，富敵於國，外國珍寶，死猶及門。……晚年殘忍少甚，數興大獄。而又善諛佞，不避形迹。

又朱熹〈戊午讜議序〉亦云：

> 秦檜之罪，所以上通於天，萬死而不足以贖者，正以其始則倡邪謀以誤國，終則挾虜勢以要君，使人倫不明，人心不正，而末流之弊，遺君後親，至於如此之極也。

這兩段評論，單就秦檜的陰毒性格以說明他平生禍國殃民的大罪，但他這些無以倫比的罪行，卻無人能殺其氣焰，發其陰謀，反而使他享盡財勢且壽終正寢。這是因為高宗與他狼狽為奸所致。昏君、奸相，同為史家所痛憤。《宋史紀事本末》卷七十二，張溥論曰：

> 其（秦檜）歸，蓋金謀也。檜固國賊，扭逆無論；高宗構亦人主也，忘仇委身，寵終無二，獨何心哉？……（檜）始歆帝以愛親之名，而使之不忍不和；終教帝以拒兄之實，而使之不得不和。帝遂以檜為知我厚我，群臣莫及也。……帝構初奇檜、繼惡檜、後愛檜、晚復畏檜。厥念不恒，而同歸不肖。

這是把高宗與秦檜一併定罪，兩人互通聲息，敗壞南宋士氣人心，削弱其政治威信與國防勢力，終致中興無望，異族崛起，而後徹底亡國。

歷史事實如此。而宋元之際，便多有民間說書人與劇作家，以建炎、紹興年間的史事為主題，演述並諷刺秦檜的私通敵國、陷害忠良等事蹟。如元雜劇《宋大將岳飛精忠》頭折，兀朮云：

> 自靖康二年，某擄宋朝一人，乃是秦檜，舉家數口在某營中四年，某待他甚厚。秦檜言稱道：「若放我歸宋朝，必封我為官，我願為大金細作。」

這裡肯定稱秦檜為「金諜」。又說秦檜歸宋後，與李綱、岳飛等人辯論「和」、「戰」

的利害，盛誇兀朮的兵強將勇，以嚇阻諸將出戰；繼而陳述戰陣的凶險，勸誘諸將以和議自保，坐享官祿。這些話語完全是爲兀朮作說客，消沮宋將的鬥志，但岳飛識破其奸謀，反唇相譏：「學士你一心順金，並無輔國之心，專主和議，賣國求權……坐國家琴堂，食王君俸祿，全無盡忠之心，盡懷反叛之意，故將官位欺人，是何道理也？」嚴厲的指斥秦檜「藉外權以專寵利，竊主柄以遂奸謀」的用心。此劇雖於文辭、關目、規律各方面，都無可取，但對於揭發秦檜的爲金人細作而通敵主和，這個事實，則多有正史根據〔註6〕。

其次，元雜劇《地藏王證東窗事犯》第一折，藉岳飛自陳而說秦檜是個「挾天子令諸侯紫綬臣」，又云「見有侵境界小國偏邦，秦檜結勾起刀鎗」；也同樣肯定秦檜的「金諜」身分。再下去，則是明清傳奇，對秦檜的特殊身分與賣國行爲，也都有明確的指陳，如《精忠記》第九齣，秦檜自道：

> 政和年間，狀元及第，官授御史之職。自汴京失守，將下官與夫人擄至金邦，曾與大金盟誓，得放還鄉，願作他國細作……我許大金和議……。

又《精忠旗》第四折，兀朮云：

> 我想必須一面鞠旅陳師，一面通和講好，將他金帛年輸歲運……使他君臣宴息偷安……那南官兒只秦檜一人常講和議，我主一向賜在撻懶部下，如今只得縱他南還，暗中行事。

《如是觀》第十齣，兀朮對秦檜夫妻言：

> 俺要你夫婦到南朝去做個細作，記俺十二個字……主和議、收甲兵、逐李綱、殺岳飛。此四件事你須牢記著……事成之後，富貴不小。

熊編《演義》卷四，秦檜對撻懶云：

> 我初入使金國，重感金主不殺之恩，誓以死報，第恨無由耳。如元帥肯放檜歸於本朝，但是那裡有的消息，便先暗暗說將來，使這裡預先知道；這裡有事若傳將去，都奏依行。那時眾將欲邀功者，吾竟阻之，必使爾國坦入中原，無慮也。

從這些文字看來，元明清三代的戲曲小說，都肯定秦檜是爲金國細作，被遣回敗壞宋朝基業的。由這個前提出發，於演述他後來主和誤國、殘害忠良的故事，便可簡化其行爲居心而視爲當然。

《說岳》對秦檜的奸臣造型與情節描述，比較複雜。且涉及神話背景，而有其獨特的意義內涵。第十八回，新科狀元秦檜自請保送「趙王」入質於金，趙王驚死，

〔註6〕李安《岳飛史蹟考》外編第二章「秦檜通敵史實」，例舉三十七條證據，以說明秦檜爲金諜，並奉承金人旨意，爲主和議而殺岳飛。

他被扣留營中，後來兀朮起兵回國，還特別派人「移取秦檜家屬」同行。作者預示秦檜後日的作用云：「有分教：徽欽二帝，老死沙漠之鄉，義士忠良，盡喪奸臣之手。正是：無心栽下冤家種，從此生將禍患來。」〔註7〕其後，第四十五回，兀朮於牛頭山慘敗，改用和平攻勢以瓦解宋朝鬥志，他的軍師提供秦檜作為奸細人選，云：「我看此人乃是個大奸臣……狼主可差人去尋他來養在府中，加些恩惠與他，一年半載，必然感激；然後將些金銀送他回國，叫他做個奸細。這宋室江山，包教輕輕的送與狼主受用，豈不是好？」第四十六回，兀朮收用秦妻王氏為侍役，並聘秦檜入府為參謀。如此恩養一載有餘，遣之回宋朝，臨行約定：「臣夫妻二人，若得了好日，情願把宋室江山送與狼主。」乃到五國城討得二帝詔書回國，高宗封他為禮部尚書。作者說「此是紹興四年初秋之事也。」又作詩諷刺秦檜的變節從虜云：「錚錚義不帝邦昌，一過燕山轉病狂；臣妾自南君自北，莫尋閒事到沙場。」這段情節有兩處於史不符，但其中的許多疑問與細節，史學家至今亦不能確定真相如何〔註8〕，因此，本文亦不深究；戲曲小說自有一套說詞，這才是我們探討的重點。

《說岳》所述秦妻王氏與兀朮有私情勾結，而秦檜貪圖衣食恩養，竟對此事「眼開眼閉，只做不知」；作者以這種賣妻求榮的情節諷刺秦檜夫妻的喪節無恥，是有其傳說的來源：《精忠旗》第四折，兀朮決定派遣秦檜回宋為細作，卻先召見王氏，演出一段私情纏綿的對話：

> （兀朮）：夫人，我與妳萍逢大海，遂結聯盟，只妳鳥戀南枝，應還故國。
>
> （王氏）：我丈夫荊榛餘息，得蒙不殺之恩：賤妾荊布下陳，上托同心之好方擬百年奉待，忍言一旦拋離？

兩人又互相盟誓，不忘舊情，王氏說：「妾見中原男子，都是脆弱，及侍太子，始知人間有男子耳。」兀朮贈以明珠一顆，約定和議得成，便「相見有日」。又《如是觀》

〔註7〕這段情節與正史不符，秦檜夫婦是被擄至金國，而非保「趙王」入質於金。靖康二年二月，金人俘二帝，廢為庶人，擬議改立張邦昌為君，當時滿朝文武只有秦檜與馬伸、吳給三人，共立議狀，乞存趙氏，金人怒，執檜北去。又前引元明清戲曲小說，也都說明秦檜夫妻於汴京城破時被擄，並無保親王入質之事。《說岳》改撰此事，不知有何根據。

〔註8〕關於秦檜夫妻在金邦的經歷，據《大金國志》、《宋史紀事本末》、《金國南遷錄》、及《三朝北盟會編》等書，都說他被撥在撻懶帳下效用，曾任參謀、轉運使等職；又曾為粘罕草檄侵略淮上。後來金人商議派遣奸細到宋朝主持和議，撻懶云：「只有秦檜一人可用。我喜其人，置之軍前，試之以事，外雖拒而中常委曲順從……縱之歸國，彼必得志。」乃安排他的歸國事宜。其次，關於秦檜夫婦回宋的過程，據他自己向朝廷的報告，說是謀殺監視的金辛而奪船逃歸。但據趙甡之《遺史》、朱勝非《秀水閒居錄》、《林泉野記》、及王明清《揮塵錄餘話》等書，都懷疑他是由金將粘罕「使乘船艦，全家厚載而還，俾得和議為內助」的。

第七齣，把這件事更寫得極為露骨可恥，秦檜為搏取兀朮歡心，無計可施，竟教使其妻王氏扮作採桑婦人，誘引兀朮成親，秦檜且舉酒稱賀云：「但恐拙妻不堪侍奉太子，倘蒙不棄，臣之幸也。」王氏乃於枕席間向兀朮獻計，放他夫婿回國為奸細。以上這兩齣戲的類似情節，被《說岳》沿承而略加改動，使王氏成為秦檜與兀朮間陰謀的媒介。

《說岳》第五十回開始，便是描述秦檜夫妻歸國後，所做各種妒賢賣國的事。名義上雖是秦檜主持其事，背後均是王氏在設計促成的：因為王氏與兀朮有過親密的關係，比較善體金國的意旨，而隨時提醒並督促秦檜在宋朝為細作的任務。甚至，多數時候，她對於為金國服務以出賣宋朝的事情，表現得更為積極主動，且無所顧忌。《說岳》即以這種心態，把大部分的罪過推到王氏身上：

> 古人有云：「青竹蛇兒口，黃蜂尾上針；兩般不為毒，最毒婦人心。」
> 那男子漢狠殺，有時或起一點不忍之心，惟有那婦人，稟著天地間純陰之氣，所以起了毒意，再無迴往之心。

第五十回，岳飛征討楊么將成，回朝報功，高宗發下三百罐御酒犒賞，那王氏竟瞞著秦檜，在酒裡下毒，作者云：「她的心上，思想藥死岳飛並那一般將卒，好讓四太子來取宋朝天下。你想這等心腸，豈非比蛇蜂更毒麼？」第五十九回，兀朮傳蠟書給秦檜：「若能害得岳飛，方是報我國之恩：倘得了宋朝天下，願與汝平分疆界。」秦檜問計於王氏，王氏要他矯旨召回岳飛，「然後再尋一計，將他父子害了，豈不甚美？」第六十一回，万俟卨與羅汝楫勘問岳飛，不能定供判罪，王氏乃以火筋在爐灰上寫著：「縛虎容易縱虎難」，並授意秦檜，藏紙條於柑皮內，命勘問官趁夜將岳飛父子勒死，作者詩云：「喪盡良心毒計施，婦人長舌匪夷思；黃柑斷送三良命，冤獄千秋載口碑。」猶有甚者，第六十三回，秦檜要處斬岳飛全家，經不起韓世忠夫人的質問，乃改判「發落雲南為民」；王氏卻說：「相公難道真個把岳家一門多免死了？倘他們後來報仇，怎麼處？」必要秦檜把岳飛家族趕盡殺絕，才能滿願。《說岳》這樣描寫王氏的陰狠歹毒，把秦檜名下的大部分罪責歸諸王氏的主使，一則諷刺秦檜的奸而無能，謀及婦人；一則讓王氏有機會向岳飛報復，因為他們前世有一啄之仇。

《說岳》所述秦檜罪狀，似僅「陷害岳飛父子」一項，作者說秦檜的被釋歸國，乃兀朮於牛頭山慘敗後採用的和平攻勢，因此，秦檜在宋朝的唯一任務，便是對付岳飛而已。根據《宋史》與《大金國志》的記載，秦檜歸宋為細作，最重要的工作是：促成和議以瓦解宋朝的鬥志。「殺岳飛」只是和議的條件之一。但《說岳》乃以岳飛的故事為主題，必然要刪減與他無直接關係的事蹟，故事中把秦檜同盟的時間

改為「紹興四年初秋」，比正確的記載延後四年。此時，唯一他能做的，便只是劃除岳飛。再從本書的神話背景來看，鐵背虬龍投胎為秦檜，原只為報復大鵬岳飛的啄傷之仇而已。此外，他與其餘人事並無任何糾葛。

其次，《說岳》把陷害岳飛的陰謀，歸咎於王氏，簡化了秦檜本人的心機與才幹。但據引歷代史論家對秦檜人格的分析，可知他的城府之深，計謀之狠，絕不輸於王氏〔註9〕。且史書並無王氏參與秦檜奸謀的事。《說岳》歸罪王氏，乃從明清傳奇沿承而來的觀念。如《精忠記》第九齣、十一齣，秦檜兩次向王氏求教陷害岳飛的辦法，王氏云：「你如今差人告他一狀，按兵不舉，與金國同謀。奏過聖上，取回班師，送下大理寺勘問，暗分付問官，害他性命。一來報金國之恩；二來顯你大權。有何難處？」又《精忠旗》第六折，秦檜云：「且喜夫人與我同來，又多機警，可謀大事。」乃向王氏商量和議的計策，王氏云：「相公少年多讀了兩行書，留著道理在胸中，不好行事。如今把那些道理一齊撇下，放出毒手來。」這兩本傳奇都提到秦檜問計於王氏的事，但未能刻劃出王氏的精明歹毒，在《如是觀》傳奇中。對此才有較詳盡的發揮。第五齣，秦檜云：

> 又喜我夫人巧言舌辯，她原出自名門，乃王莽、王敦之後，欺君誤國，家教相傳，區區多賴她指教。前日金兵渡河，我夫妻被擄，一時沒了主意，我就與夫人商議……被她說得如醉方醒、如夢方覺，因此，我就一報轉身來，虛心下氣，降了金邦。

王氏教秦檜的是：「你如今只得做個身在南朝心在北，上合天時，下合人意，我包你一生的富貴了。」秦檜讚云：「平生自謂能得失，全賴妻賢德。」第十六齣，王氏要秦檜矯詔調回岳飛，再謀個罪名，加刑殺死。秦檜說：「妙吓，此非人謀，真乃仙機也。」

上述三本傳奇的歸罪於王氏陰毒，為《說岳》所沿承，而又多加一項神話解釋：即女土蝠與大鵬的宿仇，這便使得整個故事與人物心態更加合乎情理。

再來談到關於「爐灰畫字」與「食柑藏票」二事，在南宋筆記《朝野遺記》有一則云：

> 秦檜妻王氏，素陰險，出其夫上。方岳飛獄具，一日檜獨居書室，食

〔註9〕據丁傳靖《宋人軼事彙編》引《三朝北盟會編》云：「檜性陰險，乘轎馬或默坐，常嚼齒動腮，謂之馬啗。相者謂：得此相者，可以殺人。」又引《山堂肆考》云：「秦檜初為太學生，說秦長腳。一日睡於窗下，有異人來詣檜，語其同舍郎曰：他日此人誤國害民，天下同受其禍……。」這些預言已經說明秦檜稟性的陰毒可怖，足以傾國家，禍天下。

柑玩皮，以爪劃之，若所思者，王氏窺見，笑曰：「老漢一何無決耶？捉

虎易，放虎難也。」檜犁然當心，致片紙付入獄，岳王薨於棘寺。

這則記載岳飛的死，乃王氏授意秦檜，令其暗殺於獄的。但據史家考證，殺岳飛一事，乃秦檜具獄，高宗賜死的〔註10〕。而這則記事歸咎於秦檜的擅旨謀殺，實有替高宗掩飾的意思。後世戲曲小說，多採用這個寫法：如《精忠記》第二十齣，王氏授意秦檜撈空柑子，藏紙其中，付與勘官，吩咐於風波亭殺害岳飛父子。《精忠旗》第二十四折，關於此事的內容，與《朝野遺記》全同，又熊編《演義》卷八「秦檜矯旨殺岳飛」，則兼有爐灰劃字及食柑玩皮的情節。《說岳》乃綜合《精忠記》的柑皮藏書及熊編《演義》的爐灰劃字而成。此二事的內容雖甚簡單，但因發生地點，都在秦府「東窗」下，就關聯到下一章要談的「東窗事犯」的相關戲曲及小說系統。在這裡，僅先提及其故事因緣。

最後，要談到另兩個與岳飛冤獄有關的奸臣：万俟卨與張俊。《說岳》第十回，秦檜將岳飛發下大理寺囚禁，因周三畏不肯審理此案，掛冠而去；乃改命万俟卨與羅汝楫共同推勘，這三人在第四十三回牛頭山之役，曾因侵吞軍糧而被岳飛杖責，心懷怨恨。後來投在秦檜門下，「如狗一般」的諂媚走動，終於被拔昇為大理官，代替勘問岳飛。他便想趁機報復當年的仇恨。依本書的神話背景，万俟卨乃大鵬在黃河邊啄死的團魚精轉世，既有宿怨，又結新仇，合該岳飛要死在他手裡。且據正史記載，万俟卨與岳飛也確有過節〔註11〕，万被《宋史》列於「奸臣傳」，曾陰助秦檜以誣陷岳飛。因此，後世戲曲小說便以反派角色的形象刻劃他。如《精忠記》第十七齣，万俟卨自道：

下官自幼不識文墨，長大那懂行藏，不分忠孝與賢良，到手何曾輕放？

作者把他寫成一個不學無術，善於巴結的酷吏。他又發明一種「按麻問、剝皮拷」的刑法，專門對付岳飛。第十八齣說明他與岳飛結怨的原因：「叵耐岳飛，我前日解糧到邊上去，略遲了些，被他細問起來，打四十棍。」

〔註10〕見李安《岳飛史蹟考》外編第一章「宋高宗賜岳飛死於大理寺考」註。

〔註11〕《宋史》列傳卷二三三「奸臣」四云：卨提點湖北刑獄，武穆宣撫荊湖，遇之不以禮，卨憾之。入覲，調湖南轉運官，陛辭，希檜意譖飛於朝，留爲監察御史，時檜謀收諸將兵權，卨力助之。言：諸大將起行伍，高官大職，已極其欲，盍示以逗留之罰，使知所懼。張俊歸自楚州，與檜合謀擠飛，令卨劾飛對佐言「山陽不可守」。其後，更代何鑄以治岳飛之獄。又據鄭烈《精忠柏史劇》考證，岳飛當年對万俟卨不禮的原因是：岳飛宣撫荊湖，万俟卨面陳「足兵」、「足財」、「樹威」、「樹人」四策以討好，岳飛不悅，云：如你所言，簡直是教我擁兵自衛，割據稱雄。因而得罪万俟卨，後來被譖於朝，言：襄漢乃國家咽喉，飛久鎮其地而深得民心，非常之變，不可不防。

其次《精忠旗》第十二折，對万俟卨的嘴臉亦有痛快的刻劃，極盡挖苦之能事：

> 小人似我眞乾淨，沒滲入些兒公正，借將他執拘蠱殘生，做我權門薄敬。若要做好官，好人抖一邊；若要好官牢，好心用不著。我万俟卨，心懷險毒，性賦貪污，但弄得他人有些不祥的機括，便與我無一毫利息，也笑上半年；只打聽得那家有些略好的風聲，並與我沒半點私仇，也惱成一病。做作無窮身分，先算計，搏換得當朝顧盼，只愁沒出色的卑膝奴顏，喜歡現在興頭，常思量，包攬盡舉世榮華，又管什麼……我便一生受用不盡。

這種小人形象，原要害盡天下蒼生的，也不專爲岳飛而設，而岳飛卻落在他手裡。這些戲文內容對万俟卨的描繪，都在解釋他爲何接理岳飛冤獄，且成爲捏造供詞、殺害岳飛的執行者：除了賦性陰狠毒辣外，又因岳飛曾得罪他。這些因素，都被《說岳》沿用，且加入前世怨仇。

　　再來，談到張俊。在大部分的歷史記載裡，都把秦檜、万俟卨、張俊三位並列造成岳飛冤獄的主要人物；而就捏造岳飛父子謀反的證據而言，張俊的主意最多。《宋史·岳飛傳》對於張俊忌恨岳飛的原因，記載甚詳。至少有七件事，但最根源的理由，則是張俊的「嫉妒」。據《宋史》列傳一二八云：張俊「起於諸盜」，徽宗年間從軍，征討群寇。汴京破，二帝北狩，他三次上表請高宗即位，因而深得寵信，累加拔擢，但其人格卻不佳，列傳云：「帝於諸將中眷俊特厚，然警勅之者不絕口：自淮西入見，則教其讀郭子儀傳，召入禁中，戒以勿與民爭利，勿興土木。」又《雞肋編》載軍中戲言「張太尉鐵臉，乃謂其無廉恥不畏人」。《堅瓠集》形容他「在錢眼中坐」，則是說他貪好財貨。綜合而言，張俊乃因勸進有功，得高宗殊寵，於是挾此恩榮而貶抑諸將。岳飛曾在他幕下爲列校，後因戰功累積而晉位，與張俊齊等，且高宗曾對岳飛云：「中興之事，朕一以委卿。」更使張俊妒忌，再加上岳飛的軍事才幹與人格威望，亦非張俊所能及：這些都伏下迫害的前因。紹興十一年三月，諸將奉詔班師，張俊察知秦檜主和，便力贊其議；又自動納還所統軍隊，以迎合朝廷收回諸將兵權的意旨。八月間，協助秦檜逼誘王貴與王俊出首岳飛叛亂的僞證，且私下逮捕張憲下獄刑求，誣陷他與岳飛謀據襄陽爲亂。岳飛父子竟因這些莫須有的罪名而處死。起初，因爲張俊附會和議，秦檜許以「盡罷諸將，獨以兵權屬之」，但岳飛死後，張俊不知退藏，妄想總攬大軍，秦檜乃唆使朝臣劾論其罪云：「俊據清河坊以應讖兆……他日變生，禍不可測。」於是將他罷黜逐出。紹興二十四年七月，張俊病死，高宗親臨祭奠，哭之甚慟，封爲「循王」。

　　綜觀張俊生平，享盡榮華富貴，且獨得高宗眷寵；但因貪狠妒忌，助檜殺飛，

而成爲後代唾責的罪人。明傳奇《精忠旗》提及張俊。第十七折「群奸構誣」：

> （張俊自道）：起於諸盜，頗負才氣，以勤王有功，累陞樞密使之職，
> 素與岳飛有隙，每每要尋個什麼計較下手他，再不湊巧，幸得秦丞相心下
> 著實不喜歡他，我正好趁此因風吹火，一來去眼中之釘，二來又奉承了丞
> 相，豈不一舉兩善？

爲此，他詔諛秦檜，陰貶岳飛，脅迫王貴與王俊，逮捕張憲下獄。這些事蹟，大抵都本於《宋史·岳飛傳》而鋪演。此外，熊編《演義》卷七「秦檜定計制兵權」，亦述及張俊的劣迹云；諸將班師後，俱封樞密院職：

> 世忠等既承封爵，各具表會同謝恩。唯張俊懷不平。退居府中。自以
> 爲岳飛年少於我，初只列在將校之中，今日職位拔起，居我之上，必須謀
> 陷之，方雪此恨。

於是決定「以罷兵首秦檜，將所部隸御前，庶示不復用兵之意；且力贊和議，重結於秦檜。」從此，兩人互相結納：「秦檜有所爲，必謀於俊；俊圖得高位，亦盡心爲之措置。」以後便是誣陷岳飛父子的故事。

　　《說岳》對張俊的描述，完全背離正史，且略去他參與岳飛冤獄的事實。第十二回，他以「右軍都督」的身分附從張邦昌、王鐸爲武舉主考，受賄而迫害岳飛，曾對天立誓：「如有欺君之心，當死於萬人之口。」第二十五回，岳飛被張邦昌誣陷，牛皋領兵往救，張俊職居「後軍都督」，奉命出城抵拒，大敗而歸。自此，再無下文。到第六十九回，岳飛死後，岳霆等人在臨安打擂台，誤殺其子張國乾。第七十二回，黑蠻龍殺進三關，替岳家報仇，被張俊設計捕捉。第七十四回，高宗死，孝宗即位，平反岳飛冤情，捉拿秦檜黨徒定罪，張俊的罪狀爲：「身爲大將，不思報效，專權亂政。誤國害民。」應處以極刑。第七十五回，臨安百姓因張俊往日作惡多端，都恨之入骨，商得岳夫人恩准，把張俊綁在樹上，一人一口，把他活活咬死，應驗了當日武場的誓言。

　　《說岳》如此描寫張俊，只爲說明「報應不爽」的觀念，卻無具體的罪狀，不足以說服讀者。但故事這樣演述，竟影響及於民間的習俗，《庸閒齋筆記》有一則記載云：

> 小說家無稽之語，往往誤人。《岳傳》載張俊陷害岳忠武，後爲諸將
> 咬死，於是吳俗遂有「咬死人不償命」之說〔註12〕。

這是出乎意料的附帶作用。更有趣者，清朝光緒年間，周穎芳所編《精忠傳彈詞》

〔註12〕見蔣瑞藻《小說考證》轉引。

第五十回，敘及一段張俊的故事。大略云：岳飛軍屯駐朱仙鎮，兀朮無處進兵，乃命喇罕分兵往取淮西，因為：「張俊坐鎮其地，能力本弱，較易攻取；加以張俊係與秦檜同黨，此去必能制勝。」又云：張俊在淮西，仗著秦檜勢力，無惡不作。父老不堪其虐，參謀造反。張俊猶不在意，仍與擄得民女作樂。後聞知金兵到來，卻說：「就失了這淮西，也值不得什麼大事，且等四太子進了長安，殺了那昏君……你可曉得老爺是秦相門下第一個得意的人？秦相是私通金人的，兩下俱有關照，只要候喇罕二大王來至城下，你老爺自會門城迎接的。」便換了金邦官服要出城降順，百姓卻於此時叛變，張俊大驚，從狗洞逃走，卻跌進一個「過往行人溺便窩」，幸得家奴救起，作者形容他的慘相：

> 糞蛆入耳溺滂沱，幾番跳躍無門路，流來蕩去急如梭……齷齪情形言不盡，有污霜毫寫佞臣，地中爬起奸張俊，臭氣薰天了不成；渾身尿糞糊頭面，從何下手脫衣襟？內中有個高年僕，硬著頭皮代洗清；上下衣衫都脫下，宛若豬羊待典刑。

又家奴為他洗刮乾淨後，唯有臭氣去不掉，他說：「臭氣倒隨他去罷，秦相爺也有這股氣味呢！」這本彈詞把張俊諷刺得極為不堪，足見民間自有公論，敢於史實之外，表達他們對古今人物的批判，並執行所謂的情感制裁，張俊便是一個觸犯民間公憤的典型例子。

第七章 以報應與地獄爲主題的四段情節

　　《說岳》第六十回以後，敘述四個與「岳飛冤獄」間接相關的故事，這些故事的來源都很早，且其內容有共同的主題——善惡「報應」與「地獄」觀念的闡釋。但所述事蹟純屬民間傳說的系統，本文把它獨立一章來討論。又《說岳》這四個故事是按時間次序而夾雜敘述的，本文爲使頭緒清楚，改用紀事本末的方式，以主角人物爲線索，分四節說明其源委，再總括其主題作結。

第一節　憤冤情哭訴潮神廟

　　《說岳》第六十回，岳飛回到臨安，被秦檜誣罪下獄，當時臨安有王能、李直兩位財主：「本是個讀書君子」，深知岳飛受屈，便上下使錢，拜託獄卒，爲他療傷服侍，保得岳飛在監中安然無事，第六十一回，岳飛父子死後，王李二人「暗暗買了三口棺木，抬放牆外；獄卒禁子，俱是一路的，將三人的尸首，從牆上弔出，連夜入棺盛殮，寫了記號，悄悄的抬出了城，到西湖邊，爬開了螺獅殼，將棺埋在裡面。」第六十三回，岳妻前來收尸，王李二人暗貼報條：「欲覓忠臣骨，螺獅殼內尋」。《說岳》把埋尸的事附會於此二人，作個引子，以介紹他倆性格的忠直，及對冤獄的關切，便於接入後文「哭訴潮神廟」的情節，因爲後者才是重點。

　　《說岳》之前的戲曲小說，提及王、李二人事蹟的，只有熊編《演義》卷八「陰司中岳飛顯靈」一則，說他倆是臨安城的「達者」，因見岳飛父子銜屈而死，家口遷徙嶺南；而秦檜位至三公師保，一門享福，並無報應。二人心懷不平，引經據典的談論「天地間是否有鬼神」之事，並無結論。後又商議云：

> 如今岳飛之死，秦賊之奸，天下共知，既有鬼神，爲何不加報於奸臣
> 者乎？吾聞城外有伍員之廟，至有靈感……此神之事，與岳飛相仿；神若

有靈，必與岳飛父子雪怨。

二人於是到廟中拈香拜祝，並作下一篇情辭懇切的祝文，「顯神伍員」聽畢大怒，回天庭奏知，玉帝於是頒旨，命岳飛父子及張憲陰魂往秦府顯靈索命，秦檜經此一嚇：「每日恍恍惚惚，似醉如痴，寢食俱廢，不拘晝夜裡，但合眼便見岳飛三四人，向前討命……。」於是與妻商議，前往靈隱寺供佛懺罪，超荐亡魂。

熊編《演義》所述王能、李直事，到此爲止。《說岳》據而發揮，略加改動：第六十九回，二人於岳飛死後，便「身穿孝服，口吃長齋」；又認爲朝內官員皆懼秦檜，無處伸冤，只陰間神道，正直無私，必有報應。於是「各廟燒香，虔心禱告。如此兩三年，並不見有些影響。二人又惱又恨，就變了相：逢廟必打，遇神就罵。」某次，走到錢塘江邊「潮神廟」，竟氣忿的把伍子胥神像搗毀。伍神回天庭奏聞此事，太白金星查明前世因果，玉帝云：

> 此龍（秦檜）雖係報冤，但洪水泛湯陰，殘害生靈，自犯天條，如何又去謀害忠良？實爲可惡！今命眾魂往各家顯靈吵鬧，待眾奸臣陽壽終時，罰去地獄受罪。

當時秦檜正草擬章奏，要興大獄，害盡韓世忠、劉錡等人；岳飛陰魂將他一鎚打倒，昏迷不醒，後來，與妻商議，去靈隱寺齋僧超荐。

上述熊編《演義》與《說岳》關於王、李二人伸張正義的故事，其重點都在透過伍子胥爲岳飛父子鳴冤，這是歷代傳說及其他戲曲小說所未見的。至於後段「陰魂顯聖」的情節，則前有所本，如《堅瓠甲集》卷四「東窗事犯」引《夷堅志》云：

> 後檜挈家遊西湖，忽得暴疾，見一人瞑目厲聲曰：「汝誤國害民，我已訴於天，當受鐵杖於太祖皇帝殿下。」檜自此怏怏以死。未幾，子熺亦亡。

又岳珂《桯史》卷十二「秦檜死報」亦云：

> 秦檜擅權久，大誅殺以脅善類。末年因趙忠簡之子汾以起獄，謀盡覆張浚、胡安國諸族。奏牘上矣，檜時已病，坐格天閣下，吏以牘進，欲落筆，手顫竟不能字，其妻王氏在屏後搖手曰：「勿勞太師！」檜猶自力，竟仆於几，數日而卒。

《夷堅志》及《桯史》並未明指秦檜於湖中所遇鬼及暴死的原因。而岳飛顯聖的最早記載是元雜劇《地藏王證東窗事犯》第三折，岳飛於夢中向高宗訴冤，請代他報仇。其後，明傳奇《精忠旗》第三十二折「湖中遇鬼」，第三十三折「奸臣病篤」把這些傳說結合成一段完整的故事：秦檜夫妻遊湖遇鬼，生出一場大病，卻不知悔改，病中又起大獄，但被岳飛等陰魂折磨幾死。又《古今小說》卷三十二「遊酆都胡母

迪吟詩」也記述此事。《精忠旗》與《古今小說》皆爲馮夢龍編寫重訂，其故事內容大致相同。而熊編《演義》，描述這段顯聖的情節，是附在王、李二人哭訴湖神廟之後，且秦檜夫妻並未因此便病死。《說岳》探納了上述的所有傳說，重新編次，或爲最完備的故事單元。

第二節　靈隱寺進香遭僧戲

　　《說岳》第七十回，秦檜於家中遇鬼之後，與妻王氏到靈隱寺修齋拜懺，由此演出一段精彩玄妙的情節，可說是全書故事的高潮。其表現的重點，都在秦檜與瘋僧的對話，使用許多諧聲相關的隱語，揭發雙方心照不宣的隱情。

　　這段情節的來源很早，且流傳甚廣，元雜劇《地藏王証東窗事犯》便是完整的演述此事。第二折開場云：「吾乃地藏神，化爲呆行者，在靈隱寺中，泄漏秦太師東窗事犯。」接著指明秦檜來靈隱寺的緣由是：「知你怕心也！你那夢境惡，故來俺山寺裡，祝神祇，禮懺會。」又諷刺秦檜云：「只爲你奸猾狡佞將心昧，你但舉意我早先知，知你結勾他邦，可甚於家爲國。」再來便是借「火筒」爲喻：挾權倚勢、節外生枝；又借「饅頭」爲喻：百姓每恰似酸餡一般，肚皮塡包著氣。這兩個借喻乃是嘲諷秦檜勾通金人，賣國求榮；傾陷忠良，壓迫百姓。最後，呆行者歷數秦檜屈賢害忠的罪行，要他仔細參詳八句詩：

> 　久聞丞相理乾坤，占斷官中第一人。都領群臣朝帝闕，堂中欽伏老
> 勳臣。有謀解使蠻夷退，塞閉奸邪禁衛宵；賢相一心忠報國，路上行人
> 說太平。

這是一首藏頭詩，直唸其句似在稱讚秦丞相的功勞；但八句橫排，連讀第一字則是：「久占都堂，有塞賢路」，指斥秦檜的險詐。呆行者臨退前又說秦檜惡貫滿盈，岳飛三人已在陰司等候，而「有一日東窗事犯知我來意，只怕你手搊著胸脯恁時節悔。」

　　這本雜劇有關戲弄秦檜的重點，在於借「火筒」、「饅頭」爲諷諭，以及八句藏頭詩。這種表現方式較爲特殊，曲折的傳達作者對秦檜的痛惡與批判，因而被後代的劇作家與小說家所承襲，在敘述岳飛故事的作品中，成爲一個獨立的單元，且經不斷的演述而形成系統，如《精忠記》第二十七齣、二十八齣，便是這個故事的再現。其緣起是：幽冥教主地藏王「奉如來法旨」，化作風魔和尚，到杭州靈隱寺等待秦檜來時：「從頭點化一番，教他也知善惡報應。」接下去的情節與對話重新設計過：

1. 瘋和尚在香積廚寫下四句詩：「縛虎容易縱虎難，無言終日倚闌干；男兒兩眼英雄淚，流入胸襟透膽寒。」第一句道出秦檜夫妻於東窗下的私語；末一

句則故意把「膽」字寫小，諷刺秦檜云：「你的膽大，做出事來；我的膽小，不做出事來。」

2. 和尚名爲「葉守一」諧音「也十一」，合成「地」字，暗示「地藏王」。

3. 和尚手持笤帚，說是「要掃殿上這些奸臣」；並且放他不得：「放了他就要弄權」。

4. 和尚身繫「執袋」，裡面有個掏空的黃柑：「暗藏著不平之氣」。

5. 秦檜賞吃饅頭，和尚把餡弄掉，說：「別人吃你餡（陷），我怎麼吃你餡？」

6. 秦檜問：「你這病那裡得來的？」和尚云：「我這病東窗下得來的。」且不能醫治，因爲少一味藥「岳家附（父）子」。

7. 秦檜請和尚到冷泉亭講話，他說：「還到風波亭上好了事」。

8. 和尚弄神通，呼風喚雨，說：「這是一日連發十二道金牌來的」。風是「朱仙鎮上黎民怨氣」；雨是「屈殺了岳家父子天垂淚」。

9. 秦檜臨走前，和尚卻又寫詩送他，那紙是縐的，因爲從「蠟丸內取出來的」；詩云：「久聞丞相理乾坤，占斷朝綱第一人；都下庶民嗟怨重，堂中埋沒老功勳，蔽邪陳善謀皆死，塞上欺下罔萬民；賢相一心歸正道，路上行人說……。」這也是一首八句的藏頭詩，與前引《地藏王証東窗事犯》所列，只有二句相同。其首字連讀爲「久占都堂，蔽塞賢路」；但末句欠兩字而不全，和尚說：「若見詩全，你就要死哩。」這是諧音爲「施全」，預示稍後施全刺檜的事。

比較而言，《精忠記》第二十八齣，瘋僧戲檜的情節，形式與技巧，雖多沿承《地藏王証東窗事犯》而來，內容也多處相同，但《精忠記》增加了許多諷喻的細節，如前所列九項，皆非《地藏王証東窗事犯》所有，這就更詳盡的暴露秦檜傾陷岳飛的奸謀。

此外，熊編《演義》卷八「秦檜遇風魔行者」也載錄這段故事，內容與前述兩本戲文大致相同，只有幾許文字差異，如下所舉：香積廚題詩的第三句改作「三人眼內唧冤相」；又「膽」字放大寫，說是：「我膽字大，又不如你膽更大，上不怕天，下不怕地。」；又八句藏頭詩改作：「久聞大德至公勤，佔奪朝中第一勳；都總忠良扶聖主，堂宣功業庇生民。有謀解使諸方用，閉智能令四海遵；賢相一心調國政，路行人道感皇恩。」都不同於前二本戲文的內容；又借火筒爲喻的文字也改作：「雖是一截竹，他兩頭相通，若不是我拿住他啊，少時引得狼烟來，壞了人家舍積（社稷）。」除了這幾處文字差異，熊編《演義》又補入一段云：秦檜大怒，命人杖責和尚，他卻扯住案師大呼：「我觸犯丞相，只是無禮，不曾殺了大臣，如何便要杖我？」

綜合言之，熊編《演義》；對前述作品相似內容的增減修改，主要為著配合全書情節的佈局，更完善的表達作者個人的意念。

　　《說岳》這段故事的演述，大致是繼承熊編《演義》，而又略加改變的。第七十回云：秦檜夫妻往靈隱寺進香時，以三枝香默禱神明：「第一枝香，保佑自身夫妻長享富貴，百年偕老；第二枝香，保佑岳家父子，早早超生，不來纏擾；第三枝香，凡有冤家，一齊消滅。」這段禱詞，是《說岳》增補且獨有的，表現出秦檜作惡畏罰的心態。其次，方丈壁間的題詩、火筒之喻、瘋僧症狀的解說，大抵都承自前述作品，無甚新意，唯最後的八句藏頭詩，內容又完全改寫云：

　　　　久聞丞相有良規，佔立朝綱人主危；都緣長舌私金虜，堂前燕子永
　　難歸。閉戶但謀傾宋室，塞斷忠言國祚灰；賢愚千載憑公論，路上行人
　　口似非。

直接於字面揭發秦檜夫妻的罪狀，毫不隱諱。又此八句詩，原自完整無缺，而秦檜卻問：「末句詩篇何不寫完了？」作者於是又添補兩句：「若見施全面，奸臣命已危」，作為下文施全行刺的預告。

第三節　東南山見佛成神仙

　　《說岳》有關「何立」的故事，於第六十一回曾敘述他奉命往金山寺拘拿道悅和尚。但精彩的是第七十、七十一回，寫他再次奉命到「東南第一山」尋訪瘋行者，夢中入冥見秦檜受陰刑，並代為傳語王氏，最後修道坐化成為簑衣真人。這些事蹟的來源甚早，使何立成為傳說中的真實人物。

　　《堅瓠甲集》卷四引《夷堅志》佚文云，秦檜父子相繼死後，仍有下文：

　　　　方士伏章，見熹荷鐵枷，因問太師何在？熹泣曰：「在酆都」。方士如
　　言以往，果見檜與万俟卨俱荷鐵枷，囚鐵籠內，備受諸苦。檜屬方士曰：
　　「煩傳語夫人，東窗事犯矣。」

這可能是秦檜下地獄的最早紀錄，也是所謂「東窗事犯」一詞的來源。其中「方士」未有姓名，且當時秦檜父子都已去世。其後，元雜劇《地藏王証東窗事犯》第三折的楔子云：

　　　　自家姓何，何宗立的便是，奉太師鈞命，交西山靈隱寺勾提呆行者去，
　　誰想不見，唯留紙一張，上有八句詩……「棄了袈裟別了參，不來塵世住
　　心庵。二時齋粥無心戀，薄利虛名不意貪，性似白雲離嶺岫，心如孤月下
　　寒潭。丞相問我歸何處？家住東南第一山。」

後來，秦檜又命何宗立往「東南第一山」勾捉呆行者「葉守一」，何宗立路遇賣卦先生，指引他到鬼門關，卻見地藏王升堂，押解秦檜帶枷來見，秦檜教何宗立傳示夫人：「只說道東窗事犯。」又第四折云，何宗立陷在鄷都：「一去二十載無音信。」待回鄉，已是：「改換的日月別，重安的社稷穩。每應舊功臣老盡，今日另巍巍別是個乾坤。」大約高宗既死，孝宗即位，而秦檜亦已去世，只其妻王氏，聽說地獄刑報而痛哭愁悶而已。

這本雜劇把《夷堅志》中入冥傳語的「方士」，改作「虞侯何宗立」，且有「東南第一山」、「葉守一」等情節，可以說，何宗立入冥的故事，至此已極完備。而《堅瓠甲集》引《七修類稿》又有云：

> （元）盧陵張光弼有「簑衣仙詩」……詩有引云：「宋押衙何立，奉太師來往東南第一峰搆幹，恍惚一人引至陰司，見檜對岳事，令歸告夫人，東窗事犯矣。復命後，即棄官學道，蛻骨，今蘇州玄妙觀簑衣仙是也。」

此段記載又改成「宋押衙何立」，且多出後來學道成仙的傳說，更由其廟而肯定其為真實人物。但據南宋岳珂《桯史》所錄「何簑衣」其人其事云：

> 何本淮陽胊山書生也……嘗授業於父，已能文。一旦焚書裂衣遁去，人莫之知。既乃歸，被草結廬於天慶觀之龍王堂，佯狂妄談，久而皆有驗，臥草中，不垢不穢……。

這個何簑衣的傳說事蹟，與簑衣仙何立，並無相似之處，可能是元代以後的牽合附會，使二者相關。總之，至少在元明之際，所謂押衙何立入冥成仙的故事，已經頗為盛行。如明代李日華《昨非庵日纂》載有秦檜皂隸「錢一」，因為陰助受刑人而乘雲昇天，可能是何立故事的仿造。此外，傳奇戲曲亦有搬演何立事蹟的，如《精忠旗》第三十二折，秦檜云：

> 聞得泰山嶽廟，乃治鬼之地，不免寫就文疏，差「押衙何立」往彼進香，以祈福祐。

又第三十四折，何立夜宿廟中，夢聞後殿「北陰三司東嶽老爺」拷問秦檜，臨行且托何立傳語夫人：「東窗事發了。」又第三十五折，秦檜死後，秦熺革職為民，王氏亦得病將亡，何立云：「如我老爺一生富貴，尚是這個下場，俺何立目擊地獄報應分明，如何不怕？俺如今也不辭妻子，逕脫冠帶，往玄妙觀出家去也。」這些情節的輪廓，與前述何立故事的綱要，大致相同，唯入冥地點及判官名號，俱已改變。

熊編《演義》卷八，何立入冥的故事被安排在「施全行刺」之後，因秦檜夫妻曾於靈隱寺被瘋行者戲弄，又誤認施全行刺乃瘋行者指使，於是命何立前去勾捕瘋行者問罪。何立得到一張詩帖指引，往「東南第一山」尋訪，據地圖，此山乃在「眙

軍城東」，是神仙居止所在，世人不能到得，但何立被秦檜以家眷性命逼挾，不得不往。熊編《演義》的敘述到此便無下文，唯有一行小字註云：「後聞秦檜死，復還。」這個結尾的交待，過於草率，不免缺憾。

　　《說岳》演述何立的故事，最為完備詳盡。第六十一回已敘述他奉命往金山寺勾捉道悅和尚，這段情節唯熊編《演義》及《堅瓠集》有之，但《說岳》更多出道悅火化昇天後，勸何立「早尋覺路」的一段話，預告何立後來修道成仙。第七十回，何立再奉命往靈隱寺捉拿瘋行者，僅得一張詩帖，云：「偶然塵世作瘋巔，說破奸邪返故關，若要問我家何處，卻在東南第一山。」何立遵照指示往前尋訪，路遇「賣卜先生」指點到泗州城「泗聖廟」燒香禱祝後，在「捨身巖」睡著入冥。以上這些情節與人地名稱，多是前所未見的，但入冥後所見所聞，則大致沿承元劇《地藏王証東窗事犯》而來。內容方面的差異是：《說岳》在何立還陽的過程，經歷了「惡狗村」、「刀山」、「奈何橋」、「鬼門關」、「枉死城」、「望鄉台」等冥界。並且，當他復還人世，回府報信，秦檜說：「瘋僧之事，我已盡知，也不必說。」透過秦檜的言語以證實何立所見的陰間景象。這些附加的情節，在《說岳》之前，都不曾見過，卻使何立入冥的故事更豐富曲折，有說服性。最後，《說岳》更陳述了何立的下場：「聞得何立後來坐化平江府元妙觀中，即是如今的簑衣真人，未知確否。」依前所論，《桯史》所云「姑蘇天慶觀龍王堂」的何簑衣，《簑衣仙詩》所云「蘇州玄妙觀」的簑衣仙，是否即為戲曲小說中的「虞侯何宗立」或「宋押衙何立」，這個問題，尚難肯定；《說岳》雖然沿承這些傳說，卻以「未知確否」，表示存疑，顯示作者襲用舊有材料的慎重：既不使前人傳說因為難以稽考而湮沒；亦不盲從附會而淪於輕信。

第四節　醉罵閻入冥遊地獄

　　前節談說何立故事時，已有入冥見秦檜受刑，及經歷冥間世界的情節，這些可視為楔子，而本節所要討論的胡毋迪醉後吟詩遊地獄，才是「秦檜死報」的正文。前述《堅瓠集》引《夷堅志》佚文，於方士伏章見秦檜父子荷枷受苦之後，又云：

　　　　後有考官歸自刑湖，暴死旅舍，復甦日：「適看陰間斷秦檜事，檜與
　　　髙爭辯，檜受鐵杖押往某處受報矣。」

「方士伏章」與「考官暴死」兩段故事，都可看作是「入冥譚」的類型內容。但前者的重點在於秦檜所言：「煩傳語夫人，東窗事犯矣！」的現世死報；後者則又談到陰間的審判，以及決案後的來生受報。類似這樣的傳說，在宋元時代仍繼續發展，到明代的《效顰集》卷中，便收編了一篇〈續東窗事犯傳〉，其故事內容與結構，即

可能從《夷堅志》的「考官暴死」衍化而成。孫楷第曾論及此篇云：

> 按秦檜冥報，宋洪邁《夷堅志》既著其事，元人又譜為戲曲。蓋以烈士沈冤，國賊未除，不得已而委之於冥報……如此篇所記，意既無謂，文亦未工……。[註1]

文中所謂「元人又譜為戲曲」，當指元孔文卿《地藏王証東窗事犯》，但此劇所演何立入冥成仙的情節，乃屬《夷堅志》所載「方士伏章」的故事系統，而〈續東窗事犯傳〉則是接續孔氏雜劇而演述胡迪入冥聆判的故事，屬於另一個系統。

〈續東窗事犯傳〉（以下簡稱〈續傳〉）的內容大略云：錦城士人胡迪，偶然讀〈秦檜東窗傳〉而怒，作詩洩憤。入寢後，被攝往「靈曜地府」，經歷種種幻境。此篇故事依其重點可分成數段：

1. 胡迪詩云：「長腳邪臣長舌妻，忍將忠孝苦誅夷，黃閣主和千載恨，青衣行酒兩君悲。愚生若得閻羅做，剝此奸回萬劫皮。」
2. 閻君命胡迪作供文，內容略云：岳飛父子，忠臣而被殺；秦檜夫妻，奸賊而全終；因此：「天道無知，神明安在？」
3. 閻君與胡迪對談問答：歷代書史文傳中有關閻王輪流做的記載。
4. 胡迪參觀「普掠」、「風雷」、「火車」、「金剛」、「溟治」、「奸回」等獄，見秦檜夫妻輪受慘刑。
5. 獄吏解說閻看判決秦氏夫妻的後報是：「此曹凡三日則遍歷諸獄，受諸苦楚。三年之後，變為牛羊犬豕，生於凡世，使人烹剝而食其肉。其妻亦為牝豕，與人育雛，食人不潔，亦不免刀烹之苦。
6. 胡迪參觀冥間刑罰後說：「可謂天地無私，鬼神明察，善惡不能逃其責也。」於是代閻君作判文，勘正秦檜之罪。
7. 胡迪又遊「忠賢天爵之府」，此中皆是忠臣義士往生之所：「在陽則流芳百世，身逝則陰享天恩。每遇明君治世，則生為王侯將相……以輔雍熙之治也。」

最後，胡過被增壽一紀，送還陽世。這些內容直接與岳飛、秦檜的事蹟有關的部分並不多，反似借這些歷史人物以闡明「因果報應」的可信及「天堂地獄」的實有。又藉冥律以判決秦檜夫妻沈淪苦海，萬劫不復；這種恐怖的刑罰，只說明了「雖僥倖免乎陽誅，其業報還教陰受」的道理，紓解讀者對史實的不平之忿。

〈續傳〉講述的故事，在當時必很流行，除《效顰集》外，明萬曆年間的《國色天香》卷十亦載錄此文，題目全同，僅字句微有差異。據《三言兩拍資料彙編》

〔註1〕《日本東京所見中國通俗小說書目提要》卷六附錄。

比較兩書所錄此文的最大異同為：

　　　《國色天香》將金剛、火車、溟治三獄併作略述；奸回之獄亦極簡單；

　　而增一「不忠內臣之獄」……。

《效顰集》與《國色天香》皆為明代文人所編，二書收錄胡迪入冥的故事，有其時代意義，即借古喻今，兼作不平之鳴；且觸及一個歷史事實：岳飛之死，固然是千古冤獄，但歷代對秦檜的批判及對岳飛的尊崇，均要到明代才達於最盛。因而，〈續傳〉的內容可以代表當時人心對秦檜的痛恨，小說家借用地獄報應的觀念，進一步的鞭撻他。

　　此外，熊編《演義》卷八「效顰集東窗事犯」與「冥司中報應秦檜」二則的文字，是直接從《效顰集》的「續傳」抄錄而來，一字不改。又馮夢龍編《古今小說》卷三十二「遊酆都胡毋迪吟詩」也是演述同樣內容的故事，但改動許多次要的情節。至於《說岳》第七十二回「胡夢蝶醉後吟詩遊地獄」所述故事，大抵從《國色天香》的「續傳」承抄而來，但為配合全書情節的安排，在某些文字與插曲，有所改易。如：胡迪自從岳飛死後，便常自語：「天地有私，鬼神不公！」如此多年。又聽說黑蠻龍領兵替岳飛報仇，卻被張俊殺敗，於是大怒，寫了「長腳邪臣長舌妻」的八句詩，接下去便是入冥遊地獄所見種種。但《說岳》比「續傳」又多出一段胡迪與岳飛、兀朮「三曹對案」，說明前因後果的情節，見証天地鬼神的正直與公平。

　　以上分別探討這四段故事的淵源與流變，它們共同的主題是善惡報應與地獄觀念的闡釋。第一節故事的結局是玉帝咨准岳飛父子陰魂向秦檜等奸臣攪鬧，結場詩云：「冥冥青天不可欺，舉頭三尺有神知；善惡到頭終有報，只爭來早與來遲。」。第二節的開場詩云：「從來天運總循環，報應昭彰善惡間；信是冥冥原有主，人生何必用機關？欺君誤主任專權，罪惡而今達於天；赫濯聲靈施報復，頓教遺臭萬斯年。」也是說明天地監臨人間，善惡福殃無可逃免的定律。第三節於何立入冥親見秦檜受陰報後，有詩云：「冤山仇海兩何憑？百歲風前短燄燈；今日早知冤有報，從前何苦枉用心？」又第四節云胡迪本不相信鬼神報應之事，後來親歷地獄各種慘刑及其因果後，始信「天地鬼神，秉公無私，但有報應輕重遠近之別耳。」以上這四節故事所錄詩句，重複再三的闡明所謂報應不爽，地獄實有的思想。《說岳》或許不是為替佛教的教義作宣傳，唯因對秦檜與岳飛的歷史公案，沒有依於史實而又愜於人心的判決，乃轉而肯定報應與地獄的存在，以補償人間情理的不足。這樣的結局，在《說岳》故事裡，只算是節外生枝的插曲或續尾，無關乎岳飛傳記，但若獨立為故事單元，另有勸世的作用，這也是通俗小說的任務之一。

第八章　後集故事的來源與風格

　　所謂「後集」，是指從第六十二回起，到第八十回止，敘述岳家軍第二代英雄報國平金的故事。這段故事於正史全然無稽，且民間傳說系統的戲曲小說作品，亦僅明末傳奇《續精忠》有類似內容，《說岳》可能是根據這部傳奇而加以改編，並配合前集的情節結構而補敘於後，作成大團圓的結局。至於把《說岳》一書分成前後集討論的，僅見於錢靜方《小說叢考》云：

　　　　岳傳一書，「前集」多係實事，惟前後顛倒，頗以爲憾。「後集」因岳飛爲秦檜所誅，作者感憤，欲爲平反，故所載類多失實。

錢氏以「多係實事」與「類多失實」區分前後集，自有其道理。並且，合於事實與否的問題，也直接影響到前後集敘事風格的不同：前集文字，紆徐有致，描寫亦較詳盡豐贍，蓋因參考資料較多，又有正史已經勾劃成的故事輪廓，故而編排從容，結構細密。後集則僅以《續精忠記》爲取材來源，作者似乎也不甚看重這部分情節，因而忽忽帶過，結束全書，文字不免草率。

　　其次，前集以岳飛生平的英雄事蹟爲主要情節，使用比較嚴肅、且批判性的筆調，刻劃岳飛及其兄弟們含悲忍辱，在奸臣的迫害與昏君的猜忌之下，獨立成軍，而平寇抗金的奮戰過程。在這過程裡，他們的確建立起不少輝煌的功業；而其忠貞與勇猛也幾乎獲得朝廷的信賴與支持，以期投向更艱苦、更偉大的目標：平金復土，迎回二帝。然而，依照正史記載，這個目標始終沒能完成，而岳飛隨即被主和的奸臣迫害至死，岳飛家也瓦解無存。因此，《說岳》全集的故事，說到岳飛下獄受審，風波亭父子歸神，及東窗事犯，秦檜死報之後，已經完結。這些章回的內容，可說是《說岳》全書的情節高潮，岳飛生平的英雄傳奇，到此已無餘緒了。元明以來有關岳飛故事的戲曲與小說，也多以此作結，令讀者低廻不已。但《說岳》作者卻意猶未盡，又補敘十幾回的後集故事，把結局前的高潮擱起，接入一些瑣碎而輕鬆的

節目,如韓家莊岳雷逢義友,七寶鎮牛通鬧酒坊等,不但沖淡了嚴肅而悲劇的氣氛,且有效的轉移讀者的注意力於第二代英雄的逃難與崛起,然後逐步推向聚義、復仇,及繼承父志的主題;直到第七十九回,「烏龍陣」大戰,牛皋氣死兀朮,再創一個短而鬧的高潮,才結束全書,所有善惡因果、忠奸報應,都有了圓滿的交待,類似這種結構的形態,在中國古典小說中,有其道理。如 Andrew H. Plaks 云:

> 一般說來,中國小說裡的高潮(即主要論點的結束)往往遠在故事的終點以前就發生了……通常在敘事高潮發生以後的那相當長的後半截裡,作者所描繪的主要境界就逐漸消失,或改其故事焦點……尤其在某些小說裡,前半截就自然給人一種無端延續的印象……但我們應當把這種似無了局的中國小說結構視爲一種無止的週旋現象,而不能把它解釋成爲作者用以闡釋「萬事皆空」的終極結論的方法。所以在小說後半截裡所常出現的晚輩英雄等類人物,常像長江後浪推前浪般的代表一種週旋不斷的努力……。〔註1〕

這段話可說明《說岳》後集故事在全書中的意義與作用。本來,前集演述的故事,在神話意義上,只是大鵬應劫、歷劫及歸位的過程,因此,它以西方極樂世界如來說法的場景開始,經過一段表面複雜而熱鬧的人間情事,最後仍以極樂世界如來說法的場景作結;並且,在這種首尾相應的場景裡,又以「今試回頭,英雄何在」的警語,及《金剛經》的四句偈,消融人間的是非成敗、愛恨情仇。這樣的結構,接近於《紅樓夢》,而其主題則類似於「黃粱夢」、「南柯夢」的醒悟,正是用來闡釋「萬事皆空」的終極意義。但作者卻不以這種斷滅的結局爲滿足,而又轉出「灰中撥火」的手段,以呈現永無休止的生機,及小說中永無完結的情節。因而,前集的結局雖是岳飛死、秦檜冥報,但故事並未隨他們的下場而了結;上一代的恩怨,自有報應,而下一代復起,又把仇恨的輪子,無止境的推轉下去。既有英雄,便有奸賊,人間在這兩種人的對立下,便永遠有爭端、有衝突,故事只得繼續演述下去。《說岳》後集所演第二代英雄的事蹟,基本上是以「冤冤相報」爲主題來展開的,是還原到人間色相的執著,與前集「萬事皆空」的結論,恰成比照。

「報仇雪恨」是第二代英雄最重要的使命,也是後集故事的重心。第六十二回,岳飛父子下獄冤死,秦檜又派人捉捕岳飛家屬,要趕盡殺絕,當時家奴勸岳雷預先逃走,云:「難道老爺有一百個公子,也都要被奸臣害了麼?須要走脫一兩位,後來也好收拾老爺的骸骨。若得報仇,也不枉了爲人一世。」岳雷果然出奔於外,路途

〔註1〕見〈談中國長篇小說的結構問題〉,《文學評論》第三集。

間遭遇許多小英雄，皆是岳飛部將的後代，思量要殺奸臣爲岳家報仇。第六十九回，岳霆在臨安擂台打死張俊的兒子，算是報仇的起點。到第七十五回，岳飛冤獄平反，朝廷授權岳雷與牛皋等，將秦熺、万俟卨、羅汝楫、張俊四人，定罪處死；且其家屬於流徙途中，亦教英雄後裔們劫持剖心，以祭奠岳飛父子。到此爲止，上一代的冤仇終於償清。

另有一個旁証可說明「報仇」是第二代英雄的使命與專利。第六十三回，牛皋與眾兄弟打算「殺上臨安，拿住奸賊，碎尸萬段，與大哥報仇。」而大軍渡河時，卻被岳飛陰靈阻撓，弄得死散殆盡，殘存者忿忿退隱，靜待時機。第七十回，施全私行下山謀刺秦檜，也是被岳飛陰魂破壞而事敗擒誅。這兩段情節都暗示：爲岳飛報仇，不是同輩弟兄們的事，他們更重要的任務是：含悲忍辱，以維護「岳飛一生的忠名」。至於第二代英雄則無此顧忌，他們代表一股新生的力量，以及「天運循環，報應昭彰」的正確時機。

「冤冤相報」雖是後集故事的主題，但作者於第六十六回又插敘了一段奇特的例外：小梁王紫桂的兒子紫排福得到秦檜密函，要截殺流徙嶺南的岳飛家屬，以報復當年殺父之仇；其母柴娘娘得知此事，及時勸阻，又主動與岳妻王氏結爲姊妹，化解一段血海深仇，紫排福也受其感化，與岳雷等結爲兄弟。書中云：

> 這等看起來，那「冤仇」兩字，只可解不可結。此回書中，柴娘娘不
> 報殺夫之仇，反將恩義結識岳夫人，眞乃千古女中之丈夫也。

作者爲加強說明這段情節的意旨，特於正文之前，安排一段「得勝頭回」，說的是墨利將軍不報王小三前世殺身之仇，有幾句議論云：「道家有解冤之懺悔，釋氏有解結之經文；即我儒教孔夫子也說道：不念舊惡，怨是用希。」總括這個頭回與正文的主旨，都在闡明「冤家宜解不宜結」的道理。這似乎與後集故事的「冤冤相報」主題，不甚協調，較合理的解釋是：冤冤相報固然是後集故事延續的力量，但作者站在說教的立場，又必然要支持「解冤解結」的論點；並且，就小說中的事實而言，岳雷等人念念不忘報仇，乃由於岳飛父子含冤而死，且秦檜黨徒多是禍國殃民的奸賊，因此，這種報仇的意義，可由家族的私怨推展爲救國救民的行動，它是應被鼓勵的。至於柴排福雖名爲「報殺父之仇」，但論究其父之被殺，實乃罪有應得，不能歸咎岳飛，兩家本無冤仇，不該借端生事，橫結惡緣。作者稱讚柴娘娘爲女中丈夫，即因爲他明理能容，知道一切事端的前因後果與是非曲直，而不致於放任私情，濫加報復。

其次，後集的情節結構，大致可分爲兩部分。第七十四回以前，敘述岳雷與岳霆分別逃難在外，陸續結識許多同輩小英雄，並會同牛皋等殘存的岳飛部將，

率兵攻破三關，到雲南團聚。第七十四回以後，由於秦檜與高宗相繼去世，孝宗即位，平反岳飛冤獄，徵召其舊部及後代，授官領兵，抵拒金兵的侵寇。幾場血戰，終於徹底殲滅敵人，氣死兀朮。這兩部分故事的轉接，乃在第七十五回的一首詩裡：「恩仇已了慰雙親，領受兵符寵渥新；克建大勳同掃北，行看功業畫麒麟。」此詩說明岳雷等第二代英雄必須在家族恩怨報償之後，才肯為朝廷効命；並且他們家族的忠貞重新被肯定後，才能在父兄開創的局面裡繼續前進，完成兩代間共同的功業。

後集的這些情節與意義，本極簡單而不足深議，作者於第八十回的開場詩云：「世間缺陷甚紛紜，懊恨風波屈不伸；最是人心公道在，幻將善報慰忠魂。」若按史實，則岳飛的故事只能敘述到風波亭父子歸神，便無餘文；或參酌其他戲曲小說的共同結局，而增補所謂東窗事犯、秦檜冥報的傳說，作為餘響。但《說岳》卻認為另有公道，必讓岳飛的兒輩們親自出面，為父報仇，盡誅奸臣黨羽；並承繼父志，提兵直搗黃龍。它與前集故事有幾個基本的差異：先以遊戲的筆調描述第二代英雄冒險的事蹟，把他們塑造成莽撞浪漫的少年俠士：這與前集的悲劇情調，以及岳飛兄弟們嚴肅不苟、正義凜然的造型，成為對比。第六十二回開頭云：

「秋月春風似水流，等閒白了少年頭。功名富貴今何在？好漢英雄共一坏。對酒當歌須慷慨，逢場作樂任優遊；紅塵滾滾迷車馬，且向樽前一醉休。」這首詩乃是達人看破世情，勸人不必認真，樂得受用些春花秋月，消磨那些歲月光陰。不信時，但看那岳元帥做到這等大官，一旦被秦檜所害，父子死於獄中；還不肯饒他，致使他一家離散，奔走天涯；倒不如周三畏、倪完二人，棄職修行，飄忽物外。

這段引首，等於是作者對前集故事的一個總評，藉著超然物外的言論以紓解對岳飛冤死的感喟。第六十五回又有對聯云：「人生未許全無事，世態何須定認真。」作者即是以這種態度來寫後集故事的。再就小說人物而言，岳飛與弟兄們面臨的是國家危亡的時局，他們秉持崇高的愛國熱誠與人格理想，臨危受命，効命疆場，無暇顧及個人感情，但他們的下場如如此淒慘，令人感歎道德與功業畢竟成空。至於第二代英雄，雖於少年期遭受家破人亡的鉅變，而流落異鄉。但他們憑著個人武功與父兄威名，均能到處闖蕩，逢凶化吉，且互相結交，造成聲勢；他們沒有太重的責任以及太多的世故，因而言行表現出自由任性的特徵。如第六十五回、六十九回、及七十二回，岳雷與岳霆、黑蠻龍等人，曾分別三次到臨安偷祭岳王墓，都與奸黨發生衝突，且幾乎被捕，幸得及時有鬼或人搭救。又如第六十七回、六十八回，岳雷與牛皋等人率領嘍囉兵三千人，攻破三關，往雲南探母，都是硬闖蠻幹，全無謀慮；

且戰陣中，至少發生四次強搶婦女，逼誘成親的事件。〔註2〕類似這樣的行為與事件，在前集的岳飛與弟兄們，絕對做不出來的。這就是兩代之間觀念與作風的不同。

再次，前集故事中，岳飛弟兄們對金兵與賊寇作戰，都是真刀實槍，列陣交鋒的形式；或加入劫營、設伏、反間等傳統兵法；勝負的關鍵在於主將的武技、膽識與謀略，這些都屬於人力的範圍，因而，戰爭過程與場面的描述，都是可理解的。但後集有關這方面的敘寫，則大量使用非人力的妖術與法寶：如第六十八回，石鸞英的石元寶、石如意；第七十六回與七十八回，普風國師的混元珠、駝龍陣、黑風珠；第七十九回，西雲小妹的陰陽二彈、白龍帶；烏靈聖母的魚麟軍、鐵嘴火鴉、鳥籠陣等。這些妖法的殺傷力甚強，決定戰場的勝負，只有同類的法術才能相抗；因此，《說岳》安排了兩場仙妖鬥法的描寫：第七十八回，鮑方老祖擊死普風國師；第七十九回，施岑收伏烏靈聖母。這種陣前鬥法的場面，不僅讀者為之目眩神搖，小說中列陣以待的「兩邊軍士都呆呆看了，齊齊的喝采，卻忘了打仗」（第七十八回）。大眾對於神通的嚮往，在這裡得到滿足，且嚴肅慘酷的戰爭，也變得輕鬆悅目了。然而，法術雖是克敵制勝的利器，終究不是正氣浩然的英雄所優為的，岳雷曾兩次告誡軍士云：

> 大凡僧道上陣，多有妖法，須要防他暗算（第七十六回）。

> 大凡行兵，最忌的是和尚、道士、尼姑、婦女。他們俱是一派陰氣，
> 必然皆仗著些妖法（第七十八回）。〔註3〕

作者似乎把使用法術助戰看成只有僧道與婦女這類「一派陰氣」的人，才做得出的行為。以正義自許的英雄們面對這種妖法，除提防退避外，並無反抗能力，他們在挫敗無奈中，一面以「勝敗軍事平常，請從邪正別妖祥」（第七十六回）自我安慰；一面則等待正派的仙道前來相助。這種矛盾心理正是小說面對「法術信仰」介入「戰爭場面」的過程，所遭遇的困難。前集故事沒有這方面的摻雜，使所有戰場描述合乎常理；後集故事無法擺脫這些傳統，而顯得荒誕、粗俗、缺乏正面意義。

以上從形式與內容的特點比較《說岳》前、後集故事的風格差異。這些差異的形成，源於作者據以編寫的材料在寫作態度與時代背景的不同。但整體而言，後集故事的文學成就不如前集，把前、後集貫連成書，在結構與風格上，都顯得不協調，不順氣。這是《說岳》最大的缺點。

〔註2〕如韓起龍與巴秀琳、韓起鳳與王素娟、牛通與石鸞英、伍連與完顏瑞仙等。

〔註3〕這種觀念可能是從《封神演義》脫胎而來。第五十三回，姜子牙云：「用兵有三忌：道人、頭陀、婦女。此三等人非是左道，定有邪術。恐將士不提防，誤被所傷，深為利害。」

結　論

　　本論文對《說岳全傳》及其相關資料，力求詳盡與週全的探究之後，提出不少值得注意的問題，並就這些問題的來源與性質，分別給予合理的解決。雖然在證據與理論方面，仍有欠缺，但可以繼續研究，使之趨向圓滿。

　　到目前為止，本論文在所探討的範圍內，可作成幾點結論：

　　第一篇所介紹的《說岳》之前的戲曲作品，包括元雜劇兩本、明傳奇四本、清傳奇一本；以及明代短篇小說兩篇、長篇小說三本。戲曲的主要內容，多是環繞著岳飛生平的某些特定事蹟與傳說，而戲劇化的演述，如槍挑小梁王、岳母刺字、朱仙鎮之役，岳飛冤獄、秦檜冥報，及第二代英雄等。由於演出的時、地限制，它們的情節多半是片斷的、重點式的；又因為它們出現的時代，歷經元、明，或更長的時期，前後作品間不免有承襲、重複，以及改動、翻案等，可自成一個敘事系統，使讀者得知岳飛故事在民間流傳的過程；且同樣的故事單元，經過多次搬演與變化後，形成一些情節類型，為講述岳飛故事的作品所不可遺漏的節目。這些情節在戲曲中只算是大綱，而不如《說岳》中敘述的詳盡與頭緒的紛繁，但它們卻代表了民間對岳飛傳說所關注的重點，以及情感的批判。小說部分，兩個短篇演述的是同樣的內容，即胡迪入冥，見秦檜黨徒在地獄受各種苦刑報應，這故事在前述戲曲中不曾出現，卻是一段頗為特殊的情節。其次，三本長篇都是完整演述岳飛生平及相關人事，屬於同一個故事結構的增刪改寫，可看出岳飛故事的流傳，是趨向於通俗與傳奇的趣味。最後，則是清初的《說岳》刊行後，總結了元明以來大部分岳飛故事的戲曲與小說，而重新編次增訂，並創造一個更趨於通俗化、市語化的形式。

　　第二篇從各個角度探討《說岳》中重要情節的來源、人物造型的意義，以及思想觀念的內涵等。第一章分析《說岳》中貫串全書的神話背景，這個背景以「天命」與「因果」兩種傳統觀念為內涵，深入的影響到全書人物與情節的結構安排。它在

小說中的作用是象徵的，使讀者從素樸的信仰去認知複雜多變的歷史人事。《說岳》即企圖使用這種神話背景來註解南北宋期間的興衰，及岳飛的生平。其中的主要人物如宋徽宗、金兀朮、岳飛、秦檜、王氏、万俟卨六位，是以輾轉相剋的關係而存在，並從這種發生大部分充滿意義的事件，而這些事件形成本書的主情節。此外，又有一批次要人物如牛皋、岳雲、張憲等，配合著主情節的進行而發展出一些副情節，使全書的敘述豐富而變化。這些人物角色都來自歷史而經過演化與轉型，他們在小說中的行為，呼應了歷史上的真實事件，造成微妙的虛實相涵的效果。可看出作者在這個神話背景的設計上，極為細緻，貫注到全書的情節裡，成為一個內在主題與指導原則。第二章探討《說岳》對岳飛英雄形象的塑造，從誕生、幼年、青年到壯年，一連串帶著神話與傳奇的事蹟，這些事蹟的內容與敘述，可旁通於性質相近的歷史小說，規範一個傳統英雄人物所須具備的各種條件。又這種傳統英雄幾乎與戰爭事件互為表裏，戰爭是英雄人格與事業的具體展現，因此，《說岳》中描述的許多戰役，除了對應於歷史記載之外，在小說中另有特殊的意義。第三章討論《說岳》中「朱仙鎮受詔班師」這段情節的史實與小說取向。這是岳飛生平的急轉向下，也是宋朝國運的自暴自棄。岳飛在這個關鍵性時刻所表現的悲苦矛盾，關涉到事功與倫理的抉擇，是根基於宋代儒者對「忠君」與「愛國」兩個觀念的判定。第四章繼續探討有關岳飛冤獄的始末與相關人事。這冤獄的內容，在歷史記載是複雜多端的，《說岳》則大致分成四個部分：即「道悅贈偈」、「周三畏掛冠」兩段傳說，以及冤獄的審理與罪刑的執行，前兩段傳說雖於史無稽，但在戲曲小說裡均列為重要節目，有其映襯的意義。其次，關於冤獄的罪狀，審理過程等細節，正史、筆記、戲曲所載，多不一致，《說岳》更把它簡化了。至於冤獄成因的探討，已超出《說岳》本文之外，但本論文為加強對岳飛生平及其悲劇成因的了解，特別從《宋史》及其他史論引述史家對此冤獄的觀點，歸納出三個主要原因；並循此討論戲曲小說中，對這些成因的忽略與簡化，放棄了理論性的分析，而改從具體的事相去描述悲劇的過程與結果。第五章談到《說岳》中岳飛部將的分類及其相關問題，這些部將有其特殊的地位與作用：即與主要英雄結成一個獨立作戰的集團，以便於對外抵抗異族或盜寇的侵犯，對內則承受昏君與奸臣的迫害。其次參加主情節以製造副情節，由對比或烘托等方式凸顯主角的人格形象。本章的第一節依照這些人物投靠岳飛的方式而分成三類，分別討論其出身、性格、才藝與事蹟；他們多是綠林出身，或江湖巨寇，卻是岳家軍的組成要素，也使岳家軍有別於其他正規部隊，散發出別具生面的草莽氣息。第二節關於《說岳》中結拜的觀念，可分辨出岳飛是以「盡忠報國」的原則來接納並提昇兄弟間的「義氣」，即以「忠」涵蓋「義」，使之成為上對下的

恩情，而不只是平輩間的互信。這是不同於《三國演義》或《水滸傳》的義氣觀念，第三節特別從《說岳》的次要角色裡抽出牛皋，以歷史小說「丑角人物」的類型觀念，對他的出身來歷、相貌特徵、言行表現，以及藝術效用有詳細析論；並歸納出三個特徵：嗜殺、福運、滑稽。透過其粗魯無文、滑稽幸運的性格言行，代替主要英雄宣洩了對於朝廷的不滿，卻又避免了其書被政府查禁的顧忌。第六章從正史及傳說中論析宋高宗及秦檜、張邦昌、張俊、万俟卨等人的形象與事蹟，他們在《說岳》中被描寫爲昏君與奸臣，也就是造成英雄岳飛冤死悲劇的反派角色，但比起戲曲對這些人物的斥責與諷罵，《說岳》的刻劃仍是溫和的。第七章探討《說岳》四個情節是岳飛故事演化中重要的單元。其文字表現極爲曲折，而主題觀念卻無深義，是民間信仰與情感批判的綜合表達。第八章是岳飛傳記之外附加的民間傳說，所謂「第二代英雄」報國平金的故事，它的來源僅以明傳奇《續精忠》的內容爲根據而衍化，於正史無關。在《說岳》全書，這段情節稱爲「後集」，前、後集的寫作風格有顯著的不同：前集紆徐有致，描寫豐贍；後集草率無味，忽忽帶過。主題方面，前集的結論是「萬事皆空，英雄何在」；後集的立論則是「冤冤相報，輾轉無己」；這兩個對立的觀念的銜接，使全書的結局由冤死的悲劇走向重生的團圓，展現了中國傳統「生生不息」的理念。就小說結構而言，後集的情節接續在前集的高潮之後，造成一種無休止的週旋現象，暗示了一切小說以及人生，都沒有真的終結。

　　以上分別就各篇各章探討的問題，作出一些結論，但這些結論並不是絕對的，而是根據現有的資料與可能的理論，對本書的形式與內容提出謹慎而合理的看法，只能說是暫時性的判定，如有更多材料，便有重新檢視或改寫的必要。本論文願以這些結論爲基礎，繼續下列的工作：相關「版本」的繼續蒐尋，整理與研究；清代以後岳飛故事「說唱」作品的研究，兼以說明《說岳》對這些作品的影響；擴大探討與《說岳》同類型的「說鐵騎兒」或「戰爭小說」作品的綜合研究。

重要參考資料

　　這裡所列的書目及論文，僅錄其較重要且多次引用者，餘則散見於各章各節的附註裡，不再舉出。

一、正史及筆記

　　專書部分：

1. 《宋史》，台北鼎文書局新校本，民國 67 年 9 月。
2. 《宋史》，方豪著，台北中國文化大學出版部，民國 68 年 10 月。
3. 《建炎以來繫年要錄》，李心傳撰，台北文海出版社，民國 51 年 9 月。
4. 《三朝北盟會編》，徐夢莘撰，台北文海出版社，民國 51 年 9 月。
5. 《宋史紀事本末》，張溥評，台北三民書局，民國 45 年 4 月。
6. 《宋論》，王夫之撰，台北九思出版社，民國 66 年 8 月。
7. 《夢梁錄》吳自牧撰，台北大立出版社，民國 69 年 10 月。
8. 《醉翁談錄》，羅燁撰，台北世界書局，民國 61 年 5 月。
9. 《老學庵筆記》，陸游撰，台北木鐸出版社，民國 71 年 5 月。
10. 《夷堅志》，洪邁撰，台北廣文書局，民國 61 年 8 月。
11. 《宋人軼事彙編》，丁傳靖編，台北源流出版社，民國 71 年 9 月。
12. 《岳飛史事研究》，李安著，台灣商務印書館，民國 66 年 8 月。
13. 《岳飛史蹟考》，李安著，台北正中書局，民國 59 年 1 月。
14. 《宋岳武穆公飛年譜》，李漢魂編，台灣商務印書館，民國 69 年 5 月。
15. 《宋代人物與風氣》，禇夢庵著，台灣商務印書館，民國 59 年 12 月。
16. 《宋史研究論集》第一輯～十二輯，台北中華叢書編審委員會，民國 69 年 2 月。

　　論文部分：

1. 〈岳飛評〉，王敏濟，台北《幼獅月刊》第三期。

2. 〈論岳武穆〉，湯承業，台北《幼獅月刊》第二八八期。

3. 〈宋金和議的新分析〉，朱偰，台北《東方雜誌》卷三十三，第十期。

4. 〈From Myth to Myth：the case of Yueh Feis biography-by：Hellmut Withelm〉收錄於《中國歷史人物論集》書中，台北正中書局，民國 62 年 4 月。

二、戲曲及小說

專書部分：

1. 《中國小說史略》，魯迅著。

2. 《中國小說發展史》，譚正璧著，台北啓業書局，民國 67 年 7 月。

3. 《中國小說史》，孟瑤著，台北傳記文學社，民國 59 年 12 月。

4. 《中國通俗小說》，孫楷第等，台北鳳凰出版社。

5. 《倫敦所見中國小說書目提要》，柳存仁著，台北鳳凰出版社。

6. 《三言二拍資料》，台北里仁書局，民國 70 年 3 月。

7. 《校訂元刊雜劇三十種》，鄭騫著，台北世界書局。

8. 《善本劇曲經眼錄》，張棣華著，台北文史哲出版社，民國 65 年版。

9. 《小說面面觀》，E. M. Forster，台北志文出版社，民國 67 年 10 月。

10. 《小說纂要》，蔣祖怡著，台北正中書局，民國 37 年 5 月。

11. 《中國小說史初稿》，秦孟瀟著，台北河洛出版社，民國 67 年 5 月。

12. 《中國民間文學概論》，譚達先著，台北木鐸出版社，民國 71 年 6 月。

13. 《李家瑞先生通俗論文集》，王秋桂編，台北學生書局，民國 71 年 4 月。

14. 《小說叢考》，錢靜方著，台北長安出版社，民國 68 年 10 月。

15. 《元明清三代禁毀小說戲曲史料》，台北河洛出版社，民國 69 年 1 月。

16. 《從中國小說看中國人的思考方式》，中野美代子著，台北成文出版社，民國 66 年 7 月。

17. 《小說舊聞鈔》，台北萬年青書廊。

18. 《古典小說散論》，樂蘅軍著，台北純文學出版社，民國 65 年 10 月。

19. 《水滸傳與中國社會》，薩孟武著，台北三民書局，民國 65 年 2 月。

20. 《古典小說大觀園》，賈文仁著，台北丹青圖書公司，民國 72 年 3 月。

21. 《中國五大小說之研究》，趙聰著，台北時報文化出版公司，民國 69 年 7 月。

22. 《小說見聞錄》，戴不凡著，台北木鐸出版社，民國 72 年 4 月。

23. 《俗講說話與白話小說》，孫楷第，民國 67 年 5 月。

24. 《中國俗文學論文彙編》，劉經菴等編，台北西南書局，民國 67 年 5 月。

25. 《中西比較文學論文集》，台北時報文化出版公司，民國 69 年 2 月。

26. 《中國章回小說之產生》，黃柱華著，台北政大中研所碩士論文，民國 59 年。

27. 《中國小說史集稿》，馬幼垣著，台北時報文化出版公司，民國 69 年 6 月。

28. 《中韓文學會議論文集》，淡江大學編，台北黎明文化事業公司，民國 70 年 7 月。

29. 《西遊記探源》，鄭明娳著，台北文開出版社，民國 71 年 9 月。

30. 《長篇小說作法研究》，麥紐爾康洛甫著，台北幼獅文化事業公司，民國 68 年 2 月。

31. 《鍾馗神話與小說之研究》，胡萬川著，台北文史哲出版社，民國 69 年 5 月。

32. 《中國文學研究》，鄭振鐸著，台北明倫出版社。

33. 《中國民間傳說論集》，王秋桂編，台北聯經出版社，民國 69 年 8 月。

34. 《平妖傳研究》，胡萬川著，台北華正書局，民國 73 年 1 月。

35. 《精忠柏史劇》，鄭烈著，南京出版，37 年。

36. 《水滸傳的來歷心態與藝術》，孫述宇著，台北時報文化出版社，民國 70 年 9 月。

37. 《關公的人格與神格》，黃華節著，台灣商務印書館，民國 56 年 1 月。

38. 《小說考證》，蔣瑞藻著，台北萬年青書局，民國 60 年 3 月。

39. 《話本小說概論》，胡士瑩著，台北丹青圖書公司，民國 72 年 5 月。

40. 《插圖本中國文學史》，鄭振鐸著，台北盤庚出版社，民國 67 年 12 月。

41. 《現存元人雜劇書錄》，徐調孚編，台北盤庚出版社。

42. 《孤本元明雜劇提要》，王季烈著，台北盤庚出版社。

43. 《戲曲小說叢考》，葉德均著。

44. 《古典小說戲曲叢考》，劉修業著，作家出版社。47 年 5 月。

45. 《戲文概論》，錢南揚著，台北木鐸出版社。71 年 2 月。

46. 《岳飛故事戲曲說唱集》，杜穎陶編，台北明文書局，民國 72 年 12 月。

47. 《曲海總目提要》，董康撰。

48. 《國劇大成》，張伯瑾編，國防部總政戰部振興國劇研究發展委員會發行，民國 65 年 6 月。

論文部分：

1. 〈戰爭小說初論〉，夏志清，收錄於《愛情社會小說》，台北純文學出版社，民國 59 年 9 月。

2. 〈談中國長篇小說的結構問題〉，蒲安迪，台北《文學評論》第三集，民國 65 年 7 月。

3. 〈佛教故實與中國小說〉，臺靜農，收錄於《中國文學史論文選集》，台北學生書局，民國 68 年 3 月。

4. 〈南宋傳與飛龍傳〉，伊維德，《中國古典小說研究專集》第二集。

5. 〈岳傳的演化〉，鄭振鐸，收錄於《中國文學研究》，台北明倫書局。

6. 〈論古代岳飛劇中的愛國主義思想及其對投降派的批判〉，馮其庸，《光明日報副

刊》,〈文學遺產〉四八○、四八一、四八七期。

7. 〈宣和遺事考證〉,汪仲賢,收錄於《中國文學研究》(台北清流出版社,民國 65年 10 月)

8. 〈雜劇中鬼神世界的意識型態〉,曾永義,台北《中華文化復興月刊》第九卷第九期。

9. 〈中國講史小說的主題與內容〉,馬幼垣,台北《中外文學》第 89 期。

10. 〈地獄觀念在中國小說中的應用和改變〉,量齋,台北《純文學雜誌》第九卷第五期。

11. 〈寫實主義與中國小說〉,伊維德,《中國古典小說研究專集》第一集。

12. 〈小說的人物〉,何曉鏡,《新文藝》第一六五期。

13. 〈真實人物和小說人物之比較〉,任世雍,《文藝月刊》第一三四期。

14. 〈談歷史小說的寫作〉,王靜芝,《自由談》第三十二卷第七期。

15. 〈歷史小說的風味〉、〈歷史小說的創作方法〉,馮明之,收錄於《文藝走筆》,香港1961 年出版。

書影一：明嘉靖 31 年　熊大木自序（清白堂刊本《大宋中興通俗演義》附）

序武穆王演義

武穆王精忠録原有小說未及

然至文今得浙之刋本著述王

之事實甚得其悉然而意寓文

墨綱由大紀士大夫以下邊爾

春明乎理者或有之矣近因眷

連楊子素號湯泉者挾是書謁

於愚曰敢勞代吾演出辭話廣

書影二：清白堂刊本《大宋中興通俗演義》凡例

凡例七條

一演義武穆王本傳系諸小說難以年月前後為限惟

於不斷續處錄之懼失旨也

一歷年宋之將士文臣入事未終本傳者俟續演可見

如事實少者即於入事中表而出之（如劉光世是也）

一宋之朝廷綱紀政事係由實史書載愚不敢妄議俱

闕文至於諸人入事亦只舉其大要有相連武穆者

斯錄出

一大節題目俱依通鑑綱目掌過內諸人文辭理淵難

明者愚則互以野說連之庶便俗庸易識

一宋之人物名字鄉貫未及表出者緣愚未接宋史無

書影三

所攄考因闕略俟得宋史本傳續次系入

一是書演義惟以岳飛為大意事關他人者不免錄出

是號為中興也

一句法麤俗言辞俚野本以便愚庸觀覽非敢望於賢

君子也耶

書影四：清白堂刊本附圖

書影五：清白堂刊本附圖

書影六

新刊大宋演義中興英烈傳卷之一

鰲峯熊　　　編輯
書林清白堂　刊行

起靖康元年丙午歲
止建炎元年丁未歲　首尾凡一年罪罰

按宋史本傳節目

天地元先一氣胚　　乾坤定位有三才
洪荒世代無稽考　　三皇之世尚難推
書契造書從大昊　　神農新種始交財
干戈戰鬥軒轅始　　服冕封官棄置臺
五帝少昊并顓頊　　帝書晉堯仁義推

書影七

左圖白芳人萩忠錄之序
正德五年
重刊萩忠
絲後序

夫地有正氣也，而亦有常數也，數有盈虧。
而氣無間斷也，數有盈虧，故人物之忠義亦力
國家之興廢值其時之者然，在天爲日星，
之所能也，氣無間斷，義在人爲忠義，日星有晦
地爲河嶽，在人爲忠義，日星有晦朔而忠義
義無晦朔也，河嶽有變遷，而忠義無變遷。
迺是誠有不依形而立，不特方輿經而不待

書影八：清初　映秀堂刊本

書影九

書影十

書影十一

書影十二

精忠傳目錄

八卷八十則

秦檜矯詔殺岳飛　　阿鑄復使如金國

和議成洪皓歸朝　　陰司中岳飛顯靈

秦檜遇風魔行者　　弑熙宗顏亮弄權

東陽寺施全死義　　棲霞嶺詔立墳祠

效顰集東窗事犯　　冥司中報應秦檜

書影十三：清初　映秀堂刊本附圖